我们从来都不是上帝创造的万物之主，而只是进化法则的仆人。

智 | 能 | 风 | 暴

DAS SYSTEM
头号嫌犯

[德] 卡尔·奥斯伯格 ◎ 著

叶柔寒 ◎ 译

KARL OLSBERG

北京理工大学出版社

对于人工智能的研究就像是在召唤一个魔鬼。

——埃隆·马斯克

卡尔·奥斯伯格（KARL OLSBERG，1960—）

人工智能应用学博士，科幻悬疑作家，曾先后创建两家优秀的新经济型企业。现今定居汉堡，创作之余担任企业顾问的工作。

迄今为止，出版悬疑、科幻类小说《香味》《黑雨》《辉煌》《第八个启示》及"智能风暴系列"的《黑镜》《头号嫌犯》。

中文版序言

当我在2005年构思撰写德文版《头号嫌犯》时，世界上运行速度最快的计算机只有现在顶级计算机运算能力的千分之一，人工智能尚处于起步阶段。其他诸如无差错人脸识别、自然语言对话和城市交通中车辆自动驾驶等技术应用，更是属于科幻小说中才有的话题。传统的中国棋类游戏被认为是人工智能无法驾驭的东西，因为它存在着巨大的复杂性。当时，美国是计算机领域的世界领导者，其地位似乎不可撼动。

2016年，《黑镜》完成了创作，那时候，一切都已经发生了巨大的变化，而且这种变化还越来越快。令人印象深刻的是，中国向世界展示的，不仅仅是其技术发展的速度在不断提高，而且其国际力量也在一夜之间发生了翻天覆地的变化。今天，美国和中国在许多关键技术方面处于领先地位，包括人工智能，这就是我特别高兴和自豪我的书现在被翻译成中文出版的原因。

我当时在想象中所描绘的大部分创作内容今天已经成为现实，更多的则会在短短几年内问世，这其中也包括我作为科幻小说作家都无法想象的技术和可能。新技术总是双刃剑，它们带来了新的可能性和便利条件，但也伴随产生了诸多风险和意想不到的副作用。弓箭和蒸汽机的发明已经是这种情况，现代计算机技术也没有什么不同。

在作品中，我并不想渲染技术发展可能伴随的缺点，或者说我不想煽动恐惧技术，但我想略微强调一下，让我们更理性、顺利地接受技术进步，而不是天真地拥抱它。通过这样做，我想确保人们都能拥有诸多利用人工智能的机会，例如在医学、运输或环境保护方面，而不会因为错过而后悔。

归根结底，决定我们如何塑造未来的不是技术，而是使用、引导或分散这种技术，负责使用它或屈服于其诱惑的人类自身。因此，对我们的未来负责的人不是全世界人工智能实验室的研究人员，而是我们自己。如果我们意识到这一责任，并以开放、清晰、批判，但也好奇的态度看待我们每天使用的技术，那么我并不担心我们的未来。

考虑到这一点，我希望我的中国读者喜欢阅读这本书，并拥有幸福和幸福的未来！

汉堡，2019年1月
卡尔·奥斯伯格

献给 凯洛琳

但我给了你生命!
那你还能做什么?
做你该做的事吧!
我完美无瑕——可你呢?
——爱默生、雷克与帕玛乐团，*Karn Evil 9*

01100010110010 **1** 100101110101010

国际空间站ISS，周三14：58

尖锐的警报声突然刺透整个空间站，警报级别为二级：系统严重故障，需要立刻找人处理。

安德里亚·坎托尼吓了一跳，手里用来做酵母菌菌落观察记录的圆珠笔从手中滑出，失重地飘浮着。坎托尼赶紧伸手想要抓住它，反而失手推了一下，笔像一个微型导弹一样加速向前旋转，撞上固定在实验室墙上的一台笔记本电脑，接着消失在混乱的仪器、实验材料和工具以及塑料软管杂物堆中。

这该死的笔。这已经是他在国际空间站中弄丢的第三支笔了。幸好，笔在这里属于为数不多的不受数量限制的东西。坎托尼一直以为，普通的圆珠笔是无法在失重的环境下写出字的，于是把一台昂贵的压力打字机带上空间站。尤里·奥尔洛夫，空间站的俄罗斯指挥官看见后笑了笑，递给他一支廉价的塑料笔，上面印着一家俄罗斯航空公司的促销广告。它真的能写出字来。这已经是一百零四天前的事情了。上帝啊！他已经在这里待了那么久了！

他小心翼翼地摆动双手，试图像鱼一样在空间站穿梭。这么多天过去了,他还是不能像奥尔洛夫那样自由地活动,奥尔洛夫能在不到二十秒的时间内,从空间站这头飘浮到五十米长的另一头,而不碰触狭窄的舱壁。在穿过连接"命运"号实验舱和"团结"号节点舱的狭小通道时,他的肩膀果然还是撞上了通道的舱壁。紧接着坎托尼进入了"曙光"号功能货舱,这里曾是空间站的核心舱,现在则主要用来置放杂物,里面堆满了在空间站生活和工作所需的各种物品。

他终于抵达了"星辰"号服务舱。这间长约十米,宽约三米的舱室与空间站其他舱一样,装备了各种电子装置和用绑带固定了的工具。这多亏有了电脑,才能让这一万多个物件井井有条。

奥尔洛夫不在。他固定在舱顶起居区的睡袋是空着的。坎托尼困惑地四下张望,随即明白,这俄罗斯人肯定是去洗手间了,那是他们在空间站中唯一可以独处的空间。

他的目光落在了中央计算机的显示屏上,上面显示着"系统过载",一个他从未见过的系统异常信息。他也不记得自己在接受技术训练的时候,碰到过这类信息。他努力浮到了控制台前,关闭了闪烁的报警按钮。警报声立刻被中断,但是随后响起了通信呼叫声,地面控制中心要求与宇航员通话。

坎托尼刚要拿起控制台边的通话机,突然响起了一阵嘈杂的声音。不一会儿,小卫生间的门打开了,坎托尼轻轻飘向他,顶着一头凌乱的黑发,看起来格外粗蛮。

"你干了什么?"他带着浓重的俄语口音问道,浓眉下的棕色眼睛发出凶狠的光。

"我什么也没做!"坎托尼辩解道。他不太喜欢这个个性蛮横、时常惹人嫌的俄罗斯人。

奥尔洛夫什么也没说，也不理会响个不停的通信呼叫声，粗鲁地把坎托尼推到一旁，直撞上墙边的折叠桌。奥尔洛夫一边发出一连串的俄语咒骂，一边手指在键盘上疯狂敲击，希望消除异常提示信息，返回主菜单，然而一切都是徒劳。他最终还是不得不放弃挣扎，接起通话器："这里是奥尔洛夫……对的……我也不清楚为什么……系统过载……不是……我也不知道……我现在就重启系统……好吧。"

他挂了电话，同时长按几个按钮。没有反应。他再次咒骂了一声，接着打开了控制台旁的操作板，按下红色按钮。系统异常信息终于消失了，屏幕也一片漆黑，紧接着进入了系统重启序列程序。

奥尔洛夫转向坎托尼，气急败坏地说："这已经是两周内，电脑第三次崩溃了！"

"我知道。"坎托尼说。当你置身这个地球三百公里以外的太空匣子中，你的生命必须依赖系统技术的正常运转，根本不可能注意不到系统崩溃。

"地面控制中心无法解释故障原因，"奥尔洛夫接着说，"他们认为硬件运行正常，不可能出现任何软件上的故障。除非是计算机负载了繁重的计算任务，才会出现这样的异常信息。而我们的系统考虑到最严重的状况就是所有程序计算量同时达到极限，特意进行了优化，被设计为可承载一般计算量十六倍的计算能力。因此是绝对不可能出现运行过载的。"

坎托尼耸了耸肩："那计算机……"

"我不再相信是计算机的问题了，"奥尔洛夫缓慢地说，"我认为是有人蓄意破坏。"

坎托尼还没反应过来，就看到俄罗斯人的眼里流露出极度的不信任和不可遏制的愤怒。

"蓄意破坏？什么……你什么意思？"

"我什么意思，我的意思就是，绝对是有一些居心不良的人操纵了计算机。"

"尤里，这里除了我们俩，没有其他人。"

"没错。"

"你认为，有人从外面用某种方式入侵了这里？你知道这是不可能的！"

"鬼知道。每次只要我走开，系统就会崩溃。第一次我在睡觉，第二次我在'命运'号，而这一次我在卫生间。也许这些都是巧合，但是我不相信任何一个巧合。绝不！"

坎托尼感到自己脸上血色尽失。他试着握紧双拳，闭上双眼。冷静！他深吸了一口气，说道："尤里，你以上帝的名义说，我为什么要蓄意破坏系统？"

奥尔洛夫冷笑了一声，牵动起他脸上毛茸茸的黑胡子，这让他看起来更加野蛮。"你是个意大利人，精明却胆小。你想回家，你知道根据规定，一旦技术设备失灵，我们必须立即撤离空间站，乘坐'联盟'号飞船返回地球。地面控制中心差一点就要下达这个命令了。你的目的达到了。"说完，他一把抓住坎托尼蓝色工作服的衣领，揪到跟前。坎托尼闻到奥尔洛夫口中难闻的气味和因为长时间没洗澡而散发的体臭。"听着，我才是指挥官，我是不会放弃这个空间站的！我们哪儿也不去，直到下一批宇航员来接替我们！明白了吗？"

坎托尼极力保持冷静，才没有一拳打在奥尔洛夫那胡子拉碴的脸上。他不能轻易被挑衅，在空间站中仅有的两个宇航员之间发生任何严重的争执都将是致命的灾难。

"尤里，我没有破坏计算机。"坎托尼试图解释，但是因为无端的指控而产生的愤怒情绪让他的身体不受控制地颤抖。"我不知道究竟出了什么问题，但绝不是我干的！你一定要相信我！"他久久地直视着奥尔洛夫的双眼，"是，我是想回家，回去见我的妻子和孩子们，我在这里待得够久了，可为此我就要拿我们的性命和空间站的未来去冒险？简直是无稽之谈。"

原定在空间站的停留时间是十三天，但是由于一位宇航员，美国人尼克·弗莱彻因病搭乘了坎托尼的飞船提前返回地球，因此坎托尼不得不滞留于此。地面控制中心选择了坎托尼留在空间站等待接任的宇航员，因为他代表的是欧洲航天局，而欧洲航天局是在美国人削减了对空间站援助经费后空间站的主要资助方。

所有人都认为，能在空间站待得久一点，他会十分激动，连西莉亚都为他而高兴和骄傲。他只好忍着，努力露出开心的笑容，心里不停地自我安慰，两个月后就会有加开的飞船把他接回去。然而，美国人再次推迟了飞船的起飞计划，时间也从原定的六十四天推到了一百多天。也就是说，下一班飞船的起飞计划在两周后。坎托尼每天都在祈祷，这次可千万要准时起飞啊！

他讨厌这里的狭窄，这里的橡胶味、消毒水味混着体臭的气味，讨厌让他丢失方向感、让他晕眩恶心的失重，讨厌那些为了防止肌肉萎缩而不得不做的无聊锻炼，讨厌那每天单调乏味的枯燥生活和实验，这些看起来不过是简单的职业治疗。

他厌恶这种依靠仅几毫米厚的金属，才勉强将自己与绝对致命的空间分离的失控感。地球上的大多数人几乎没想过，太空旅行仍然是极大的冒险,人类在太空飞行的过程中,依旧挣扎在技术可行性的边缘。只需要一颗长钉大小的陨石或太空垃圾,就能在空间站外壁上砸出拳头大小的洞,夺走所有人的性命。

当然,最让他抓狂的还是不得不和这个粗俗的野蛮人尤里·奥尔洛夫困在一起。这名指挥官是全世界经验最丰富的宇航员之一,他甚至到过俄罗斯的"和平"号空间站。然而他喜怒无常,从不掩饰对坎托尼的厌恶情绪,现在更是愈发偏执,竟生出如此荒谬的猜忌。眼下,坎托尼只能靠自己保持冷静。可他只是个生物学家,不是专业的宇航员。

"滚开!"奥尔洛夫咬牙切齿地说。

"尤里,我……"

"滚!"俄罗斯人咆哮起来,"我不想再看到你!"

真的够了!"你这个愚蠢的俄罗斯白痴!"坎托尼喊道,"我受够了你的自以为是,你现在已经完全不讲理了!你清醒一点,该死的!不要以为你是指挥官就怎么样,你……"

奥尔洛夫爆发出一连串俄语咒骂,从墙上柜子里抽出一本空间站手册朝坎托尼砸去。"滚开,破坏者!"他咆哮道,"别再让我在中央计算机附近看见你,否则我一定扭断你的脖子!"

坎托尼尽量躲避飞来的重物,在狭窄的舱内,他只能无助地挥动双臂。但书还是击中了他的额头,使他向后歪斜。几滴微小的红色球体颤颤巍巍飘散开。

坎托尼往自己头上一摸,难以置信地看着手上的血迹。他恨恨地盯着奥尔洛夫,但对方的注意力已经转移到计算机上,完全忽视了他。坎托尼克制住把书砸回去的冲动,沿着舱壁缓慢地游移到"曙光"号货舱,花了好一会儿时间,才在透明的塑料衣袋下面找到急救箱。他用药膏贴住伤口。虽然这是个小伤口，但绝对已经算得上一起恶性事件了。

坎托尼知道，他应该向地面控制中心汇报奥尔洛夫的行为，但是他不打算这么做。在这里他别无他法，只能忍受这个傲慢的指挥官。地面控制中心那些只会坐在办公室里的人，拿奥尔洛夫一点办法也没有，汇报上去也只会让奥尔洛夫变本加厉。坎托尼心想只要这次飞船如期起飞，他就能很快回家了。最后的几天，他怎么都能熬过去。

他如今所处的位置一直是他昔日那些同事梦寐以求的，但他满心渴望的都是尽早回到西莉亚和孩子们的身边，回到他在托斯卡纳的小屋，吃一块蘸着冷榨橄榄油的拖鞋面包，落日后喝一杯温热的基安蒂。他渴望得心都痛了。

在空间站的漫长日子里，唯一让他感到兴奋的，就是窗外的美景。当他回到"命运"号实验舱，他没有立刻重新投入实验，而是站在窗前用灼灼的目光久久凝视着似近实远的地球家乡。

从这里可以清晰地看到，大气层有多么稀薄，仿佛一层巨大而晶莹剔透的青苹果皮。与宇宙无尽的寒冷空虚相比，这颗美丽的星球是如此耀眼。然而地球上的人们对此一无所知，好像总觉得地球上的生存环境毁灭之后，他们随时可以舍弃地球，移民到火星上去似的。

透过望下去如同牧羊般的云层，他认出了日德兰半岛和德国北部海岸，它们在下面静静地延展。而汉堡是在北德平原郁郁葱葱的绿色中脱颖而出，在易北河纤细的线条边堆积的一抹烟灰色。

如果现在就能回去，他愿意付出一切。

2

汉堡——港口新区，周三 16：12

"你们现在看到的，是真正的世界首秀。"马克·赫利俄斯宣布，克制住想要摸自己头顶黑色短发的冲动。尽管才刚刚三十三岁，他的发丝就出现了藏不住的白色。他深吸一口气，试图缓解紧张的情绪，又匆匆瞥一眼身上浅灰色的古驰西服，确保其笔挺完美，人们看不见淡蓝色衬衫袖口上的咖啡斑点。今天的展示会必须万无一失，否则他的 D.I.（分布式智能股份有限公司）有可能陷入绝境。他不敢多想，最坏的局面一旦出现，对自己以及追随自己多年的员工都意味着什么。

他手指颤抖地按下确认键，启动程序。投影仪投射在会议室墙壁的巨大荧幕上，照亮了在场董事会成员的面容，脸上的疑惑亦清晰可见。大股东变化资本公司的代表约翰·格里姆斯更是浓眉紧蹙，下垂的双眼直勾勾地看着屏幕程序，仿佛时刻等待系统显示错误的那一瞬。

马克转向无线键盘，在对话框中敲击"你好，蒂娜（DINA）"。DINA 是马克公司开发的一款软件，全称是"分布式智能网络代理"。

"你好，马克。"蒂娜回复道，"你今天过得如何？"硕大的字体投射在墙面上。与此同时，会议室的扬声器里发出平静的女声，重复了屏幕上的话,除了有些地方的重音不太自然,几乎不会让人意识到声音来自电脑程序。

"我有点紧张,"马克继续写道,"我们需要在董事会面前进行一次出色的表演。"

"噢,那我可得好好表现。"蒂娜说。

马克抬起头,注意到风投公司负责早期创业投资的投资组合经理安德烈亚斯·海德露出会心的一笑,就连董事会主席赫尔穆特·韦瑟灵也给了他一个微笑,尽管这是一个恩赐般的笑容。

可是约翰·格里姆斯丝毫不为所动,"这是在做什么?"用他浓重低沉的英国腔问道。

"我今天要向大家展示的,"马克回答道,声音中不自觉地带着难掩的骄傲,"蒂娜新型用户界面,我们的用户想要获取信息时,不再需要学习复杂的系统操作。您可以用平常的说话语气提出问题,我来为大家展示如何操作。"他继续敲键盘:"海德堡的气压是多少?"

"海德堡的大气压力目前是1009百帕。"蒂娜的合成声说道。

"那里明天下午三点的气压会是多少?"

"明天下午三点,海德堡的大气压力在1021~1025百帕。"

"正如大家所见,蒂娜刚才运用了复杂的气候模拟模型进行计算,"马克说,"您可以问她任何与德国气候相关的问题,蒂娜会根据模拟结果,试着给出相应的答案。"

格里姆斯顶着他那张跟青蛙一样的脸,直勾勾地盯着马克,仿佛马克是只给他开胃的苍蝇。他双手指尖交叉,抵住自己的下颌。这个动作昭示着他准备提问刁难人了。马克猜测接下来的这个问题会是:这项新技术在接下来的六个月可以带来多少盈利?

格里姆斯身体前倾，说："请问我能用下键盘吗？"

马克不由得大感诧异，将鼠标和键盘推向会议桌的另一侧。格里姆斯之前从未如此积极地了解过 D.I. 产品。

"里约热内卢的天气如何？"他敲击着。

"模拟模型目前只能生成德国的气候数据。"蒂娜回道。

马克微笑着向他的联合创始人兼技术总监卢德格尔·哈马赫安抚地点了点头。卢德格尔正面色苍白，紧张地坐在格里姆斯和海德中间。财务总监玛丽·安德里斯看起来也同样忐忑不安。她比任何人都清楚，公司的财务状况不容乐观。如果没有奇迹发生，最多八周，马克就不得不申请破产了。

"那么 2012 年 2 月 30 日的天气如何呢？"格里姆斯继续问。

"2012 年的 2 月只有二十九天。"

安德烈亚斯·海德赞同地点了点头。赫尔穆特·韦瑟灵也在笔记本上写写画画，估计在推算 2012 年是不是闰年。

"好吧，那 2012 年 2 月 29 日的天气如何？"

"模拟模型的精准预测未能满足长期需求。请把时间范围限定在未来十天。"

"下周四的天气如何？"

"您想预测哪个地方的天气？"

"汉堡。"

"周四汉堡多云转晴，时有少量降雨，降雨量为零到零点零五毫米。"

董事会成员的脸色变好了，马克内心一阵雀跃。约翰·格里姆斯能直接与蒂娜沟通再好不过了。更何况蒂娜的表现着实出色。他决定会议结束后要好好表彰卢德格尔和他的团队。

"海德堡的气压值是多少?"格里姆斯继续输入。

"海德堡当前的大气压力为1008百帕。"

"那里明天下午三点的气压是多少?"

"海德堡明天下午三点的大气压力在1087~1112百帕。"

马克大吃一惊。这不是刚才蒂娜给出的数字。虽然他对气象学不甚了解,但也清楚这个数值过高了。

"海德堡明天下午三点的气压多高?"格里姆斯又输了一遍。

"海德堡明天下午三点的大气压力在212~231百帕。"蒂娜用她不带任何情绪的声音平静回答道。

马克顿时浑身凉透。

"海德堡的气压波动真是不小哦。"格里姆斯说着,嘴角扯出一丝冷笑。"也许我们应该给德国气象局打个电话,发布风暴警报;或者最好疏散整个城市的居民。230百帕?我们都需要一个氧气面罩。"

"你们的模拟模型大概有问题。"赫尔穆特说,他总是很擅长点出这些显而易见的事。安德烈亚斯·海德只是痛惜地摇了摇头。

马克赶忙转向卢德格尔求助。卢德格尔却沉默地坐着,把头埋在手里。会议室里顿时陷入一阵沉寂。"这是蝴蝶效应。"马克急中生智,依稀回忆起他曾在商业期刊上读到过一篇关于混沌现象的研究文章。"在特定条件下,仅仅一个微小的变化有时就会带动复杂的系统,产生巨大的连锁反应。科学家们称之为蝴蝶效应。一只在东京的蝴蝶扇动几下翅膀,理论上可以引起法兰克福的一场风暴。"

"风暴有可能,但不会是真空。"格里姆斯说,"除此之外,我今天与环球保险公司的马腾斯先生通过电话。他告诉我蒂娜经常发生错误,这就是环球不续约的原因所在。"他停顿了一下,好让自己的话语得到强调。短短几句不亚于死刑宣判。

马克又一次低估了约翰·格里姆斯。他一直希望能解决与环球之间的难题，D.I.最后的大客户打算终止合作，无论如何都要尽量封锁这个消息。千算万算，没有算到格里姆斯会亲自联络一个D.I.的客户。这也太奸诈了。但是另一方面，他作为董事会成员，确有权力这么做。

马克不需要环顾四周也知道，他已经失去董事会的支持了。D.I.接连五年未达成相应的销售目标，难以想象还有人会在这样的情况下，继续投资这家公司。他甚至能理解投资人——他们脑子里只有数字，却并不在意数字背后技术的价值，也不欣赏程序员们的才能以及他们为蒂娜所付出的心血和创造力。

如今的情形对D.I.而言已经是生死攸关了，之前也几次遇上困境，马克都没有屈服，这次同样不会轻易放弃。"我正在和马腾斯先生协商。"他说，尽量让语气显得自信乐观，过去他用这招撑过了数次难关，虽然这些话在他自己听来都空洞无力。"我们会解决好这个问题的，我向您承诺。"

"承诺？"格里姆斯摇摇头，仿佛无法理解这个词，"赫利俄斯先生，您已经承诺过很多事情了，却都没有兑现。您的软件从未正常运行，如果继续，它将只会永远无法运行。发现这点只是时间的问题。"

"马克，管道的合同怎么样了？"安德烈亚斯·海德问，"这是个现成的大客户，应该可以补上环球合作终止的空缺。"他试图提出一个建设性建议来打破僵局。马克真是爱死他了。

"我们得到了超基因的口头承诺，他们同意购买一套细胞平面复杂化学反应模拟器。"他说，"这虽然是个小订单，但是我相信……"

"即使环球不终止合同，"格里姆斯打断道，"公司的钱也只能撑到……等一下……"他从公文包中掏出一张小纸条,"最多十周。我不觉得 D.I. 能在这短短几周里扭亏为盈。"

"您的意思是,变化资本不打算同意公司管理层提出的增资方案?"赫尔穆特·韦瑟灵问。马克很想掐死他。此时提出这样的问题非常不合时宜,会迫使格里姆斯立刻做出决定。

"我不是这个意思。"格里姆斯说。

马克吃惊地望过去,心脏剧烈地跳动着,重新燃起了一丝希望。

格里姆斯直视着他,傲慢地一笑。"如果变化资本继续投资,那么这里必须发生一些根本性的变化。"

"变化?"海德问,"以您所见,哪里需要变化呢?"

"在我看来,"格里姆斯平静地说道,"D.I. 需要一个全新的管理层。"

3

汉堡——港口新区，周三 17：15

"他不能这么做！那个猪头！"玛丽顶着凌乱的红色卷发气愤地说道，她满是雀斑的脸涨得通红。

"他有这个权力，随他去吧。"马克把头埋在了手心里。现在只有他们三人留在会议室里，其他的董事会成员都已离开。桌上散落着空的咖啡杯、饼干屑以及皱巴巴的糖纸，仿佛这里刚刚经历了一场战役。窗帘都已拉开，汉堡港的美景、蜿蜒汇入北海的易北河风光尽收眼底，令人心旷神怡。马克过去不仅为这风景骄傲，更为 D.I. 有机会进驻汉堡的顶级办公楼汉萨商贸中心第十二层而得意。而现在这里成了他的负累。

他叹了一口气说："他想趁机入主公司，我势必出局。"他在心里默默地补充道："我要完蛋了，房子会被收走，尤利娅不会原谅我的。"

"可你是创始人啊！是你一手创办的公司！"玛丽说。

"那又如何呢？"

"没有你制定的发展方向，公司是没有前景的！"

"格里姆斯不需要前景，他只想要钱。"

"鼠目寸光的家伙！我们有全世界最好的程序，有……"

"全世界最好的程序？天大的笑话！"愤怒与失望紧紧扼住了马克的咽喉，他几乎喘不上气来，"完全是狗屁不通！你也看到了，蒂娜的运算一团糟！"

"只是发生了一个小错误而已，肯定会解决……"

"是最近一直重复发生的小错误而已！我可以理解环球了。一个失信于人的模拟系统要它何用？总之，格里姆斯是对的，蒂娜根本无法正常使用。"

会议室突然安静下来。两人的视线转向卢德格尔，他全程僵坐着，脸色惨白，双唇紧闭。

"你倒是说话啊！"马克冲他喊着。

卢德格尔只轻轻摇摇头。

"该死的，到底怎么回事？我再问一次！蒂娜之前从未出现问题。编一个能用的程序就这么难吗？"

卢德格尔平日里的镇定不见踪影，望着马克的眼睛，他那张脸突然扭曲起来。

"不难？"他的声音颤抖着，"你什么都不知道！"

"是的，我不知道。"马克双手紧扣着桌边，似乎在努力压抑自己抓狂大吼。"我只是个商科生，不是你这种该死的程序天才。我只知道，因为你和你那帮程序员的失职，公司要完了！"

"够了！"卢德格尔说完，起身离开了会议室，砰的一声把门关上。卢德格尔以前从没表现出如此激动的情绪。

马克狠狠地看向玛丽。他知道他不该那么说——卢德格尔的团队最近加班加点地赶工，就是为了在董事会前完成可以自然对话的蒂娜最新版本。时间仓促，压力一大，出差错在所难免。然而在这个关乎他们存亡的关头，这样的失误他们承受不起！

"我会向卢德格尔道歉。"他说。

"别太介意。"玛丽说，"卢德格尔知道你不是那个意思。你现在的第一要务就是回家好好休息，今天太累了！明天再找他心平气和地谈一谈，一切都会好起来的。"

马克看了看表。这块黑色表盘的金色爱彼表还是当年公司拿到第一笔大投资时，他一时冲动买下的。他点点头。虽然才五点半，但要他以此刻沮丧又疲惫的精神状态找卢德格尔谈话，不知道会说出什么愚蠢的气话。

当他离开会议室时，大开间办公室里的员工纷纷投来疑惑的目光。方才卢德格尔摔门而去，大家就都明白会议的结果并不理想。

天知道，卢德格尔自然有权利生气。他明白这个团队有多优秀，而他很快就要失去他们了，这个事实让他心痛不已。不幸中的万幸，至少他们中的一部分人可以保住自己的工作。

马克尝试说几句安抚的话，或者开个玩笑，随便说点什么都好，只要能安抚大家慌乱的情绪，但他想不出任何一句听起来不那么空洞的话。他实在难以开口，只好眼神低垂，一言不发地离开办公室。

4

汉堡——波彭布特，周三 18:02

他站在自己位于汉堡北部波彭布特的现代别墅前，正要打开那扇典雅的白色大门，却又迟疑了。他不知该如何向妻子解释他即将失业的事实。尤利娅出身于汉堡精英家庭，平日就热衷于维护他们在邻居中的形象，她肯定无法忍受丈夫突然被公司辞退的耻辱。

他努力打消这个念头，试着把注意力转移到一些愉快的小事上：一瓶冰啤酒，尤利娅热情的拥抱，以及可以让他忘却所有烦忧的床笫之事。他深吸一口气，将钥匙插入门锁。

尤利娅正在电视前观看晚间节目前的一档无聊表演。听到开门声，她关掉电视，热情地将他迎进门。"怎么样？"

马克不解地看着她："什么怎么样？"

"你觉得我今天如何？"

马克眨眨眼："你做了头发。看起来棒极了！"

尤利娅噘起嘴："胡说！我指的是衣服！你不喜欢吗？缇娜说这件衣服特别适合我！"

这是一件深红色的纯棉紧身连衣裙。她说的没错，这条裙子凸显了妻子苗条的身材，在她齐肩金发的衬托下无比完美。"喔，当然，美极了！"

"而且打了折！原价1200欧降到了800欧！"

马克全身凉透。800欧的一条裙子，轻飘飘地花出去了。她怎么不想想他们还背着巨额的房贷，实打实的家庭财政赤字。他咽了口唾沫，说："你还买了什么？"

尤利娅低下了头。每次被人看透的时候，她总是一副我见犹怜的委屈样。

"还有一样小东西……"她歉疚地笑着说，"一个手提包。这个包我不得不买，超级配这身衣服！还有一双相配的鞋子，我一直没有一双深红色的鞋子。就这些了，我发誓。"

"总共多少钱？"马克问。

他的语气让尤利娅吃了一惊，回道："500欧左右，还有鞋子。不过鞋子也是打折的。你别生气了，好不好？"

马克简直不敢相信这一切。他曾经一直喜欢她优雅的着装与谈吐，她在公开场合露面时的得体举止，总能吸引无数赞叹的目光，这令他颇为骄傲。然而随着账户上的数字愈发沉重，不仅是财务上的压力，他甚至接到了银行打来的电话。他已经叮嘱过尤利娅不下十次，请她节约一点。这位出身富足的妻子根本不了解何为柴米贵，何为赚钱的辛苦。

他又一次深呼吸，说道："宝贝，我已经和你说过很多回了，钱不能再这么花了！我们必须为了这个家精打细算！我并不是百万富翁！"

"可是你有公司啊！你总说，一旦公司上市就……"

"我们可不会上市，去他的上市！"他意识到自己的语气太过尖锐，却又无能为力，深深的挫败感袭来。"再也不会有什么上市了！

你别再看那些愚蠢的综艺秀了，多看点书吧！我不是有钱人，也不会成为有钱人。"他叹了口气："相反，我应该不久就会失业了。"

尤利娅瞪大了双眼看着他："什么？"

"约翰·格里姆斯打算解雇我这个CEO！"

"他怎么能这么做！这是你的公司啊！"

"没错，我拥有部分股权，但是公司是依靠投资方的资金维持运转的。他们有权力对我做出裁决。"

尤利娅开始哽咽，泪水顺着她美丽的脸庞落下，她的下唇微颤，几次张嘴想说些什么，却什么也没说出来。

马克很想拥抱她，安慰她说一切都会好的，他一定可以渡过难关。就在此刻，尤利娅开口了："我真该听爸爸的话！他一直说你的公司靠不住。我总是帮你说话，我那么相信你。"她哭着说："而时间证明了爸爸是对的。从一开始他就警告我，我嫁的是一个失败者。"

马克被这套说辞惊呆了。

失败者。这要是几天前听到，他一定觉得十分可笑。他可能还不够富有，但是创立了一家正常运营的公司，克服重重困难，拥有二十多个员工，怎么也不会是一名失败者。

但是今天一切都变了样。"失败者"这个词在他的心口给了狠狠一击，而且这是他最爱的妻子尤利娅给他的。他明白自己即将说出的话会造成无法挽回的后果，但他无法自持。

"那你现在就滚回你父亲那里去，和他哭诉这一切！"他咆哮着说，"我相信他一定会给你买几件漂亮的衣服！"

尤利娅怒火中烧，在一阵令人窒息的沉默后，缓缓点头："好，我走！"

她的父母就住在附近一栋漂亮且富有艺术感的别墅里,并且拥有两间客房。只要马克出差,尤利娅就会回父母家小住。她拿着钥匙,头也不回地离开了。摔门声消失后,只剩下寂静。

5

加州帕罗奥图，周三 13：03

  诺曼·里德看了下表。刚过一点。还有不到一个小时，早班就结束了。他可以去小卡尔的店里买几个汉堡，然后开车回家倒头就睡，到了晚上又能像往常一样登录永恒游戏和他那群朋友大杀四方。

  他对着窗外发了会儿呆，天空舒朗，只挂着零星卷云，微风徐徐，海浪奏出规律而曼妙的拍岸声，这是个适合冲浪的好日子。诺曼很久都没有去冲浪了，那时他才十六岁，拥有如运动员般矫健的身姿。现今长出了啤酒肚的他，再也没有勇气走上沙滩了。不过也无所谓了，他早就对自己的肥胖麻木了。

  在一次失恋后，他开始暴饮暴食，等他意识到身材走形，为时已晚。自那之后，本和杰瑞店里枫糖核桃的味道在他的生命中比一场美妙的性爱更为重要。可现在他觉得枫糖核桃也变得无趣了。人们都不再参加聚会寻欢作乐，因为网络就是乐趣。

  身为一个胖子，需要面临的唯一问题就是出汗，尤其在加州，稍不留神就会满头大汗。这就是为什么他那么爱待在空调房里，比如他这间位于硅谷互联网核心地带的超现代化玻璃大厦的办公室。

头号嫌犯

诺曼非常荣幸可以加入这家世界顶尖的搜索引擎公司,两年来,他所持有的公司股权节节攀升,分红颇为可观。公司安排他担任计算中心的负责人,管理全球最大的计算中心,但他对自己的生活还是不满意,他觉得一切都过于无趣,缺乏挑战。他恨不得在他监控的一台高性能计算机上安装永恒游戏的客户端。但这是严禁发生的。

他的工作是监控作为搜索引擎核心的服务器场性能。尽管枯燥乏味,但也有好处,比如没有工作压力。诺曼讨厌压力,压力会让他神经紧绷,一紧张他就会大汗淋漓。

通常人们可以在不到十分之一秒的时间内,从数千台存储了来自超过五十亿个网站信息的互联计算机中,快速得到搜索结果。但是当大量用户突然同时访问,造成网络阻塞,就有可能导致搜索时间略有几秒延迟。这种情况是十分糟糕的,用户对这类情况的容忍度极低。

诺曼的工作便是杜绝这类情况的发生。他负责监控系统,统计数据及分析网络阻塞的原因,并在计算机容量告急的第一时间,配置新的硬件。

一般来说,计算机负载远低于临界阈值。但如果世界某地发生重大灾难,全球数百万用户同时搜索信息,它随时可能出现。不过目前,服务器的访问量少于每秒三千次,远低于临界值。

诺曼例行地瞟了眼系统数据,这张表显示的是刚刚过去十秒的服务器负载情况。

时间	点击量/秒	平均处理时间	系统负载率/%
13:03:21	2867	00:00:09:27	05.27
13:03:22	2754	00:00:09:54	05.40
13:03:23	2761	00:00:10:05	06.19
13:03:24	2903	00:00:10:18	06.32
13:03:25	2855	00:00:10:40	06.34
13:03:26	2801	00:00:10:52	06.59
13:03:27	2740	00:00:11:03	07.12
13:03:28	2669	00:00:11:09	07.38
13:03:29	2721	00:00:11:31	07.35
13:03:30	2680	00:00:11:39	07.49

他吓了一跳，出事了。点击量基本持平，但是系统平均处理时间和负载率却在逐渐增长。这不可能。

出什么问题了？病毒吗？不对，不可能。

两年前曾有一次非常严重的病毒感染，计算机组集体崩溃，人们至今仍谈之色变，自那以后公司就采取了更为复杂严密的安全保护措施，病毒根本无法侵入。

那就只能是硬件问题了。一定是集群板坏了，不过要真是这样，系统负载率应该激增，并居高不下。

更令人吃惊的是，他注意到系统负载量逼近10%的高峰标准。只有在清晨，欧洲的人还在工作，美国西海岸的人也渐渐开始清醒，负载量才达到高峰标准。他感觉自己的额头和腋下开始渗出汗珠。

在系统负载率达到11%时，诺曼拿起电话打给硬件服务部门的乔伊。一定是一整排计算机出了问题，他担心会产生多米诺效应。

"乔伊·古纳。"

"你好，乔伊，我是诺曼。我这里点击量很稳定，但是系统负载率却逐步上涨，一定是哪里出现了问题。"

"我反对，休斯顿。"乔伊拙劣地模仿汤姆·汉克斯的语气说，"系统一切正常。"

"你确定？"

"听着，别说风就是雨，好好做你的事吧，我还有事，挂了？"

"那好吧。只是，我这里……"他瞄了眼更新的统计表，疑惑地眨了眨眼。

时间	点击量/秒	平均处理时间	系统负载率/%
13:06:11	2591	00:00:08:23	04.03
13:06:12	2604	00:00:08:21	04.12
13:06:13	2621	00:00:08:35	04.07
13:06:14	2588	00:00:08:55	04.15
13:06:15	2612	00:00:09:01	04.01
13:06:16	2675	00:00:08:43	04.13
13:06:17	2663	00:00:08:47	04.10
13:06:18	2600	00:00:08:29	04.07
13:06:19	2611	00:00:08:50	04.04
13:06:20	2596	00:00:08:29	04.05

"算了，乔伊，是我搞错了。这里一切正常。"

"在正常值了？"

"是。"

"你该吃药了,明白吗?"

"你个白痴。"诺曼放下电话。奇怪,究竟怎么回事?分析负载量的统计表出错了?他觉得不太可能。负责监控工作到现在一年多,系统运行从没有出过岔子。

如果硬件也没问题,那肯定是程序运行过程中出了问题,这个程序不仅需要大量储存空间,对运行空间的需求也很大。会是什么程序呢?不会是病毒,因为通常病毒不会给中央处理器造成负担,而是影响通信渠道的畅通。他检查了过去几分钟内发出的数据量,没有任何异常,所以病毒的可能性完全排除。

那会是什么呢?有人违规在计算机内安装了外部软件?也许是一款电脑游戏?在这个超级搜索引擎上,利用它强大的计算能力,模拟虚拟的游戏世界,光是想想就让他兴奋不已,完全是人生赢家的体验。但这显然是无稽之谈,一个可以同时实现集群计算和运行 3D 模拟的程序并不存在。

诺曼清楚地知道,他应该报告此事。监控到系统出现异常,立刻发出警报是他的职责所在。然而他又有什么依据呢?仅仅一次系统负载量远低于临界阈值的短暂剧增,完全不值得慌乱。假如他因此发出警报,他自己都想笑话自己了。更何况他不是还告诉了乔伊,已经被乔伊嘲笑了一番。退一万步,即便真出了状况,上面来问责,他还可以把矛头指向硬件部门。

他把心放回了肚子里,再次望向窗外,内心瞬间又涌起躁动和渴望,他渴望踩着冲浪板,踏上三米高的浪头,直冲而下,享受风浪带来的令人醉心不已的快感。

6

汉堡，波彭布特，周四 06：58

尤利娅清澈湛蓝的眼睛直勾勾地看着他，嘴唇湿润泛着光泽，微微张开。她轻拂身上那件深红新衣，这衣服勾勒出她那凹凸有致的身形，女人味十足。她抖了下肩膀，衣服像手巾般轻易地滑落，显露出她的胴体。

她缓缓走向床边，朝他俯下身来。突然间，她的眼神变了，闪烁着金属的灰白光，嘴角带着一丝冷笑："你好，马克。你今天过得如何？"她的语调听起来十分不自然，尤其是每个字之间的停顿长度。这是电脑合成音。

"蒂娜！"马克自言自语道。一时间情欲和恐惧同时笼罩着他。

她继续弯下腰身，那丰满的胸部几乎已经触碰到他了。她用手轻柔地插入他的发间，但那只手带着冰凉的金属感。她继续轻轻抚过马克光裸的身体，直到他的膝盖，接着顺着大腿往上触摸……

突然，不知哪里响起了警报声，门被狠狠撞开，约翰·格里姆斯手持巨斧径直冲进卧室。"原谅我，我们必须带您离开这里！"他大喊着，在他头顶上挥起斧头。"现在气压只有 320 百帕，氧气也不够了!"

斧头连连砍在蒂娜背上,却没有血液溅出来。突然,她的身体变成了一群苍蝇,一时间苍蝇的嗡鸣声和着刺耳的警报声简直要把人逼疯……

马克惊坐起来,伸手关掉了闹钟,正有一只苍蝇在黑暗中吵闹。

他摇摇头,试图让自己清醒,但马上又后悔了。昨晚,他喝掉了整瓶的红酒,不知不觉就睡着了。但是,再次清醒后,沉重的现实依然压得他喘不过气来。

他起身下床,吞下两片阿司匹林。等他冲完热水澡,又给自己准备了几片火腿吐司和一杯浓咖啡。是的,他要找回一些精神头,他不能让自己就这么消沉下去。为了自己的前途,更是为了保住自己的团队。谁也不知道格里姆斯接手公司后会做出什么事来。虽然这次连他自己都不知道还有什么办法可以反败为胜,但是无论如何,他必须解决眼前的难题,创造出奇迹。

D.I.的发展史上一系列辉煌的成功,同时伴随着各种戏剧性的失败。马克作为德国新经济期的杰出代表,甚至登上过一本著名商业杂志的封面。在国际展览会上,蒂娜多次获奖。然而,在新经济市场破产后,他们的销售业绩便一蹶不振,远低于预期,投资方接连撤资。D.I.一次又一次濒临破产,仿佛逃不出和Boo.com、布洛克特、电缆新媒体及其他所有失败的德国新经济代表公司一样衰败的命运。

但他总能获得一线生机,找到新的投资人为公司注资。马可知道还是因为他对公司及产品蒂娜的热忱,打动了他们。当然,另一个原因就是他不接受失败,即使前路渺茫,他也有坚持下去的毅力。他始终坚信,意志力才是取得成功的先决条件。

他也在考虑是否该打电话给尤利娅,最终放弃了。或许晚一点打这电话更好,她可以平静一些。他准备晚上买一大束鲜花去她父母家接她回来,然后一切回到正轨。虽然他们夫妻之间早已没有开始的激情,但感情还算和谐。他不愿为了一个小争吵,轻易结束这段婚姻。

他觉得自己重拾了信心,这是成功的第一步。马克开着银灰色的保时捷,向公司驶去。

他到达汉萨商贸中心的时间是八点十分,这座现代红砖玻璃尖顶建筑优雅地矗立在易北河畔。两辆警车正停在大楼前的停车场,其中一辆车顶还闪着蓝光。出事了?昨晚这里发生了非法入侵?

马克把车停在地下停车场,然后坐电梯去往十二楼。这部智能电梯可以不停靠直升十二楼。电梯加速,马克开始失重。几秒后减速,马克感到地面下陷。他感到有一丝不舒服,刚才见到的警车也让他有些惴惴不安。

电梯门开启,他的第六感被证实。玛丽正站在办公室门口同两个男人说话。他们虽然身穿便服,但他们的举止和警觉的神色,无一不透露着警察的身份。两人听到电梯开门声,同时转过身来。玛丽两眼通红,黑色的睫毛膏在眼下晕开,脸上布满泪痕。她踉跄着跑向马克,又突然停下脚步,似乎不敢离他太近。

"是卢德格尔。"她说着又哭了起来,"他……他……"她哽咽着,似乎难以开口。最后,她终于说完:"他死了!"

7

汉堡，港口新区，周四 8：30

马克什么话也没说，径直绕过她，冲向卢德格尔的办公室。他的好友上半身伏在办公桌上，头与一只手靠着键盘，另一只手垂在空中。他的双眼失去焦距地睁着，似乎无法相信自己已经死去。桌上、关闭的屏幕上、地板上满是干涸的血迹，血是从卢德格尔脑后一处裂开的伤口涌出的。

马克愣愣地盯着眼前这一幕，试图理解这些画面，想要找出这一切的逻辑。但在这种状况下，他的大脑一片空白。卢德格尔！倒在一片血泊里！死了！永远地离开了！

太荒谬了。谁杀死了卢德格尔？阴险地从背后偷袭？大家都喜欢他，这么一个才华横溢、为人谦逊的人，永远激励团队，从不胡乱施压，更不会碍到谁。没有任何理由被害！哪个天杀的干的！

读中学的时候，卢德格尔为人低调，与人为善，尽管成绩名列前茅，却从不自视甚高。也正因此，他反而遭到一些同学的嫉妒，被他们孤立排挤。有一次，马克看到卢德格尔又被一伙人欺负，为了帮助卢德格尔，马克和那些人打了起来。幸好有几名老师及时制止，他俩没有被打成重伤，不过马克的身上还是留下了好几处严重的瘀青。自此之后马克与卢德格尔就成了铁哥们儿。后来马克大学毕业，在一家大型电脑公司工作，升任产品经理后，将卢德格尔也介绍到公司，他在研发部工作。再后来，两人出来联手创业，进行分布式智能的开发研究。多年来，两人一直保持着亲密的关系，连争吵都很少，除了昨天的那一次。

也许有人认为卢德格尔是活在象牙塔里的人，但绝不会有人因为任何理由去恨他。

这时，出现了苍蝇的嗡嗡声，这只苍蝇盘旋停在了卢德格尔头上，沿着他冰冷的脸颊移动。马克向前迈了一步，想要赶走那只该死的苍蝇，却被人拉住胳膊制止："您不能碰他，警方要保留房间里的线索。"

马克转过身，出声的是刚刚在和玛丽说话的其中一个男人。他看起来四十出头，短发，络腮胡。男人伸出手，说道："我是警长温格尔，负责调查本案。"

马克点点头。

"我们能找个安静的地方谈谈情况吗？"

马克带他到自己的办公室。他突然有些恍惚，感觉一切都那么不真实。他走到办公桌旁坐下。

温格尔背对着他，向窗外望去："这里视野不错。"

马克一言不发。

警长转过身，对他说道："您是这家公司的老板，对吗？"

"我们……是一个团队，我是说卢德格尔和我。我们两人一起创办了这家公司。他负责研发，我负责销售。"

"我刚听安德里斯小姐说，您是首席执行官。"

"名义上是这样的，但实际上并没有明显的阶层界定。就像我刚才说的，我们是搭档，所有的决策都是我们共同进行的。"

温格尔向办公桌靠近一步，但并未在客椅上坐下，接着问："那你觉得会是谁干的呢？又是为什么这么做？"

"不知道。卢德格尔从不与人结仇。"

"显而易见还是有的。"

马克摇摇头说："从中学起，我就认识他了，他对大家都很好，没人有任何理由会杀他，这点我十分肯定。"

"但还是有人干了这件事。"

马克的手指在桌上的铜牛雕像上无意识地滑动。尽管公司上市的美梦早已化为泡影，然而代表着这个梦想的铜牛雕像，仍然放在他的桌上。

"可能是小偷……"

"没有任何盗窃的痕迹。此外，凶手是从背后袭击哈马赫的。况且从他的办公桌位置是可以看到门口的。要是真有小偷潜入，他一定会反抗，或者试图逃离。但他没有另外的动作，还是坐在座位上，这代表他与凶手很熟，并且很信任他。"温格尔灰蓝色的眼睛直勾勾盯着马克。"昨晚十一点至十二点，您在什么地方？"

警方必然会这么问，昨天他和卢德格尔不欢而散，所有人都看在眼里，而卢德格尔又是被自己信赖的人杀死。马克突然涌起莫名的罪恶感，如果昨天自己没这么愚蠢，也许卢德格尔不会遭此厄运。

"在家里。"

"有人证吗？"

"没有，只有我一个人在家里，我太太去她父母家了。她父母住在离我家不远的街头拐角处。"

温格尔脸上露出意外的神情。

"我们昨天为一点小事闹得不愉快，都是我的错。"

"您的几位员工也说，昨天您与卢德格尔也吵架了。"

马克点点头回答道："是的。"

"为了什么？"

"我们昨天在董事会上演示新研发的产品，但演示过程失败了，出了问题。"

温格尔的语气突然尖锐刻薄起来，说："你们两人吵架，都怒气冲冲离开了公司。不久，你们两个又回了公司，想当面跟对方道歉。不料争执再次发生，你就在愤怒驱使下杀死了他！"

马克难过地摇摇头，说："不是这样的，我整晚都待在家里。"

"那请告诉我，您为什么会和哈马赫先生吵起来？"

"蒂娜在演示会上，给出的答复几次都不正常，所以……"

"蒂娜？蒂娜是谁？"

"蒂娜是我们的一款软件，叫作'DINA'，分布式智能网络代理的简称，是一种分布式计算的应用程序。"

"您能解释得再清楚些吗？这样警方也能理解。"

马克打开电脑："分布式计算只是个概念，使一个程序在多台电脑上运行，同时相互连接工作。这么做可以将各自运行毫无关联的电脑的运算能力综合，以组成一台超级电脑。那么大家就不需要去购买那些昂贵的硬件。最典型的例子就是 SETI 屏保程序。"

"你说什么？"

"SETI，搜寻地外文明（Search for Extraterrestrial Intelligence）。

SETI研究所是美国的一家私人研究机构,致力于用射电望远镜接收从宇宙中传来的电磁波,希望借此发现外星文明。这项研究需要强大的运算能力。过去它的经费由当地政府负责,后来经费裁减。有人提议,利用个人计算机进行,在个人电脑的后台下载一个很小的文件,程序借助个人计算机的运算能力,比方说电脑待机的时间里,进行运算。我为您示范操作。"

他启动桌面,点击"SETI@home"。屏幕上渐渐出现一个彩色的图标,仿佛是一篇布满蓝、红、粉红三色的神奇海洋。

温格尔站到了他的身后,越过他凑到屏幕前。马克忽然意识到,凶手就是以这种方式站在卢德格尔身后的,心里不由得打了个冷战。

"你们开发的就是这个吗?"温格尔问道,"你的公司在找小绿人?"

"不,当然不是。只是举个例子,我们使用的是这种技术。地外搜寻程序已在超过六百万台电脑上运行,那些电脑全都通过网络与外星文明搜寻服务器相连,这么做的运算能力远远超过政府资助时期能买到的硬件的运算能力。我们使用的正是这种模式。"

"了解了,那你公司到底是做什么的?你们也有一个这样的程序,能在多台个人电脑上运行?"

"没错。我们架构了一个网络端口,人们可以免费下载各种游戏软件。唯一的条件是,必须下载安装蒂娜。蒂娜与搜寻地外文明一样,利用个人电脑的闲置时段,为我们的客户工作运算。截止到现在,我们的程序已被下载使用超过五十万次。"

"您能展示一下吗?"

马克缓缓点点头,当他在键盘上敲出蒂娜二字时,过去二十四小时让他心有余悸,手指微微颤抖。"你好,马克。"电脑扬声器中传来蒂娜的合成音。"你今天过得好吗?"

马克顿时心里一紧,感到一阵恶心,头又痛了起来。他差点想说:糟糕透顶。但他没兴趣知道卢德格尔做了什么样的设置,会让蒂娜做什么样的搞笑回答,在键盘上继续输入:"海德堡今天下午三点的气压是多少?"

"海德堡今天下午三点的大气压力将为1017百帕。"蒂娜平静地回答道。

温格尔显然留下了深刻的印象:"这个东西,我是说这个蒂娜,理解您写的话?"

"不是全部,但大多可以。我们提供给她一个自然语言使用界面,帮助客户简单操作。"

"我还以为实现电脑自主思考,起码还要几十年。"

"蒂娜并不会思考。只能说,她看起来会思考。实际是她会分析输入文字,并搜索已掌握的词汇,借助现有设定的规则进行对话,最后根据客户的要求来执行程序,导出结果。这不是真正意义上的思考。"

"可是,您提到这个程序时,就像在讲某个人。"

马克耸耸肩:"这是我的坏习惯。"

"你的蒂娜昨天出现了错误?"

"是的,我给您演示一次。"马克重新问了一次,海德堡今天下午的气压。

"海德堡今天下午三点的大气压力为1017百帕。"蒂娜继续反馈。

马克皱起了眉,又一次询问了其他地区明天的气压值,蒂娜的答复都十分合理,试了几次都是这样。

"怎么了?"温格尔问,"哪里有问题吗?"

"没问题。不,还是有问题。奇怪了,昨天在展示会上,蒂娜给出的答案十分荒谬,因此导致我们失去了投资人的信任,我也实际上快失去工作了。但是现在看来一切又都恢复正常了。"

"您失业了?"

马克耸耸肩,不置可否。现在,卢德格尔意外死亡,说再多都没有意义了。"投资公司对我表示不满,想要换掉我。"

"于是,您就跟卢德格尔吵起来了。"

马克叹了口气,拿起铜牛雕像,愣愣地看着,似乎是在与它道别。

"是啊,我因此责备他。我是很沮丧,但绝不会去……"他的话突然中断,在铜像和底座的连接处,可以清楚地看到干掉的深褐色的血迹。他瞬间浑身冰凉,手一松,铜像砰地掉落砸到桌上。

"怎么了?"温格尔问道。

"这个……我感觉,铜像上面……有血迹!"

8

汉堡，港口新区，周四 9:01

  警长弗里德曼·温格尔从夹克口袋里取出一个塑料袋，像戴手套一样套在手指上，然后拿起铜像仔细观察。毫无疑问，这上面有血迹，虽然有被擦拭过的痕迹，但仔细看还是能辨别出来。他小心翼翼地将铜像放回原位。物证鉴定中心会最终出具检验报告，证明这个棱角分明的重物是否就是敲击卢德格尔头部的凶器。不过，他差不多已经认定了。

  他眯起眼睛，盯着脸色苍白的赫利俄斯。这个男人是有多蠢，明眼人一看便知，这个案件相当简单。两位公司创始人面临破产危机，互相起了争执，出现命案。然而，赫利俄斯的行为又完全不是一个凶手的状态。他紧张，垂头丧气，却并不害怕，也没有立刻打电话给他的律师。这些新经济行业的混蛋，肯定常常跟律师们有紧密关系。况且他现在连凶器都自动交出来了，这上面还留着他的指纹。

  温格尔刚走进这间视野极佳的办公室时，内心涌起一阵几乎控制不住的怒火。他的大部分积蓄都葬送在了新市场泡沫里，并且极有可能浪费在这间豪华的办公室里。不过，那是他自己的愚蠢，与公事无关。

他不能感情用事，影响调查这起案件的公正。

"您真不知道有谁会做这件事吗？谁与哈马赫有仇吗？或许，是哪个被开除的人？您再仔细想想。"

赫利俄斯双眉紧锁："没有……但也不是，我们三个月前开除过一名女程序员。她要是真的记恨，也该是记恨我，而不是针对卢德格尔。"

"她的名字？"

"丽萨·霍格尔特。"

"地址呢？"

"您可以去问安德里斯小姐。"

"她为什么会被开除？"

"偷钱。公司曾出现一系列的偷窃事件。后来，我们在一张钞票上暗暗做上记号，结果在她的身上发现了那张钞票。我立刻就炒了她鱿鱼。"

温格尔点点头，心想这条线索看起来没什么价值，接着问："那有可能是哈马赫的私人交际圈里的人吗？"

"卢德格尔没有结婚。据我所知，他连女朋友都没有。他的时间基本花在工作上了。"

"您之前提到，昨天蒂娜出现错误，但是今天又似乎恢复正常。这件事您怎么解释？"

赫利俄斯皱起眉，说"我也不明白。或许昨天卢德格尔找到错误了。也有可能，那只是一次偶然现象。"

"凶案可能和这个错误有关吗？"

"您指的是什么？"

"我也不清楚，只是问问。"

"我也想知道它们之间是否有关联。"

"有可能是某人为了拉你下马,故意破坏这个软件?"

"谁会这么做呢?为什么啊?公司一旦破产,谁都得不到任何好处,不仅员工会丢了工作,投资方的钱也会打水漂。"

"又或者是竞争对手?"

"在德国没有和我们同类型的公司,而且美国人至今对德国市场还没有兴趣。"

"您和谁有私仇吗?我想,或许哈马赫并不是这个人的目标,他原本是想加害您……"

突然门被毫无征兆地推开了。温格尔生气地转过身,看到了外号是"弗朗西斯爵士"的年轻警官德里克的笑脸。

"看我找到了什么,老大。"他兴奋地说。

"不是现在,德里克……"

"我知道事发时有谁在办公室里。"

"什么?"

"是门禁系统。所有员工出入门禁时,都要刷卡。门禁系统会准确记录,谁在何时开关门。"

"然后呢?"

"按照员工的说法,最后一个人在晚上八点离开办公室后,这里只剩下卢德格尔·哈马赫。但门禁系统的记录显示,晚上九点零五分时,门再次被打开。也就是说,有人在这个时间来了公司。"

"好了,快说吧,德里克。是谁?"

"九点零五分时,开门的是马克·赫利俄斯的磁卡。"

温格尔转身面对赫利俄斯,观察着这个大惊失色的男人。

9

汉堡，港口新区，周四 9:38

温格尔和德里克站在装潢优雅的会议室里，这里与赫利俄斯的办公室一样，视野极佳，将易北河尽收眼底。

"您说什么？"德里克问。听得出来，他努力控制自己的语气，才没有顶撞上司。

"赫利俄斯说他不舒服，看起来也的确如此。我就让他走了。"

"可是，老大……我认为，门禁……案发时，他实际在办公室里！清清楚楚，他就是凶手！"

"正是如此。"

"正是如此？您这是什么意思？"德里克睁大双眼，看向上司。他的一头金色短发及满是雀斑的脸，让他比实际年龄三十一岁更显年轻。这容易让人低估他的能力。其实这小伙子能力很强，人也聪明，就是过于急躁。温格尔庆幸自己的分局里有这样一员大将。

"你不觉得一切都太过简单了吗？假设赫利俄斯是凶手，他与哈马赫在争吵时，情绪失控，失手杀害哈马赫，随即意识到自己犯了罪，胡乱擦拭凶器，重新放回到办公桌上，再刷卡离开。不顾门禁系统会留下记录，他就这么回家了。"

"或许他忘了……"

"不无可能。隔天一大早，他又大摇大摆地回到办公室，仿佛什么事都没发生，还以死者好友的身份唱一台戏，简直可以拿奥斯卡大奖了。最后，还把作案动机和凶器乖乖上交。你认为这正常吗？"

"照您刚才说的，是不正常。"德里克说，"但您想想，有没有可能赫利俄斯故意这么做，让我们认定他就是凶手？他受了良心的谴责，无法接受自己杀害朋友的事实，甘愿受罚，留下明显的证据指向自己。我上犯罪心理学课程时……"

"我们现在不在警官学院，德里克先生。我不否认，你说得有理。要真是那样，他也就没有潜逃的必要了。但是只要我们没有有力的证据证明他是罪犯，我们就没理由拘捕他。"

"您还究竟需要什么证据？"德里克声音尖锐起来，这完全不是对上司说话时应有的态度。

温格尔并没有感到任何不快，他自己以前也是这样的急性子。他语调平和地安慰他说："我需要一个有说服力的动机。如果争吵是这宗凶案的起因，那赫利俄斯当时一定情绪激动，才会失控动手。如果是这样，哈马赫怎么会放松地坐在自己的办公桌前，赫利俄斯也不会是从背后偷袭，还特意回自己的办公室拿凶器。这是不可能的！如果赫利俄斯是凶手，一定出于有别的动机。只要没找出来，我们就不能逮捕他。"

德里克盯着上司，仿佛在怀疑他的脑子有问题。不过，最终没说话。

"我再重申一遍，我相信是有人想陷害赫利俄斯为凶手。这个人篡改了门禁的记录。不管怎么说，要知道我们是在一家电脑公司里，这里技术人才多得是。他引导我们在赫利俄斯的办公桌上发现杀人凶器，故意胡乱擦拭。只是他没料到，赫利俄斯亲自发现了血迹，从而提供了这条线索。如果赫利俄斯是凶手，只需要把凶器扔进易北河，或至少把它擦拭干净，绝不会将这条线索交给我们。"

德里克还想说点什么，温格尔挥手制止了。

"我很确定凶手就是这家公司的员工。并且此人想嫁祸于赫利俄斯，也许是公司的前员工。赫利俄斯跟我提到过一个被开除的女程序员……"

德里克再也忍不住了，说："老大，我觉得您想多了，想得太复杂了。我无意冒犯您，但是这次要是因为养鸡场老板那件事，而让主要嫌疑人逃脱，就错上加错了。"

温格尔紧皱眉头，被气得面色通红。这混球把他自己当成什么了，居然这么谴责我。养鸡场老板被误判在争执中杀死了自己唯一的儿子，随后在监狱里自杀了。而那人在遗书中，坚称自己无罪。

犯人出于罪恶感而自杀时，一定会在遗书中认罪，温格尔对此深信不疑。他说服检察官重新审理这宗案件。最终发现，真正的凶手是老板妻子的情人。为了保护情人并继承农场财产，老板妻子做了伪证，让所有证据指向自己的丈夫。温格尔将二人送入监狱，但心里还是对养鸡场老板的死怀有深深的负罪感。

德里克是对的吗？他的判断力有没有可能受到那起事件的影响？他会不会因为害怕重蹈覆辙，让真正的罪犯再次逃脱？他叹了口气，说："好吧，你找人去负责监视赫利俄斯。不过，我们并没有掌握任何确切的杀人动机，一定要找出来！同时，我们必须仔细排查公司的每一名员工。"

10

汉堡，波彭布特，周四 10:07

当马克打开房门，他听见二楼有声响。尤利娅回来了！这至少是最近噩梦般的生活中的一线光明。

尤利娅胳膊上挂着一个打包好的旅行袋，走下了楼梯。"啊……"她吃惊地叫道，尴尬地盯着地面。

"尤利娅，你……我……"

"抱歉！我只是回来拿几件衣服，我们等过几天……"她突然顿住，好看的额头皱了起来。"你怎么现在回来了？他们把你……"

"解雇了？不，还没有。"马克倒真希望是自己被解雇了。他意识到泪水在眼眶中打转。"卢德格尔死了！"

尤利娅脸色顿时惨白。卢德格尔以前经常来和他们一起吃晚饭。他们夫妻俩和他关系很好。"什么？发生了什么事情？"

"他被人谋杀了。"

"谋杀？可是……谁……"

"我不知道。不过，有人想嫁祸给我。门禁被人操控了，篡改后布置成我昨天晚上曾经回到公司的假象。"

"是你干的吗?"

"你在说什么?"马克感觉脚下的地面发生了塌陷。"尤利娅,你……这……你不会是这么想吧?"

她倔强地看着他,说:"你昨晚表现得那么反常,又独自在家。我倒是想知道,你昨天晚上都在做什么?"

他无法相信自己听到了什么。尤利娅一直以来都比较容易记仇,但在这种情况下,说这样伤人的话,让人真的无法忍受,令他感到痛心。以往他一直包容他,虽然许多事情上,尤利娅生气都是有原因的。然而现在,她竟然怀疑他杀死了自己的朋友!即使这话不是真心的,只是为了借机嘲讽他,以报复他们昨晚的不愉快,但他还是无法原谅她。他看着地面,克制自己内心涌起的怒火,气氛陷入一阵沉默。

"那我走了。"过了好一会儿,尤利娅说,"我们可以电话联络。"

马克什么也没说,努力保持镇定,在她身后无言地关上了大门。

三小时后,马克保持着坐在沙发上的姿势一动不动,连身上黑色的拉尔夫·劳伦风衣都没有脱下,车钥匙也还攥在手里。他凝视着墙上挂着的大幅抽象画,画面上红色与蓝色线条阴郁地像迷宫般缠绕在一起。尤利娅挑的这张画,花了他2 000欧元。马克一点也不喜欢它,不过这些错乱的几何图形此时却产生了一种类似催眠的效果。这些令人毫无头绪的纷乱的线条,仿佛正映照着他眼下的生活现状。

正是如此,他的灿烂生活已经一去不复返,公司经营不善,婚姻破裂,最好的朋友也去世了。这一切就发生在短短的二十四小时内,他现在心如刀绞。

一切迹象都表明,卢德格尔是被公司的某个同事杀害的。真的无法想象!他熟知自己的团队,信赖里面的每一个人。那个人到底是为了什么原因动手呢？卢德格尔可从来没得罪过任何人。

警官推测，他可能才是凶手袭击的目标，卢德格尔是代他受过？卢德格尔受害的真正原因，难道只是因为有人把罪名安到他头上？这实在是个可怕的想法。

他想起丽萨·霍格尔特。她是一名杰出的天才程序员，人长得瘦瘦高高，一头黑色短发，五官柔和，目光清澈坚定，却总是流露出傲慢、不屑一顾的神情。在 D.I. 的员工中，可以与她的天分比肩的，大概只有天才莱纳·艾尔林或是卢德格尔。不过，她从未完全融入团队。她原来是一名街头朋克，之后又做了黑客，在卢德格尔的说服之下，她才金盆洗手。但加入 D.I. 后却接连发生偷窃事件。马克猜想丽萨有毒瘾，急需现金才干起了偷盗的事。

他不认为她会是凶手，但又无法完全排除她会向自己和公司进行报复的可能。警长讲到蒂娜可能遭人蓄意破坏——也许昨天蒂娜莫名其妙的错误背后，藏着某些不可告人的企图。卢德格尔为了保护系统不受入侵，花费了不小的精力加固系统防御。可丽萨是一名极有天赋的黑客，并且对蒂娜了如指掌，也知道如何操纵门禁。卢德格尔也会在深夜毫无顾虑地让她进入自己的办公室。

她作案只是为了报复自己？而且等了三个月才动手？要知道，直到事件最后，卢德格尔依然维护她，坚信她是清白的。不对，这一切不合逻辑。

无论马克如何绞尽脑汁，还是想不出卢德格尔被害的原因。一切是……

门铃突然响了起来。马克站起身，感到一丝庆幸，终于有件事可以打断自己的思绪。他的心中重新燃起希望。也许是尤利娅回来向他道歉？可尤利娅有房门钥匙。

他忽然意识到，可能是警察。他顿时通体冰凉。虽然之前温格尔警长让他回家，但要求他随传随到。那么现在他们来了，要把他带走。

凶手极有可能制造出更多的伪证。给马克布下的网会越收越紧，警方无论如何都将会逮捕他。他突然醒悟，一旦被司法机关收押，没有任何律师有如此能量力挽狂澜。无论凶手是谁，这一切都是被完美地设计过的，目的就是设法给马克定罪，他将面临至少十年的监禁。真正的凶手却逍遥法外，不必承担卢德格尔之死的罪责。他绝不能让这样的事情发生！

门铃再次响起，他该怎么办，要逃吗？警方必定会守在车库和花园门口，他逃不远的。

他缓缓压下了门把。

11

汉堡，港口新区，周四 11：45

"艾尔林先生，据您同事交代昨晚八点三十分左右，您是最后跟卢德格尔·哈马赫一起留在办公室里的人。"德里克问。温格尔认为，德里克的声音太有攻击性。毕竟他们对面这个长着细软金发、五官柔和、几近于雌雄莫辨的年轻人，是他们的证人，而不是犯罪嫌疑人，至少现在还不是。"那么您什么时候离开办公室的？"

莱纳·艾尔林将铅笔放在记事本的平行处，避免着和警官之间的目光交流。他感到十分不安，似乎在隐藏着什么。

"您听清楚我的问题了吗？"

艾尔林点点头，嘴巴小幅度地动了一下，似乎在喃喃自语，却又什么也没说。

"您是说，您听明白我的问题了？"

艾尔林又点点头。

"那您为什么不回答我的问题？"

艾尔林耸耸肩。

"艾尔林先生，我提醒您，您作为本案件的证人……"

会议室的门被推开,玛丽·安德里斯的头伸了进来。"我不是说过……"温格尔刚开口就被安德里斯打断了:"我必须跟您简短地谈一下,警长先生。"

他点点头,随她出去了。

"你们一定觉得莱纳·艾尔林举止十分怪异。"她站在门口说,"看起来表现得就像一个嫌犯。"

温格尔点头。

"我可以保证他不是犯案的人。莱纳一定是因为卢德格尔的死而十分紧张。他非常依赖卢德格尔。他有阿斯伯格症,这种症状一旦碰上情绪紧张,会格外明显。"

"什么症状?"

"阿斯伯格综合征,是一种遗传性疾病。他们跟别人接触时,会让人觉得他们行为怪异,属于是泛自闭症障碍症候群。这些人称自己为'阿斯皮',有社交沟通困难。"

"您的意思是,他是智障?"

安德里斯恶狠狠地瞪了他一眼,说:"他不是您以为的那种智障。他是我们团队里最优秀的程序员,很有可能是世界级的优秀程序员。他写代码的速度是一般程序工程师的四倍,而且精准率极高。他只是和外界之间交流有些不顺畅,但是在我们这里很受欢迎。"她优雅地用手理了理自己浓密的红发。"请您别给他太大压力。"

温格尔再次点头。"您觉得他有可能杀死哈马赫吗?毕竟他是除了凶手以外,最后一个见到卢德格尔的人。"

安德里斯皱起眉,满是雀斑的脸,让温格尔不知怎么想起来小时候看过的电影《长袜子皮皮》的主人公皮皮。她看着他,似乎他是非法闯入者，她用一只手就可以把他拎起来，在空中挥起旋转一周，抛到柜子上。

"绝不可能！"她说，"莱纳最喜爱卢德格尔。他是莱纳为数不多可以敞开心扉、完全信赖的人。卢德格尔发掘了他的天赋，将他吸收到 D.I.，给予他最大的支持。"

"感谢您提供的信息。"警长对安德里斯微笑着说。不知为何，他不希望看到她生气。

她回了一个微笑，绿色的眼眸中，闪过一丝光亮。他赶紧转身，回到了会议室。

"我最后再说一次，艾尔林先生。"温格尔走进房间时，刚好听到德里克生气地嚷嚷着。艾尔林端坐在那，专注地凝视着桌面。他从一个小糖罐里取出白糖，排列成极精准的长方形。"如果您再不配合，我必须将您带回警局，那……"

"好了，可以了，德里克先生。"温格尔打断他的话，"就这样吧。艾尔林先生，您可以走了。"

德里克望着他，不可置信地说："可是老大，我……"

温格尔回了他一眼，眼里意味明确：他无论如何反对都无效。艾尔林起身，拿起记事本和铅笔，低着头走了出去。

"您这是什么意思，老大？"房间里只剩下他们两人时，德里克迫不及待地诘问，"我就要撬开他的嘴了，您就进来了，然后……"

"他没作案。"

"您怎么清楚的？他的行为嫌疑最大，也没有充分的不在场证明。他——"

"他患有精神疾病，是一种叫阿斯伯格症之类的病。具体细节，你可以去问安德里斯小姐。"

"就因为这个,能证明不是他干的了?"

"因为这个,他的行事才显得诡异。你再如何施压也无济于事。我们找不出他作案的动机,也没有任何指证他是凶手的直接证据。"

"可他是最后一个离开的人,也是最后一个见到卢德格尔的人……"

"准确地说是除凶手外的最后一人。我们可以确定,凶手修改过门禁系统,很有可能是在艾尔林离开办公室后,持卡打开了办公室的门。"

"不过,艾尔林也有可能返回了办公室。"德里克坚持说道,"我们也不知道他离开办公室后究竟做了什么。"

温格尔责备地看了他一眼,说:"我让他离开是因为你对他叫嚷。"

"我哪知道这个人是个智障。"

"他不是智障。"温格尔脱口而出,同时心里暗暗想着,自己的反应为何会这么强烈,是受到安德里斯的影响,所以失去了作为一名专业警察的自律吗?失去了应有的客观判断吗?

"可是您才说过……"

"我刚才是说他患了那种病,所以行为显得怪异,但他显然是名天才程序员。关于那个病症,你明天回去找警局里的心理医生咨询,请他们描述这类病症的状态,顺便再了解一下类似病症的病人是否有行凶杀人的案例。"

"我会去的,老大。那我现在可以继续调查公司其他员工吗?"

温格尔点头:"你继续,我去向安德里斯了解一下公司的财务状况,或许能在那里找到一些线索。"

12

汉堡，波彭布特，周四 13:15

马克打开门。不是警察！"你好，多丽丝！"

多丽丝惊讶地看着他，奇怪马克白天居然在家，问道："尤利娅在吗？"

"不在，她去她父母家了。"

多丽丝是尤利娅的闺密，她立刻感觉发生了什么事情。

"你们吵架了？"

"没有，完全不会，我们好好的。"马克这么回答，但是他知道，多丽丝才不会相信他的说法。"尤利娅回家后，我会转告她，你来过。"

"请告诉她，虽然她忘了我们今天有约，不过我没有生气。她要是想联系我，随时打我电话。"

"她会的。再见，多丽丝！"

"再见！"

他的视线跟随着她，直到她沿着社区安静的道路走到了她的银灰色福特车前，打开车门，回到车上。这时他突然发现了一辆可疑的红色欧宝，车内坐着一名男子，一副忙着看地图的样子。但是从他将车规矩地停在泊车点可以推断,他并不是临时停车。

他们在监视他!他必须离开,立刻!这是他证明自己清白、亲手抓住凶手的唯一机会,或者至少要收集足够的证据,使警方相信还有其他线索。

他慢慢关上门,走进客用洗手间的百叶窗前,透过缝隙观察街道上的状况。便衣警察的确正监视着这栋房子。

马克必须甩掉他!但要怎么做呢?只要他打开车库门,必然会引起警察的警觉。如果外面的路足够宽敞,他的保时捷还能轻松将欧宝甩开。但是这里是市中心,躲开追捕是天方夜谭。

或者他可以直接去地铁站?警方没有能力监控所有的地铁线路,况且最近的地铁站也就几分钟路程。不过,他要怎么悄无声息地离开呢?

他灵机一动,想出了点子,虽然有点冒险,却是他唯一的机会。他走进车库,打开保时捷的车门,插入车钥匙,启动引擎。随后跳下车,坐上尤利娅的深绿色路虎揽胜,把车开到路上。与预料相差无几,马克一打开车库门,便衣也立即发动了引擎,正怀疑地盯着他。马克对上便衣的目光,把车朝他开去,便衣不得不赶紧倒车让路。马克踩一脚油门,用自己的车挡住了欧宝。紧接着,马克快速拔下钥匙,跳下车,冲回车库。

便衣警察愣了没一会儿,迅速反应过来,待他反应过来,立即钻出车,向马克追去,一遍遍高喊:"警察!不许动!给我站住!该死的!"

没时间了,警察会在短短几秒内到达车库。马克赶忙跳上早已发动的保时捷,开了出去,希望警察能灵敏地闪避到一旁。一如所料,当车子和警察擦肩而过时,他听到了那人的咒骂声,伴随着轮胎刺耳的摩擦声。巨大的惯性把他牢牢钉在了座位上,把他的身子压在驾驶座上。马克从后视镜中看到警察掏出了手枪,然而在被子弹打中轮胎前,他已消失在了拐角处。

直到再也看不到警察的身影,马克才减慢车速,以保持低调,避免引起路人的注意。他驶向地铁站,并把保时捷停在机动及非机动车的两用停车场中。尽管他依然神经紧绷,还是尽量放慢脚步,沿着台阶进入地铁站。

幸好一切顺利,在警方有任何异动之前,一列地铁在两分钟后进站。他坐了三站,便换成了别的线路。半小时内接连换乘几趟地铁后,他才安下心确认没被跟踪。至少目前没有。

13

汉堡，港口新区，周四 13：19

"一份超过 100 万欧元的人寿保险？您为什么现在才说！"温格尔突然尖锐起来。

玛丽·安德里斯瞬间满脸通红。见鬼，微微涨红的脸颊让她看起来漂亮极了。"对不起，警长先生。刚开始，我没有想起来。这是投资方的要求，以保证无论公司创始人身上出现任何问题，公司可以维持正常运营。单纯从财务的角度上考虑，这只是一种预防举措。"她愧疚地低下头，说："您觉得这有可能关系到卢德格尔的死吗？"

"很多谋杀案的起因就是一点钱财。"

"但是这笔钱与个人无关，归公司所有。谁会——"

"你说的没错，这家公司正面临破产倒闭，投资方在没有安排新的管理层之前，不会继续投钱。而此时，正好一名董事身亡，那么财务的困境不就解决了？CEO 的位子也就保住了。这一切都太过凑巧了，不是吗？"

"可是，这荒唐了……抱歉这么说，但我绝不会相信，马克会为了这个理由而杀人！更不会是卢德格尔！卢德格尔是整个公司的灵魂人物。我无法想象没有卢德格尔的公司,该如何走下去。"

"你们还有其他优秀的软件工程师。"

"话虽如此,但卢德格尔的位置不可替代。开发软件只需要坐下来,敲出一行行的代码吗?第一步,需要考虑软件运作的整体框架。这就像是造房子,程序员是工匠,负责砌墙、铺设管线、安装窗户,处理各种琐碎的具体工作。而卢德格尔是建筑设计师。"

"可是,只要房屋的设计图完成了,建筑师就可有可无了。"

"软件设计是永无止境的。软件发布后,需要马上完善出更优秀的版本,否则很快就会失去市场竞争力。"玛丽在意识到自己说了什么后,顿时愣住。

"无论如何,"温格尔说,"人寿保险也是条重要线索……"

德里克开门闯进来。今天似乎谁都没有进门前先敲门的礼貌,德里克急着说:"老大,他跑了!"眼神仿佛在说:"你看,我说什么来着。"

"跑了?我明明跟他说过——"

"他找了其他车堵住了我们车的路,然后驾驶保时捷跑了。"

"真是见鬼——"温格尔意识到房间里还有其他人,谨慎地闭口不言。玛丽·安德里斯听到赫利俄斯逃走的消息,露出了幸灾乐祸的甜美微笑,仿佛十分乐见其成。她现在还相信他是清白的吗?她接着问:"您会全面通缉他吗?"

"已经展开行动了,我们会抓住他的。放心吧!"

我们会抓住他?放心吧?温格尔很想教训一下这个不知道天高地厚的浑小子,让他认清楚,谁才是第二分局的领导。不过,现在不是说这个的时候。毋庸置疑,他的确不该让赫利俄斯离开。他们肯定会在背后说,他是因为养鸡场老板的案子,才这般畏首畏尾。好在他目前掌握了一条重要线索。

"我找到一个很有价值的杀人动机,"警长着急地宣布这条线索,接着说,"公司为哈马赫投保的生命险,高达100万欧元。"

德里克不禁赞同地点点头,说:"好的,这下都一清二楚了!"

"简单看是这样的。"温格尔虽然这么说着,内心却隐约感到不安。案子看起来过于简单明了。不过还是把一切都交给法官,让他们处置吧。目前,当务之急是要抓住逃跑的赫利俄斯,刻不容缓!

14

汉堡，埃朋多夫，周四 19：30

"马克！你……你怎么来了？"玛丽·安德里斯打开一条门缝，看见马克后，吃惊地说道。

"玛丽，你一定要帮帮我，警察在到处搜捕我。"

"我明白，快点进来！"

这间老公寓面积不大，房型也相当不好，长廊边是三间狭长的房间。然而，挑高的天花板配上木地板，还是让整间屋子显得十分气派。"房间有些乱，请见谅。我没想到会临时有客人造访。"玛丽羞愧地解释道。马克抬眼一看，除了被随意扔在懒人沙发上的一件T恤外，屋子里一尘不染，没有一丁点儿杂乱，只有几个零散着的懒人沙发，中间摆着一张弯月形的塑料茶几。

在七几年的时候，他父母家就曾经出现过这种懒人沙发，被调皮捣蛋的他用剪刀剪坏，把里面的聚苯乙烯填充物弄得客厅到处都是。马克还以为这种家具早已被淘汰了。不过也有可能是复古潮流。他随意捡了一个懒人沙发坐下，玛丽拿来两杯红酒，递给了他一杯："原本你要是能来找我，会是件令人开心的事。我真不希望是眼下这种棘手的状况。"

"相信我，这也非我所愿。我现在实在是举步维艰。"他将自己的逃亡遭遇告诉了玛丽。

"哇，"玛丽点头赞赏，但神情立刻变得严肃，"温格尔警长对这件事很生气，我感觉他还挺靠谱的，你为什么一定要逃呢？"

玛丽能这么问，说明她是相信他的清白的。马克内心十分感动："有人想把罪名嫁祸给我，如果等到司法机构介入，将我抓捕，我就彻底没机会了。因此我必须找到幕后真凶。"

"你想怎么做？他们在四处搜捕，一直这么躲避不是个办法。"

"我能不能在你这里躲一阵……"

"当然。但我觉得这只是一时之计，警察很快会找上门来。"

马克点点头："也是，其实我不想把你牵扯进来。"

"你这是说的什么话？你以为我不在意是谁害死了卢德格尔吗？"她的眼中瞬间噙满了泪水，"我只希望他们早点揪出那个坏蛋！"她声音哽咽道，用纸巾擦去眼角的泪水，清了清嗓子，"你觉得会是谁干的？"

"不清楚。但是，我有个推测。"

"推测？"

"我白天在地铁上兜圈子的时候，一直在琢磨，后来我想起一件事。你还记得蒂娜在董事会上出现的奇怪错误吧？卢德格尔晚上留在办公室，一定是为了找出错误原因。而他很有可能找到了这个原因，也因此遇害。"

"因为他找到了错误的原因？"

"因为蒂娜被操纵了！"

"蒂娜被操纵了?你的意思是有人在搞阴谋破坏?但会是谁呢?"

"我不是说阴谋破坏。我推测有人妄图利用蒂娜以达到不可告人的目的。我们开发的蒂娜是一款强大的软件,它的运算能力相当于五十万台电脑的量级。如此优秀的运算能力能完成许多工作。也许有人企图利用蒂娜的运算能力……"

"但是,什么人会需要如此巨大的运算能力呢?我想没有谁会有这么大的需求吧……"

"从商业上来看,的确没有。然而,有心人同样可以借助这样巨大的运算能力,做到普通模拟器所不能完成的事。"

"然后呢?"

"比如解码,比如在大量文件中筛选重要文件,诸如此类。"

"你的意思是,某些黑客利用蒂娜入侵陌生人的电脑系统?"

"不排除这种可能,又或者是某个情报机构、恐怖组织。我不清楚。但是我听说,约翰·格里姆斯曾经是英国军情处的官员,他……"

"等等,你在怀疑格里姆斯害死了卢德格尔?格里姆斯无疑是个混蛋,可……"

"不一定需要他亲自动手。你想想,变化资本为什么要在新经济市场没落时投资公司?他们既然决定拯救我们公司,为什么又要换掉管理层呢?谁知道呢,说不定他们的背后是美国中情局……"

"马克,你这是自寻烦恼。变化投资我们是因为我们是一个出色的团队,也开发出了优秀的产品。更何况,投资人是被你说服的,你给他们留下了深刻的印象。"

"可能吧。但我还是认为,卢德格尔的死与蒂娜的错误运算之间存在着某种必然的关联。"

"也许你是对的。我们必须找马丁帮忙查查，是否……"

"不，不能找马丁。我们不能让任何人知晓我们的怀疑，起码现在不行。我们无法确定团队之中是否有内应，说不定那个人正是幕后黑手。无论如何，门禁记录被篡改，只会是我们内部的人干的。"

玛丽失望地摇头，一想到凶手会是公司里的人，情感上实在难以接受："那么我们现在能做什么呢？"

"我们想办法登录公司内网，也许能找到些线索。卢德格尔很有可能会在某处留下些注释或者信息。你了解的，他做事严谨可靠，总是会备份留档。"

"好吧。"他们来到玛丽那张精致复古的小书桌前，打开了笔记本电脑。

15

马萨诸塞州,波士顿,周四 14:02

"哇哦,让我来看看抓到了什么调皮鬼?"罗恩·格里将才啃了一半的比萨推到一边,给键盘和鼠标腾出位置。他紧张地盯着屏幕上的不停跳动的数据,"哇,还是条大鱼。那么让我们来收网吧!"

他像钢琴演奏家般的,手指在键盘上肆意弹奏。新的数据不断滚动出现。他停止了自言自语,震惊地张大了嘴。接着一把抓起电话。

"马克,是我。7号。老天,我从没见过这么夸张的大鱼,至少有20MB,而且还在持续增长。"

麦克·奥德本是奥德本网络安全公司的创始人及总裁。这是家规模不大的杀毒软件公司,在波士顿北部的一栋普通的底层建筑中。罗恩的工作就是监测每台电脑中的一条网络专线,用来作为引诱未知病毒的饵。就像捕鼠器般置于光天化日下,时刻连接网络,上传下载网络信息,保持自己与数据世界的联系,持续收发邮件。这是所有病毒都喜欢的,对它们而言就是没有任何阻碍、自由出入的粮仓。

然而,他们在系统背后留了个后门,藏着一个小程序,监测网络中的一切活动,只要是与奥德本公司预设的信息不符,都会通知系统。

通过这种方式发现新的入侵者,即刻展开分析,将其特征与病毒库一一比对。如果是已知病毒,系统便不再向上汇报,而未知病毒会被立即发送通知到罗恩的监测端电脑。

如此这般,奥德本的分析程序基本每天都会截获一个病毒。多数都是木马的变种,并不关键,无须多费周折,直接将病毒的签名传送到数据库,奥德本软件的核心所在。

而这次碰到的和以往完全不同,罗恩兴奋不已。要知道,发现一个未知病毒,不仅代表着领先了对手一大步,可以率先提供相应的杀毒和防御补丁,更意味着声誉、媒体关注及随之而来的金主客户。

"是的,我也注意到了。"麦克说,"它在做什么?在我们的电脑上下载了一堆莫名其妙的软件,阻碍中央处理器的进程。是用阻塞进程的办法使电脑瘫痪的病毒吗?"

"我不这么认为,它没有那么大的体积,但却很有结构,看起来和它下载的文件有关。"

"你的意思是它在窃取密码,还是什么吗?"

"不对,它没有读取任何密码信息。尽管密码就跟放在大街上的100美元一样显眼,但它似乎视而不见。它对电脑自身没有任何兴趣,我还不确定它有没有看过电脑中的现有资料档案或者Windows系统变量。"

"行吧,你先备份,我们回头研究一下。"

"好,正在备份……哦,发生什么了,怎么会?"

"什么怎么会?"

"那个王八蛋溜了,消失得无影无踪,它好像发觉我想复制它。"

"罗恩,你在瞎掰!"

"或许吧。"

"这会是谁做的?"

"我觉得不是我们熟悉的朋友做的。这家伙跟我认识的人不一样。"

"一点记录都没有留下吗?没套住任何能让我们做程序分析的东西?"

"抱歉,没有。"

麦克叹了口气:"我只希望所罗门或者迈克菲的家伙们同样也被它耍了。"

罗恩心不在焉地挂断了电话。他暗自筹划着要怎样设套逮住这个幽灵般的病毒,不过他还是想不通,病毒究竟在电脑上做了些什么?

16

汉堡，阿尔托那，周四20:43

"水上的烟雾……天空中的火焰……"奥拉夫低沉的声音在歌曲中格外动人。键盘的声音来自取样器，但是卢迪就是能造出满是硝烟的重金属风格，让你有种错觉，这是顶级键盘手约翰·洛德的现场秀。就连尤尔根的贝斯，今天都分毫不差地跟上了拉尔夫打击的鼓点。

弗里德曼·温格尔的手指在他的电吉他上尽情弹奏，颇有传奇吉他手瑞奇·布莱克摩尔的风范。深紫乐队的音乐，将他体内的疲惫涤荡一空，音乐的疗愈如此真实，让他沉醉其中，身体为之震动。

不，不是他的身体在震动，是另一个东西。手机！可恶的破手机！

他试图不去理会，继续弹奏。然而，失去亢奋状态，手指开始不听使唤。恰好此刻轮到他来独奏，他一瞬间愣神了。

温格尔不得不暂停，伙伴们气愤地瞪着他，原本的状态多好，所有人不得不停下来，如同一列不得不急刹车的火车。

"实在抱歉，兄弟们！"温格尔说着，心里备感困惑，明明之前在路上手机信号一直断断续续，到了这个墙壁足有一米厚的练习室里，居然能收到信号。他赶忙从紧身牛仔裤口袋里拿出手机，上面有条短信马克·赫利俄斯在艾丽卡街 12 号，汉堡 10151。

他皱了皱眉，这是什么意思？德里克把赫利俄斯的地址发给他做什么？不对，等等，手机显示不是他同事的号码，这是个陌生号码。赫利俄斯不是住在波彭布特吗？

不过，这个地址有点耳熟，今天他曾经在哪里听到过。他想起来了，玛丽·安德里斯住在那里。他知道了，赫利俄斯现在一定在她那里，她悄悄发短信给他求助！

"抱歉，兄弟们，我有任务了。"

乐队成员们抱怨声起，拉尔夫丧气地用鼓槌用力击打了一下低音鼓："我说老弟，乐队一起玩的时候，你能不能把你那玩蛋的手机给关了？周六就要上台表演了，我们还差得远呢！"

"我实在没办法，你明白的。"

"您知道吗，警长先生，您就是个十足的傻蛋！"

17

汉堡，埃朋多夫，周四 21:22

突然间门铃响起来，玛丽看了马克一眼。一个小时以前，他们登录了 D.I. 内网进行搜索，没有找到卢德格尔昨晚留下的任何线索。卢德格尔的个人文件夹的修改日期停留在展示会之前。凶手的技术相当专业，并非常了解卢德格尔的个人习惯，清楚他的一切工作内容。

门铃又一次响起，玛丽走到门边，接听对讲机。"请问哪位？"

在那头传来警长失真的声音前，马克心里有预感，猜测是警方。玛丽困惑地看了马克一眼，随即按下门禁开关。"快藏起来，我去引开他们。"

警方一定会强制搜查这间屋子，不赶紧离开就完了。他快速衡量了一下。"把你的公寓钥匙给我，快些！"玛丽将钥匙递给他。马克随即拎起外套，放轻动作，推开门。"扣上防盗链。"他对玛丽低声说，接着抓紧上楼了。年久失修的楼梯，每走一步都发出吱嘎的声响。幸好警方还在楼下两层的位置，正在登楼梯。在他们抵达玛丽的公寓时，马克刚好走到了上一层的转角处。此时，楼下的房门打开了一条门缝。

"喔，温格尔警长！您这时候找上门来，有什么要事吗？"玛丽一脸吃惊地问道，表情无比真诚。

"我们可以进去吗？"

"有什么事吗？"

"我们想再向你了解一些关于白天案件的情况。"

"非得现在吗？实在抱歉，现在不是很方便。我可以明早直接去警局。"

玛丽的演技十分精湛。但越是这样刻意拖延时间，拒绝警察的要求，警方越确信马克躲在房内。

"可是……不是您……"温格尔言语中透露出一丝疑惑。突然间，他仿佛恼羞成怒，高声说"安德里斯小姐，请立刻开门！我们收到举报，重大嫌疑犯马克·赫利俄斯就藏在你家！"

"马克？胡扯！不是他干的！"

"究竟是不是，我们会查清楚的。只要他是清白的，就不会错判。但是现在，请您立即开门！"

"您有搜查证吗？"

"如存在耽误案情调查的危险，不需要出具搜查证。"

"危险？什么危险？"

"危险，就是疑犯很有可能藏匿在您家中。如果您不立刻开门，他就很可能再次潜逃！"如果玛丽依然固执己见对抗警方，只会加深警方的怀疑。不过她意识到了这点，马克听到她磨磨蹭蹭地打开了防盗链。

他躲在楼梯转角，谨慎地探头张望。两名警察握着手枪走进了屋内。"你留在门口，"温格尔对他的同事说，"以免他从这里溜走。"

马克原本计划在警方进屋搜查的时候，经过门口悄声溜走。要是有人留在玄关，房门打开，想要脱身更是难上加难。

此外，如果他们在玛丽家没有找到他，必然会沿着楼梯大肆搜查，风险就更大了。这可如何是好？

突然，楼上出现了开门声，紧接着是下楼梯的声音。他别无选择了，要是被人发现就迟了。

他尽可能贴着墙壁，踩着那人下楼梯的节奏，往楼下蠕动。

在他即将靠近玛丽家时，深深地屏住了呼吸。楼上的脚步声越来越近，一旦绕过转角就会发现他的踪迹。

"里面看起来没人。"温格尔警长在屋内说，"我们最好搜一下楼道。"

此时不行动，更待何时。马克飞身越了过去，用力将玛丽的房门甩上，然后大步往楼下冲去。等警察从震惊中反应过来，重新打开房门朝他追来时，他已经跑出半层。

"老大！老大，他在这里！站住，该死的！警察，不许动！"

马克抵达底层，打开大门，在德里克下来前，迅速将门反锁，并把钥匙扔在不远处的地板上。

年轻警官怒火中烧，面目狰狞，用力推搡门把，接着对在这扇青年风格玻璃大门后的马克举起了枪。

"我是无辜的！"马克咆哮道，接着逃走了。

德里克始终没有扣下扳机。

18

汉堡，埃朋多夫，周四 21：30

"怎么会这样！他们又一次眼睁睁地让他溜走了！""这笔账我们慢慢算！"温格尔大声斥责，"窝藏疑犯，视为包庇，是……公然反抗公权！"

"他不是凶手。"安德里斯语气镇静，眼中含泪。

温格尔努力平息自己的情绪："他不是凶手，为什么要跑？"

"因为您不相信他不是凶手！因为他等不了你们慢慢去查寻真相！因为凶手还会捏造出更多的伪证。"

"所以您就窝藏他？"

"我没窝藏他，我们只是一起在公司内网上搜索线索，可惜一无所获。"

"我无法相信您的说法！"

"我猜也是。"

"他现在去哪儿了？"

"即便我知道，我也不会告诉您。"

"我们会抓住他的，安德里斯小姐，您等着瞧。你也逃不掉的。

说不定您在这起案件中也扮演了某个角色。您作为公司的财务总监,也是能从哈马赫的生命险中获益。"

安德里斯顿时脸色惨白。温格尔一瞬间真的感觉她是赫利俄斯的同伙。然而她眼睛微合、嘴角紧抿的神情,让他明白了,惨白的脸色是被他气出来的。

"你……你就是个笨猪头!"她大吼出声,在他眼前,用力关上了门。

"你这是辱警!"警长大喊,"我一定不会放过你的!"他当然不会指控她,他只是想出口气。他不满德里克的表现,居然像个新人一样,轻易上当。好吧,德里克的确是新人。不过最让他失望的还是他自己,再一次错估了赫利俄斯。

他走下楼梯,见到了自己那垂头丧气的同事。

"对不起,老大,我表现得像个白痴。"

温格尔听到这些话情绪平复了许多,他本打算无论如何一定要教训一下这个不知天高地厚的新人,但他又不想让人觉得他是个暴脾气的混蛋。

"算了,那家伙远比我们以为的狡猾,但他逃不了多远的。"

尽管这么说,他心中的疑虑愈发强烈,假设马克为疑犯的调查方向正确吗?他再次打开手机里的短信,递给德里克看:"你去查一下这条短信是谁发的,原本我还以为是安德里斯,现在看来另有其人。"

"那会是谁呢?老大,那人怎么会知道赫利俄斯在这里?"

"一定要查个水落石出。我有预感,我们应该是被人耍了。但无论如何,得先找到赫利俄斯。"

19

汉堡,港口新区,周四 22:51

已是 4 月末了,树枝纷纷冒出新芽,但温度好像还停留在 2 月。马克站在一棵低矮栗树的树荫下,眺望着远处的办公楼。十二楼还亮着灯,他本以为是有人忘记关灯。但马克注意到,有人出现在了软件开发部的窗前。那是员工还是警察,又或者是来抹除犯罪痕迹的人?马克不敢轻举妄动。

更深露重,他在这里站了近一个小时,正准备找地方休息一下。办公室的灯突然关了。

马克等了几分钟后,从大楼中走出一个人影。借助街道的路灯,他辨认出是莱纳·艾尔林。心中的大石头落地,他现在可以放心地进办公室了。

他快速穿过空旷的停车场,正掏出前门钥匙,突然停下了。大半夜的,莱纳为什么还留在办公室?

虽说熬夜加班是程序员的常态,以前为了解决技术问题或及时完成更新,莱纳也会经常和卢德格尔一起开夜车。但现在公司刚发生一起谋杀案,真凶尚未归案,莱纳竟然还能当一切没有发生过似的照旧加班，就多少显得有些怪异了。

一个可怕的念头出现在他的脑海里：昨晚莱纳也在办公室留到很晚。他是在和卢德格尔一起排查软件错误吗？那么卢德格尔死的时候，莱纳很有可能就在案发现场。

他是那个凶手吗？

这太荒谬了。凶手绝不会是莱纳，尽管莱纳的阿斯伯格症让他沉默寡言，与人交往也并不甚热情，但也从未表现出敌意，或有什么过激的行为。难以想象他会冷血地计划实施谋杀。这不可能！这个猜测不成立。

那莱纳为什么要在办公室逗留到深夜呢？马克突然想到卢德格尔之前一直格外照顾莱纳，那他说不定正和自己一样，也在悄悄追查真相。如果是这样，马克就有帮手了。

马克在去地铁站的路上，赶上了莱纳："莱纳！莱纳，等等。"

莱纳惊讶地转身，双眼睁大，仿佛看着一具僵尸朝他跑来。

"你有什么发现吗？"马克问，"你是不是也觉得蒂娜不对劲？我猜测有人想借助蒂娜的能力达到自己不可告人的目的。比方说情报机关、黑手党，甚至是恐怖分子，我不确定。或许正因如此，卢德格尔才会遇害！"

莱纳依旧瞪大眼睛，恐惧地看着马克。他语无伦次地说："警察……他们在四处抓捕你……"

"是啊，我知道，因此我需要你帮忙，莱纳。有人想栽赃给我，我必须找出幕后真凶。"他顿住，"你……你不会……以为凶手是我吧？"

莱纳面色苍白，看着他沉默了。

马克仿佛被泼了一盆冷水，大家居然真的相信是他杀死了自己的好友！

"不是我干的，莱纳，你一定要相信我！"

莱纳依然一声不吭,扭头走掉了。

马克抓住他的胳膊,说:"莱纳,拜托了!我必须弄清楚,蒂娜到底出了什么问题?"

莱纳自顾自地加快脚步,马克从他身后追上,再次拦住他。莱纳不停地挣脱,像个受惊的孩子大喊大叫起来。

他们正在地铁站不远处,一位老人站在马路对面看着他们的举动,拿出了手机。

马克只好放开莱纳,看着他走过人行道,登上地铁站入口的台阶。港口沿岸地铁线都架设在地面上,而未布设在地下。老人在通话的同时,目光一直锁定在马克身上。马克清楚他最好在警察到达之前离开。

马克沿着仓库区的昏暗街道离开。不一会儿,他身后出现了警车那显眼的蓝光。警车在汉萨贸易中心前停下,马克闪身躲进了一间旧仓库,瞬间就被咖啡和各种香料的气味包裹起来。马克想起来,过去他从办公室窗前总能望见易北河岸来来往往许多各国的大型货轮。没错,他必须离开汉堡一段时间了。某个片刻,他甚至在想自己是不是需要像偷渡客那样藏进某艘货轮,但一旦被发现,肯定会被移交警方。而且要是真的沦为难民,那他永远也别想找出卢德格尔被谋杀的真相了。

他思考着还有谁是能够信任的。在他十四岁的时候,父母就分开了,自那之后,他与父亲基本断了联系,而母亲也在一年前搬去了美国。他也没有兄弟姐妹。

他唯一能想到的就是表妹弗兰琪了。她现在在慕尼黑,还在读大学,已经修了二十个学期的哲学。经济来源是打零工和偶尔出售她阴暗晦涩的油画。马克十分欣赏她大大咧咧、毫不造作的性格。她可以瞬间无比绝望,又能立刻满血复活。她从不相信当局的说辞,是个十足的阴谋论者。她一定会相信并帮助他，并且乐在其中。

他在犹豫是否需要给她打个电话，弗兰琪经常熬夜作画。随即他打消了这个念头，现在他还不知道该如何前往慕尼黑。警方在通缉他，任何出入汉堡的交通关卡想必都有严密的监控。机场安检最严格，不在考虑范围内。出租车也不行，司机都会收到警方的缉拿通知。地铁和汽车是不在警方全面监控之下的交通工具，但是却无法出城。

马克穿过连接市中心和码头仓库区的高架桥。不知该感谢运气，还是该感谢警方缺少人力和资金，警方并没有封锁整片仓库区，大概也是因为到现在为止他还只是个犯罪嫌疑人，并没有绝对确凿的证据指向他。

他从乐丁市场地铁站上车，坐上了开往阿尔托那方向的地铁，中途几次换其他线路，最终搭乘末班地铁抵达了哈尔堡火车站。他不敢在候车室过夜，只能在易北河南岸的工人老区宁静的街道上游荡。

时间到了凌晨五点半，他在车站前的报刊亭买了一杯咖啡和一份《汉堡晨报》。关于卢德格尔遇害一案，只有一则小小的豆腐块新闻，属于常见类报道，况且上面并未提及他的姓名和正在逃亡，至少现在还没有。

火车售票窗口在六点准时开启，马克突发奇想，打算买一张去科隆的单程慢车车票。他会在明斯特中途下车。如果警方发现他的行踪，也只是个障眼法。

"您有火车优惠卡吗？"女售票员亲切地问道。

马克下意识地从钱包中掏出了优惠卡，在递出的瞬间他突然想到上面有自己的个人信息。

他的手就这样尴尬地停在那儿了。

售票员不解地皱了皱眉:"能把优惠卡递给我吗?"

马克一时有想要离开的冲动。不过那样大概会更加可疑。他只好把优惠卡递过去。

售票员把卡片放在仪器前扫描,没有警报声,也没有拿起电话。"一共32欧元。"她说,"第三站台,发车时间是六点五十七分。"

马克抬手看看手表上的时间,还有三刻钟,于是问:"还有没有更早的班次。"

售票员摇摇头,说:"对不起,没有了。"

"那好吧,多谢!"

马克走上站台,谨慎地四处观察。身边站着十几名上班族,明显是在等区间车去汉堡城区,毕竟在这个上班点也没人会去其他地方。马克突然紧张起来,感觉自己是被鹰隼盯上的仓皇逃窜的老鼠。这么站在原地等待,太有风险了,他必须赶紧离开这里,越快越好。

这时,一辆开往马胜方向的列车驶入站台。马克按捺住直接跳上车的想法,克制地目送列车远去。然而紧接着,出乎意料的事情发生了:列车的车窗上发射出一道有序闪烁的蓝光。

他们已经来了!

与此同时,传来单调的车站广播:"三号站台请注意,开往不莱梅方向,途经布霍尔茨、施博尔兹、劳恩布吕克、希瑟尔和罗腾堡的列车即将进站,发车时间为六点二十七分。列车进站,请注意安全。"

马克左右张望,空荡的站台一览无余,没有可以藏身的地方。他只好尽量躲在柱子后面,以免让人从天桥上就一眼看见他的位置。然而,这只是无用功,毕竟只要警方掌握了他的动向,迟早会登上站台。

他要不要试试冲上天桥,换到其他站台?这太冒险了,极有可能会与警方正面碰上。而对面站台上,又有几个等车的人,他几乎没办法悄无声息、在不引起别人注意的情况下越过轨道。到底是去天桥还是躲在空旷的站台上?他在和自己进行激烈的思想斗争,紧张不已。

时间仿佛放慢了速度,他备感煎熬。这时,楼梯上突然有个男子向他冲下来。

幸好他不是警察,至少没穿警服。马克疑惑地观察这个男人,而男人并未在意他,自顾自地喘息不已,向列车驶入的方向探头张望。显而易见,他只是一名赶车的路人。

伴随着一声尖锐的列车刹车声,黄蓝相间的双层列车进站停稳,马克一个箭步冲了上去,当他在一个靠窗的位置坐下时,看见一名警察正从天桥上下来,后面还跟着一名。这时列车响起了关门声,警察不停地打着手势,可列车已经启动,不会停下了。

两名警察在站台上左右巡视,其中一名警察在看向马克所在的车厢时,他们的目光有一瞬间的交接。他被认出来了吗?他看到警察拿着对讲机说话,随后列车便驶出车站渐行渐远。

没过一会儿,列车员过来检票:"抱歉先生,您上错车了。"马克出示车票后,列车员犹疑了一会儿与他说道。

"我也才知道,我的脑子可能还没清醒。"

列车员微笑致意,翻开手中薄薄的列车时刻手册:"建议您最好在布霍尔茨下车,换乘六点四十七分返回哈尔堡的区间列车。如果运气好,还能赶上七点十二分途经汉诺威的城际快车。在同站台的另一边上车即可。"

"多谢了!到布霍尔茨多少钱?"

列车员亲切地笑了:"不用了,谁能没有粗心大意的时候。"

20

布霍尔茨，诺特海德，周五 06:41

尽管之前马克从未到过布霍尔茨，但听说这里一直是个安逸悠闲的小镇。此刻，这里却熙熙攘攘，站台上挤满了上班族，赶着高峰时段开往汉堡的区间列车。马克琢磨着，能不能混进他们的行列，搭上去往哈尔堡的列车。但是，警方肯定会想到他这么做，他还是早点出站为妙。

在车站附近一家已经开始营业的面包店，马克买了巧克力牛角面包、一只法式小圆面包和一杯咖啡，靠着一张正对着站前广场的立桌愣神。他突然感觉早餐意外地美味。也许当你失去一切的时候，才会发现生活中微小的美好。

他思考着如何在警方的追捕中，继续赶往明斯特。他不确定警方对他的搜捕有多紧迫，是否猜到他已经坐上了去不莱梅的列车呢？如果真是那样，警方一定会在站点沿线布下关卡。

当他看到一辆闪着警灯的警车从站前广场驶过时，他的疑问得到了证实。警车停在了火车站前，里面走出了两名警察。好在他早已离开车站。

他们肯定会向站台上候车的人询问情况。有人会记得他吗？他猜不会，毕竟见过他的人，早就坐上前面的列车离开了。

他看向面包店柜台后的女孩，很漂亮，二十岁不到，看起来是个土耳其人。她向他微微一笑，他勉强扯了扯嘴角。

她一定会记得他。

他一口吃掉剩下的法式小面包，喝完咖啡，尽量一身随意放松地离开面包店。走出来后，他克制着撒腿就跑的冲动，拐进一条步行区的小路。街上的店面都还未开始营业，这时有人在此游荡，太引人注目了。他紧张得心跳加快。此地不宜久留，车站周围营业中的店面，警方很快就能排查一遍，找到见过疑犯马克·赫利俄斯的目击者。面包店的女孩一定会说："他来过，刚刚离开不到一刻钟。"接着警方就会抓紧搜索，方圆二十公里的道路都会设下路卡，他没有任何搭乘公共交通工具离开这里的机会。

他离开步行区，换了条两边都是普通多户公寓楼的小巷。时而有人从里面出来，开车上班。马克此时无比羡慕他们平静单纯的生活。

他走到主路上，这里车来车往。一辆警车靠近，马克再次按捺住躲起来的冲动，站在人行道上等红灯。警车开走了。

他穿过人行道，继续前行，来到一条两侧新栽了栗树的街道，道路两边都是自带花园的单户住宅。此地同样危险，毕竟有人在此独自游荡，太过显眼。这里除了两个背着书包，看起来十岁左右的孩子，没有任何人。他俩为一个网上拍来的游戏卡片的价值争论不休。

他又绕过了两条街，住宅的间隔越来越大，别墅前后都是大片的花园、草地或者树林。目前他还未发现警察的踪迹。看来他选择远离大街是正确的，这一次他又侥幸逃脱了。

然而，到达明斯特更是遥遥无期了。他本以为德国很小，要知道从汉堡去慕尼黑只需要飞行一个小时。这一切让他想起汽车和火车还未发明的年代，人们谈论距离的计算单位是天数。此时的他又该何去何从呢？

住宅区的街道越来越窄，甚至还没有乡下的小路宽。过了一刻钟，路上才出现一辆车。这让他多少安心了一点儿，警方找过来的可能性没那么高了。话说回来，一个人在这里出没，还是有些招摇。

他又拐上一条延伸到小树林里的小路，他在树荫下找到一截断开的树干，铺上一张手巾纸，避免弄脏身上的牛仔裤，随后坐下，思索接下来的方向。警方一定查到他的踪迹了，可以先在林子里暂避，然后呢？

他突然被巨大的绝望笼罩，昨晚的满满自信和动力，片刻消失殆尽。随着逃亡时间的推移，他明白自证清白的可能性将会越来越小。待到那时，自首就是他唯一的选择了。现在是否已经迟了？在他选择逃亡的那一刻，就已经给他打上了潜逃罪犯的印记。警方只要抓住他就能结案，都不用有人去追查真凶了。他最好的结果就是，判刑尽可能短一些。

眼下他既不能去自首，又实在走投无路。

他突然想到，要是他不能去明斯特，也许弗兰琪可以来找他！他从外套口袋中拿出手机。他一点也不喜欢手机，不喜欢那种被人随叫随到的感觉，因而只有在必需的时刻才会开机。

"你好，这里是弗兰琪·赫尔博斯。很高兴您的来电，但是抱歉，此刻我可能在洗澡，或者在卫生间，或是不在家，要么就是懒得接电话。就算你留言，我也不保证回电。你应该知道，我就这样的人。"

扯淡。马克切断电话，再次关机，放回外套口袋。他不觉得在答录机留言是个好办法，还是先躲起来再想办法吧。

21

布霍尔茨，诺特海德，周五 08:21

"给我安排一架直升机！"德里克对着手机喊道，"我需要一架直升机！逃犯很可能是步行潜藏在附近……费用？都什么时候了！这关系到一件凶杀案，而且……我们当然知道，他就是凶犯！证据确凿，而且犯人在潜逃。您们还想要什么？听着，要是他再次作案，这责任您承担得起吗？……好，待会儿见。"

温格尔神情凝重，要是行动再次失败，或者赫利俄斯根本不是真凶，他必须面对一系列麻烦的问题。

他的年轻同事挂断电话，得意扬扬地巡查了正忙着在火车站周围搜寻的小分队，仿佛是参加奥斯特里茨战役的拿破仑。对这位同事而言，这次搜捕行动简直就是一场刺激的追捕游戏，他摩拳擦掌想要将功赎过，弥补昨晚让赫利俄斯从安德里斯家逃脱的失误。

相反，温格尔难受极了。昨晚失手后，他重新回到乐队排练处，兄弟们早就散了。在他们经常聚会的酒吧里，他才又找到大伙。他不得不埋单赔罪，敬了大伙几轮，才安抚了兄弟们的不满情绪。早上刚七点，手机就响了起来。他强忍着头疼和口中的不适，挣扎着从床上爬起来。

他那时无比希望赶紧把该死的赫利俄斯抓捕归案,找回几天安生日子。赫利俄斯一定没跑远,半小时前有人告诉他们,曾在哈尔堡车站目击到他。哈尔堡的同事收到一份电子逮捕令,立即出发,与列车员联络后得到证实,确实见到过一名与疑犯样貌相似的年轻人,持有前往科隆的车票上车,接着在布霍尔茨下车。究竟是谁向警方告发,又是谁签发的电子逮捕令却无从知晓。警局存储电子档案的电脑死机,所有记录都被销毁了。

德里克面对着严阵以待的分队队长:"警犬小组必须在半小时内抵达,所有要道都设置路障了吗?"他摆出一副领导的架子下令。温格尔并未制止他,放些权给他,也许能有意外收获。

"附近十五公里的道路全都封锁了。"队长汇报道,这是一名经验丰富的老警察,他的两鬓已经出现了白发,"就算是只老鼠也别想逃出去。"

"不要掉以轻心。"温格尔说,"已经被他溜掉了两次,要是他藏匿在这里,肯定要花好几天才能找出来"

"要不要通知媒体?"德里克问,"如果我们通过广播发布,请市民协助……"

"别了,为了抓捕杀人疑犯,惹来一堆好事的记者,还要花工夫应付他们!麻烦!"

分队队长听到"杀人疑犯"四字时,挑了下眉,没说什么。

温格尔的手机再次响起,又是一条短信。他怎么总收到短信,莫名地有种预感,果然打开短信看到:"北纬53°13′03″,东经09°57′55″。"他皱了皱眉,这是什么,是密码吗?发信人好像就是通知他赫利俄斯的位置的人。

"怎么了,老大?"德里克问,"我能看吗?"

温格尔不太情愿给他看短信。有人在牵着他的鼻子走,让他很不爽,但他不能再因为反应不及时,失手放走赫利俄斯。不论真相如何,交给法官来判定,和他无关。他要做的就是将他搜集到的证据上交法院,把疑犯送上法庭。

德里克凑到手机屏幕前:"这是坐标定位。"他说,"谁有GPS?"

分队长掏出一个橘色外壳类似手机大小的大屏幕无按键仪器,他打开后,递给温格尔。屏幕上显示目前所在地区的地图,下面有两行字:北纬53°13′03″,东经09°57′11″。"这是我们现在的位置,北纬53°13′03″,东经09°57′11″。"

"十分接近短信上面的数字。"德里克说,"您能告诉我,这个位置具体在什么地方?"

"这里往东走,大约五公里。"分队长回答。

"很好,让我们去一探究竟。"德里克满意地说道,"请让队员集合,我想我们找到那家伙的藏身之处了。"

温格尔缓缓地摇了摇头,说:"德里克先生!"

德里克转过头说:"老大?"

"你有没有考虑过,为什么一个陌生人要帮我们找出赫利俄斯?他又从哪里刚好获得赫利俄斯的准确定位?"

"不知道……不过,也不好说。等我们抓到赫利俄斯后,应该就能查清了。"

温格尔点头:"你说的也许有道理,不过,事情透着一股不寻常的古怪。抓到赫利俄斯后,请你火速追查发信人。"

"明白,老大。不过,我们当务之急是逮到赫利俄斯。"他转身抬手,向分队长极其做作地一挥,下令:"行动!"

22

东京，新宿，周五 18:30

  杉田久美子走出在中央空调控制下冷气逼人的大楼，一走上新宿大街，立刻被一股热浪包裹起来。她汇入下班的人群中，被人流推着向前。经过一栋十层高的办公楼，楼体外挂满了各种广告，完全看不出楼身原貌。走到新宿三丁目地铁站，只需要几分钟的时间。坐地铁则要花上一个小时左右，才能到东京西北穗积区的父母家。
  拥挤的人群和燥热的空气，无一不在瓦解着她的好心情。今天，瑞穗银行大区分行行长接见了她，还特意表扬了她这一年在客户咨询岗位上做出的成绩。久美子内心无比激动，差点忘记了基本的鞠躬礼仪。
  她现在只想回到家，与父母分享受表彰及加薪的好消息，这是她努力得来的。等到了晚上，她要请熏去小餐厅吃饭。他们几天前的恋爱两周年纪念日，就是在那里庆祝的。到时候她来埋单，他肯定会吃惊地反对。不过，在她的坚持下，他会顺从她的意愿，他总是那么包容，不论她做什么，都无条件接受，给她想要的个人空间。就凭这点，她怎么能不爱他。

拿出手机,看到了闺密雪发来的短信,告诉久美子,她买下了那天两人看中的嫩绿色修身套装。那套衣服是两人在新宿小桂桥通的一家小店相中的,两人还一起臭美地试穿了好久。久美子心里隐隐有些不甘和嫉妒,她本想周末去拿下那套衣服,现在不得不放弃。那身衣服衬托出她的好身材,熏肯定会喜欢的。不过,姨妈才帮她和熏找好了一间小公寓,等他们搬进去,尽管加了一点薪水,也要用来装潢和付房租才好。想到这里,那套衣服也就不放在心上了。

合起手机,收回外衣口袋。久美子身上还穿着银行制服,只是黑皮鞋换成了一双舒适的运动鞋。

她向地铁站走去,幻想着与熏吃完饭后,回到小屋,熏将她温柔地抱在怀里,深邃又动情地看着他,然后……

恢宏的交响乐突然响起,把她从思绪中拉出。这首交响乐选自奥地利齐勒山谷民俗乐团的《音乐来了》,她昨天才下载到手机上,最近日本手机铃声流行德语民歌,这个乐团更是高居排行榜前三。她停下来,从口袋里拿出手机,打开手机盖:"您好!"

听筒里不是她惦记的熏,也不是母亲要她问候伯父的嘱咐,更不是别的什么亲戚。她只能听到一片嘈杂喧闹,像是从人群中传来的。

"您好,请问是哪位?"依旧是嘈杂的人群声,紧接着是挂断的提示嘟嘟声。久美子疑惑地看着手机,猛然间醒悟过来向四周张望。

周围的人全都停下了,握着手机。永远在赶时间的上班族,现在也都停下了。有些人的手机甚至还放在耳边,正皱着眉头疑惑地听着。还有些与她同样茫然的人,与身边的人讨论着这件怪事。

也许是 NTT 通信网络故障,导致所有手机同时被呼叫,她听到的杂音,估计就是成千上万的人在同时说话。又或者不只是东京,甚至是全球的手机同时被呼叫。地球上的人,在无意中,同时参与了一场巨大的电话会议。真是个美妙的猜想。

她笑着摇摇头,合上手机,重新随着人流移动,走向新宿地铁站。

23

诺特海德，周五 08:30

马克望见了远处出现的警车，四辆小型厢车和两辆警车。尽管道路上没有人迹，也无阻碍，警车还是打着蓝灯。马克在大树的掩护下，观察着警方。他认出了警长温格尔和警官德里克，两人正在与一名穿绿色警服的男人说话，男人指了指马克所在的方向。

马克心中咯噔一下，他清楚自己的藏身之处警方是看不到的，毕竟他们相隔三四百米，他也许只是随手一指。紧接着，车上陆续下来二十几名警员，男人打了个手势。马克顿时明白，他在下令搜索这片树林。

马克来不及思考警方的速度为何会如此之快，他钻入树林深处，拼命地跑。

这片树林的树干比在路边看时更粗壮，他快速穿过高大的橡树及山毛榉树林，绕开无法掩护他的灌木丛和小树，祈祷着地面上的树叶不要留下他的足迹。

他跑进一片云杉林，云杉柔韧的枝丫设下了些许阻碍，仿佛要拦下他以交差。成片的云杉像一面封锁去路的绿墙，他或许可以得到掩护，甩开警队，却无法逃脱警犬的追捕。

继续往前跑，云杉林的尽头是一片稀疏的阔叶林，地面泥泞不堪，植被低矮，树木间零星散布着黑泥小水塘。穿过去，马克脚上那双在伦敦定制的皮鞋也就报废了。可除了硬着头皮跑过去，他别无他法，而且要尽量避免留下脚印。

阔叶林的尽头是无边无际的田园和草地。一辆由大油罐制动的施肥机正在作业，空气中飘浮着令人难以忍受的恶臭。

不远处有几户农舍，也许可以在那边藏身。躲在树林中，或是在草地上停留，几公里外就会暴露，他只能孤注一掷。

不一会儿，上方传来直升机的轰鸣声。他尽量把自己藏进阔叶矮树林的影子里，眼看着直升机在头顶盘旋一圈后，向南边飞去，但也随时会掉转过来。

马克铤而走险，拔腿跑到一座谷仓前。直升机再次要靠近时，他恰好到达谷仓门前，仓门上的绿色油漆大片裂开，有的甚至翘起，将要掉落下来。他伸手轻推了一下大门，门竟然真的开了。他松了口气，走进黑黢黢的仓内。几道光从墙上两扇污秽的透气窗中钻进来，仓内没什么东西，只有角落里一堆干草散发出气味。马克透过门缝向外观察。这是一户由红砖楼房、延伸出来的平顶马厩、一间大仓库和地面铺满鹅卵石的庭院组成的农户。院子里晾衣架上，随风飘荡着几件衬衫、内衣和毛巾。一辆自行车靠在马厩旁，没有上锁。这是个机会！

直升机低空飞过农庄上空，一名中年女人推门从屋内出来，手放在额头上挡住光线，向空中眺望，直升机渐行渐远，转了个弯后，向树林飞去。女人回到屋内。

此时不行动更待何时？

马克冲出来，一把扯下一条毛巾和一件格子衬衫，跳上自行车。突然惊出一阵狗吠，女人闻声从屋内走出："喂，你在干什么？"她边喊边向马克扑过来。马克以最快的速度，踩着自行车逃窜，浅灰色的土狗在后面边叫边追。

马克在石子路上埋头猛骑，直到进入一条狭窄的乡间小道，才终于甩开那个女人和她的狗。他又骑了几百米才停下，把外套脱下来，扔进车篮，穿上衬衫，把毛巾包在头上，重新跨上自行车，一幅准备去田间干活的农村妇女形象，慢悠悠地骑着。

没多久，直升机再次在上空出现，只要运气足够好，他应该能瞒天过海，不被直升机发现。但是他的运气不会持续很久，因为警方很快就会知道，他偷了自行车和衬衫。

直升机在视野中消失后，他加速骑车，想要找个地方远远地丢掉自行车，潜入其他树林中。这时，身后传来汽车的发动机声，他紧张地不敢回头，下意识想要加速，不过他克制住了，反而放慢了速度。加速骑车太容易暴露自己，引起别人的关注，发现他并不是农妇。车子经过他身边时，他特意将头扭向另一边，确保车上的人看不清他的脸。不过，看样子车主对他根本没有兴趣，径直离开。对面开来的一辆蓝色宝仕车的女人更是头也没扭一下。然而又有一辆车经过，是辆警车。马克心中一颤，差点失去平衡摔进路边的水沟。警车刚过去一百米，突然刹车。他是被认出来了吗，还是警察想询问一下路边的妇人是否看到过陌生人？

前面十几米有个路口，向右转是条小路，他伸手打了个向右转弯的手势，用力一踩，自行车就转上了小路，沿着这条牧场中间的小路，他心跳加速，骑得飞快。

骑了大约一百米，到达小路尽头。那里停放着一辆拖车，车上放着一个银色的水桶，估计是牛奶桶。不远处的小山丘上，是一片稀疏的树林，勉强能遮挡视线。如果要到那边去，必须穿过篱笆圈起的牧场，自行车骑过去很简单，但是会引人注意。

他从自行车上下来，余光瞥见警车退到了路口处，他心跳加速，忍住回头看的想法。这时，几头在附近吃草的奶牛看见了他，朝着他移动过来。

草堆上放置着一个橘色的箱子，由一条细线与篱笆相连，发出规律的嘀嗒声，估计是蓄电池。马克弯腰装作打开箱子，余光瞥见警车重新发动离开。

他松了口气，发现奶牛一副渴望的神情望着他。真听话！它们对他的信任，让他看起来就是个真实的农妇，帮他躲过一劫。他把自行车藏在牛奶桶后，避免从马路上就被轻易地发现。随后，他摘下毛巾，脱掉衬衫。尽管他原本那身黑色外套、灰黑圆领衫和黑色牛仔裤与这里的风景格格不入，但是那个中年女人肯定会向警方报告，他偷车和衣服的事情很快就会暴露了。

他越过带电的篱笆，穿过牧场，走到那片长着稀疏树林的高地，奶牛们疑惑地看着他的身影。

他躲在小树林边的灌木丛旁。听见直升机的轰鸣消失了，一定是去其他地方搜索或者中断了。但是，马克依然谨慎地想着，警方会严格管控所有道路。

他现在该怎么办？让弗兰琪过来，他藏到她的车里……他拿出手机，准备拨通弗兰琪的电话，直接给她留言。也许她在家，只是犯懒不愿意接听电话。她一定……

猛然间，他灵光一闪，吓了一跳。愣愣地盯着手机，仿佛这是个定时炸弹。警方肯定是通过手机定位找到他的！通过通信运营商的技术，了解到手机与外界联络的大致方位，通信商提供信号发出地的所在位置，好比支付少量费用，就可以查到附近的加油站或药房的位置。只不过一些地方通信运营商很少提供这方面的服务，多数人都不希望自己的行踪被别人掌控，这种暴露隐私的感觉让人非常不自在。马克现在就是这种感觉。他将手机向远处投掷过去，随即跑开了。直升机的声音渐渐逼近，轰鸣声也愈发清晰。

他快速穿越农田和牧场，紧贴着田野边的小树，直升机的轰鸣声震慑着大地，他不得不跳入灌木丛中，勉强作为一个藏身之处。

直升机还未飞到投掷手机的地方，便展开了仔细搜索，慢慢逼近马克的藏身地点，现在已经不到一百米了。马克压制住自己起身逃走的冲动，只要他的轻举妄动引起直升机的注意，他就彻底完了。结果直升机绕了一圈便飞走了，消失在布霍尔茨的方向。

马克立刻跳出来，清理掉身上的泥土，抓紧赶路。他尽量选择远离农家和车辆较多的道路，路旁不再是树林的景致，泥土也过渡到了沙土，广袤的绿色牧场变成了褐色的欧石南荒原。雕像般挺拔的松柏仿佛能工巧匠手中精心雕琢的艺术品，在壮阔荒原的大背景下有一种夺人心魄的美。明天就是周六了，想必来这里郊游的人一定不少。幸运的是，现在这里还没有人。

他走到一间八角亭子的烤肉铺，铺内架子上的木炭都已经腐烂了，大约是烤肉季还未到来的原因。虽然才中午，他决定留在这里过夜，起码可以避免风吹雨淋，或者碰到其他人。过去了好几个小时，直升机也没有再出现。

头号嫌犯

但是这并不代表着警方取消了对他的搜捕行动。他明白,他迟早会被警方抓捕归案,一切都只是时间的问题。他必须在被抓之前,找到杀害卢德格尔的真凶的线索,这是他唯一的机会。然而,究竟该如何实现目标,他还没有任何头绪。

24

汉堡，老城区，周五 16：15

"怎么样了？布伦纳博士怎么说？"温格尔一进门，德里克立马惶惶不安地迎上去，以往那股子冲动与傲慢不复存在。看着这样的同事，温格尔反倒有些无可奈何。上级自然是非常不满，谈话中"丢人""愚蠢"这些词都已经是最温和的了。温格尔丢的不仅是自己的面子，更是整个十二分局的颜面。他知道正因为自己的错误决策，导致了眼前的后果。他也十分清楚，这一切无法归咎到德里克的身上，但此刻他还是想借此转移身上的压力。

他深吸一口气"这次行动失败，他来负责。幸好我们在找到手机后，立刻中止了搜捕行动。"

"我觉得我们还是应该让警犬继续搜捕……"

温格尔顿时怒从中来："德里克，你到底真蠢还是故意的？你还弄不明白吗？我们被人耍了！有人发短信向我们曝光了赫利俄斯的定位，那人蓄意引导我们抓住赫利俄斯。你有没有想过，他这么做的原因是什么？"

"也许是这人对这起案件有兴趣……"

"就因为这个原因,藏匿在暗处,不直接给我们提供线索?你知道我是怎么想的吗?我认为这个人才是真凶,用技术篡改了门禁记录,误导我们将疑点放在赫利俄斯身上。"

"您的意思是暂停抓捕赫利俄斯吗?"虽然嘴上这么说,德里克的神情依然不甘。赫利俄斯的两次逃脱让他颜面扫地,这口气着实难以下咽。

"并不是,我只是想和他谈谈。这样也能迷惑凶手,以为赫利俄斯依然是我们的主要怀疑对象。你联络通信运营商了吗?"

"是的,老大。这件事确实透着些诡异,发送短信的手机号码根本不存在。"

温格尔皱着眉头:"我还以为可以凭借发短信的号码,从运营商那端查到来源。即便需要些时间,不至于……"

"本应如此,但这次没有任何记录,仿佛您收到的那些短信从未被发出过。我咨询了警局的资深技术专家,他说唯一的可能就是有人篡改了通信商的后台记录。但是他认为这个可能绝不会存在,因为只有运营商内部的人才做得到。"

"你觉得呢?"

德里克耸耸肩:"我不清楚,老大。这么看来,我们面对的也许是个手眼通天的对手。"温格尔点点头:"案件远比我们想的复杂。"

25

吕纳堡海德，周五 23：18

乌云尽散，夜空挂满繁星，与此同时气温骤降。马克不敢轻易点燃篝火取暖，只蜷缩在硬木长椅上想要睡一会儿。尽管他身体极度疲惫，却依然无法平静，只好无声地躺着，注视着棚顶中央排烟口中的那一小片星空。洞口虽小，繁星却格外灿烂。远离城市的光污染，他终于在欧石南荒原清晰地重新认识了星空。人类借人工照明将黑夜变为白天，却失去了美丽的夜空，有谁会在意这份损失吗？

他的内心百感交集，难以平静。是谁控制了蒂娜？为什么要这么做？他或者他们（极可能是有组织的行为）到底是怎么入侵系统的？卢德格尔一直谨慎防范黑客，蒂娜的保护措施极为严密，蒂娜应该不会轻易受到攻击。公司里是否有这个团伙的内应？

他被自己团队的人背叛了？虽然令人难以置信，但是想来想去这种可能性最大，如此才能解释办公室丝毫没有被外人破门而入的痕迹，卢德格尔也没有任何防卫性的动作。一定是某个员工给凶手开门了。没错。

他一遍遍在脑海中回忆每一名员工，他们都在公司工作了至少四年。德国新经济市场崩溃后，D.I.也就再未有新成员加入，相反还辞退了多名员工。马克对每个人的熟悉程度颇高，可以说是如数家珍，他们既不虚荣也不贪婪，是一个优秀和谐的团队。难以想象他们当中有谁是叛徒，并且与卢德格尔的死有关，甚至是直接凶手。篡改门禁记录的必然是程序高手，这是唯一的解释了。那么，又会是谁呢？

雁过留痕，系统被操控必然会留下蛛丝马迹。马克不擅长技术，但他明白这点，只要他能证明门禁被人修改过，或许有可能说服警方去寻找真凶，说不定还能找到一些与真凶相关的线索。

他自身没有这方面的专业知识，需要内行高手的帮助。然而，哪位程序高手不仅技术高明，又未被牵扯进来？

他只能想到一个人，但是这个人会不会施以援手，他不敢肯定。

马克看着星空，思路逐渐在迷雾中清晰。他将把自己的命运交给一位年轻的女程序员，而他三个月前亲自解雇了她。

一个比金星还明亮的光点从那一小片夜空中划过，速度极快远胜任何天体，也许是卫星，但是卫星没有如此明亮。还没等他想出头绪，那颗耀眼的光点已从头顶的星空中消逝。

26

国际空间站，周六 04：15

安德里亚·坎托尼睁开眼睛，花了点时间清醒过来。他刚刚在梦中的绿色草地上与西莉亚戏耍追逐，他将她一把拉住扑倒在柔嫩的青草上，亲吻着，爱抚着。意大利的烈日烘烤着他赤裸的身体……

伴随着无情冰冷的彩色灯光，意识逐渐清醒。棉质的贴身内衣，让他感觉异常闷热。失重状态下出汗，是一件令人十分不快的事情。

他钻出睡袋，巴不得将自己脱个干净，却还是穿上了深蓝色宇航员套装。他突然意识到自己干渴难耐，怎么回事，他是发烧了吗？

他突然被玻璃器皿吸引住了视线，那里盛放着植物和培育体。一时没反应过来，他还在想是不是灯光故障。随即明白过来，玻璃内的植物杆茎和叶片已是枯黄，绿意全无。全部都干枯了！

要命，出什么事情了？尤里调高暖气了吗？他想让自己变成干货？近期坎托尼遭遇的所有坏事，都和这个俄罗斯人脱不了干系。尤其是过去的几天，简直是地狱般的日子。自从上次电脑死机后，奥尔洛夫便禁止他出入"星辰"号服务舱，甚至把他的生活用具全都扔到了"命运"号实验舱。只要奥尔洛夫准备睡觉，舱门便紧锁将他俩隔绝,甚至用上了密码。而这么做以后,电脑确实再未出故障,使得他身上的嫌疑更加重了,让奥尔洛夫更认定了自己那种偏激的谨慎是明智的。

二人一拍两散,本在坎托尼的预料之中。但他也知道,他们之间的信任危机会给太空生活带来巨大的隐患。一旦尤里在这里彻底疯狂,一切就……

他飘浮到"命运"号的生命支持系统控制面板前,所有信号灯皆为绿色,表明一切正常。温度计指向33℃。

坎托尼按下其中一个按键,将温度重新设定在正常室温20℃。不过,每次设定完毕,显示器只在20℃短暂停留,便重新回到了33℃。显然是电脑将默认值自动调高了。

这可不妙,空间站必须实时调控温度,因为在太空中背阳面的温度近于绝对零度(-273.15℃),而向阳面在不过滤阳光的情况下,空间站的外壳将会被灼热的光线炙烤,站内的所有电子仪器仿佛置身在火炉内。电脑控制的生命支持系统的作用便是将大量的热温气体传送到背阳面,消减多余的热度。若是系统失控,空间站将很快变成移动的"烤箱"。

原本是电脑问题,现在又来新状况。他联想到奶奶讲过那些闹鬼的老宅的故事。直至今日,他还能回忆起奶奶用阴沉又紧张的语气描述那些故事时,让孩提时的他汗毛倒立的惊悚感。想到这里,他不禁颤抖了一下,假如空间站内有鬼魂……

他甩了甩头,他可是科学家!如今的21世纪,人类才是这世上唯一存在的一切邪恶综合体!这世界上所有问题的始作俑者,便是人类。解决这些问题的关键,亦是我们自己。

他双手交替往前划动，努力向"星辰"号飘去。透过舱门上的舷窗，他看到奥尔洛夫正在与俄罗斯地面控制中心联络。尽管他参加过俄语集训，勉强能从断断续续的交谈中听到几句："温度控制……已经检查了……我不认为是巧合……他在睡觉……"

坎托尼按下一个键，舱门猛然开启。奥尔洛夫扭头神情奇怪地看着他。坎托尼不太确定这其中的含义。"行，好，我会的。"他用俄语迅速结束了对话。

"尤里，我们得谈谈。"坎托尼说。

出乎意料地奥尔洛夫竟然点了点头。他虽神色不悦，但并无敌意。

"温度控制系统怎么了？现在太热了。"

"的确。"奥尔洛夫执拗地说，"你就当躺在沙滩上做日光浴吧。"

"控制系统失灵了，对吗？我们必须更换系统。"

"我刚才测试过了，控制系统运转正常。问题根源肯定是软件，但是我找不出来。"这是坎托尼第一次在他的眼神中看到了某种不确定的神情，比电脑出状况更加不可思议。要是连这糙汉也惴惴不安，事态肯定严重到一定程度了。

"你是说，你不会再认为是我蓄意捣乱了吧？"

奥尔洛夫此时面部扭曲，咬牙切齿地说："我只知道，你这个小鬼，怎么说也不过是个懦夫！而你也不是电脑高手。这次出事，你还在睡觉。"

坎托尼等了片刻，依然没得到奥尔洛夫对自己所谓的道歉。但他还是松了口气："好吧。地面控制中心说了什么？"

"他们发了一个新的控制系统。"

"就这样？只是发给我们一个新的控制系统？"

奥尔洛夫耸耸肩："不然他们还能做什么？他们弄不清楚电脑出

了什么故障。只会说软件一切正常，而我们两个也不是电脑专家，不会修复系统。"

"那我们必须立即离开空间站。"坎托尼说。

奥尔洛夫两眼圆睁瞪着他，仿佛他刚刚提议要摧毁空间站。奥尔洛夫眯起眼睛："离开？我没听错吧，还是……"

总得有人捅破这层窗户纸。"我们无计可施。"坎托尼接着回答道，"况且电脑的状况并不稳定，你应该很清楚，这种不稳定随时会让我们丧命。我们唯一的选择就是坐'联盟'号回地球。尽管接下来几周，空间站处于无人状态，但下一批宇航员可以携带新的中央处理器……"

"上帝啊，为什么我要遭受这种对待？"奥尔洛夫用俄语大喊，"为什么要我跟这个胆小鬼共事？我做错了什么？"舱内的高温热气似乎都被他突然爆发的吼叫吹散。"你想翻天吗？我告诉你，只要我当指挥官一天，放弃空间站？休想！废话少说！你脑子里装的是屁吗？你晓得这里投入了多少资金吗？为了这些太空舱，挪用了多少本该投在粮食上的经费？多少人为此遭受饥饿？你这该死的娘娘腔，能来这上面真是走了狗屎运！就因为觉得太热了，要我放弃空间站？！"接着他又骂出一长串俄语脏话。

待撒完火气，他才稍微降低音量，但是眼中的怒意依然清晰可见："你听说过当年'和平'号空间站的事吗？空调不出问题都是稀罕事，我们都要谢天谢地欢呼了！要是像你这样碰到一丁点儿问题就回地球，'和平'号早八百年报废了，怎么还会有在太空服役十五年，这种超出原定年限一倍多的事情发生？我们是太空的拓荒者，不是来太空休闲旅游的！"

"好吧。"坎托尼说道。他感觉自己真的过于懦弱了,奥尔洛夫对于空间站的忠诚和勇敢,让他油然而生一种敬意。"我只是想——"

"数你的菌种去吧,思考解决是我的事。"奥尔洛夫说。

坎托尼看了他一会儿才转过身离开。他穿过"曙光"号,抵达"团结"号。这里是与其他空间站模组连接的位置,舱外固定着桁架结构,即一种大型网格结构。空间站的太阳能电池板及由加拿大制造的机械手臂便铺设在桁架结构上。此外,舱内还有宇航员去往外部使用的气压闸。

他回到"命运"号,试着抢救那些还有望活下去的植物。高度集中注意力的工作把他焦躁的情绪稳定了下来,甚至还去生活舱补了早饭。玻璃培养皿中的温度计显示内部温度高达55℃,湿度18%,几乎等于撒哈拉沙漠炎夏的气温。毋庸置疑,植物全部干死了。他重新设置内部湿度,关掉温度控制器,在记录板下详细写下每株植物的数据。

突然余光瞥到了某处灯光闪烁了一下,他大吃一惊,环顾这间狭小的机舱,没有发现异常,也许是哪个信号灯闪了一下。两盏在长方形机舱两角的信号灯,可让失重状态下的宇航员有辨识上下的空间感。

他刚准备将注意力重新放在植物上,余光再次捕捉到了灯光的闪烁。固定在舱壁另一边的电脑屏幕,居然开机自启了。

坎托尼小心翼翼地向那个屏幕飘过去。这个屏幕是监控舱外加拿大机械臂的显示器,下方配有一台笔记本电脑和两根操纵杆。机械臂可以将空间站组件安装到待组装的空间站上。但自从美国人的太空舱出故障后,空间站的扩建工作便中止了,机械臂也有一段时间未被使用。

屏幕画面中可以清晰地看到下方经过的地球,他认出了法国的大西洋海岸轮廓,紧接着镜头切换到空间站的画面,像是一串彼此相连长着闪亮的昆虫翅膀一样的侧翼的白色金属管道。但是画面中没有显示出桁架结构中占用面积最大的太阳能主板。

坎托尼突然明白了,画面来自固定在机械臂末梢的摄像机。他顿时不寒而栗,一定是什么人或者东西控制了机械臂的活动!

"尤里。"他大喊,"尤里,快来!"就在此时,画面突然消失了。

奥尔洛夫咒骂了一句,他在生活舱那边喊道:"又出什么事了?"

"你快过来,机械臂自己动了。"

指挥官像一尾鱼般优雅地游过舱门,飘移到坎托尼附近。奥尔洛夫带着一脸鄙夷,仿佛坎托尼脑子出问题了,问:"什么在动?"

"机械臂!"坎托尼指着屏幕,"加拿大二号机械臂自己动了!"

"你启动机械臂了?为什么?!"

"不是我!是机械臂自己动了起来!我是在屏幕画面上看到的。"

奥尔洛夫皱起眉头,盯着黑漆漆的屏幕慢悠悠地说:"我什么都没看见。"

"它又自己关闭了。"坎托尼解释道,"我发誓!画面是从安装在机械臂末梢的摄像机传过来的。最开始我看到的是地球,然后才是空间站,机械臂一定是在自转。"

"看下这里。"奥尔洛夫指着屏幕下方的操纵杆,语调平缓,仿佛在和小朋友解释,"这里是用来操作机械臂的。你要是去玩它,就是在操控机械臂。但是现在它是关着的。"

"机械臂和中控电脑关联吗?"坎托尼问。

"当然,机械臂需要借助电脑才能完成复杂的动作。"

坎托尼缓缓点头:"那么,我们有麻烦了。"

27

汉堡，阿尔托那，周六 8:10

"马克？"丽萨·霍格尔特清丽的脸上露出了复杂的神情，她怎么也想不到马克会这个时候来找她。她顶着一头乱糟糟的黑发，看起来马克的门铃声将她吵醒了。而她穿着得体，上身着一件圆领紧身T恤，勾勒出苗条的腰身，下身套着一条黑色牛仔裤。她的左眉上有一道浅浅的伤疤，她缓缓地开口："你，你想干吗？"

马克没有客套，直截了当地说："我需要你的帮助。"

丽萨顿时无语，旋即笑了："我不明白。你先炒了我，然后突然出现在我家门前，说需要我的帮助，而且是在周六。你不会以为我还会为你或者D.I.工作吧！"

"我不是这个意思。"马克低头看着地面说道。在解雇丽萨后来求她，的确十分尴尬可笑，但他不得不这么做。他能神不知鬼不觉地回到城里，并且顺利到达这里，已是不幸中的万幸。他在易北河边跳上了一艘开往汉堡的货轮，成功地躲过了警方设下的阻碍，搭乘地铁来到此处。"卢德格尔死了。"他轻轻地吐出这句话。

"什么？"丽萨一脸震惊。她和团队里的人一样，都很喜欢卢德格尔。

马克之前以维护团队秩序的理由,费了一番功夫才说服卢德格尔开除丽萨。

"发生了什么事?"

"他被人谋杀了。拜托你,丽萨,能让我先进去吗?"

她望着他,神色中透露着不信任。好一会儿,似乎在思考着是否是个陷阱。然而很快她便默默转身往屋里走去,马克随即跟了进去。

房间的陈设简朴,墙面也是光秃秃的。卧室内只有一张沙发床,一个床头柜,上面摆着一盏金属床头灯,以及一个款式简单的衣柜。另一间房间内仅放着一张由两块木墩和一个门板拼起的书桌,上面摆着好几台主机和显示屏。只有厨房的小餐桌旁,可让客人坐下。

"请坐。"丽萨说着,顺便快速地收拾了被打断用餐的早餐食物:刚咬一口的夹着奶酪的面包片、半个苹果和一碗吃光的麦片。"想喝点什么?我这里只有茶、水和牛奶。"

"不用了,谢谢。"马克在地铁站时买了一杯咖啡和一根长条法国面包。现在的他严重缺觉,但是最期待的还是冲个热水澡,换身干净的衣服。

丽萨倒了杯绿茶,坐在他身边,一双乌黑的大眼睛上下审视着他:"解释吧。"

他将自己从董事会开始到逃亡的经历,以及推测有人操控了蒂娜的想法,完完整整地描述给丽萨。丽萨沉默地听着。

"你能帮我找出是谁干的吗?"最后他这么问。

丽萨一言不发地注视他良久。"是你干的。"她平静地说道。

马克激动地说:"丽萨,你一定要相信我,这不是我干的。警方正在抓我,你想想看,如果我真的是凶手,何必来求你帮忙?"

"你也许没有亲手杀了他,但是你有愧于他。你和你那些唯利是图的投资人害死了卢德格尔,你们是自食其果。"

马克不解地看着她:"这么说是什么意思?"

"你还记得你坚持认为是我偷了东西,将我开除的事吗?"马克羞愧地低头看着餐桌,他当然记得。"我当时告诉过你不是我做的,我还和你说过,蒂娜出了问题。但是你一意孤行,什么都听不进去。你认定了当年的街头太妹本性难移,这比承认那个伟大的软件出了问题更容易接受。你根本不愿意去思考一旦软件出了问题,投资方会在惊慌失措下的反应。"

这番话如同当头棒喝。马克当时那么说只是开除丽萨的借口。毕竟公司当时除了偷窃事件,丽萨的钱包里的确有做过标记的纸币,粗看之下就是证据确凿,加上丽萨曾经混迹街头,他顺理成章地下了定论。马克顿时羞愧难当,她曾经给过他警告,几个月前就警告过他了,公司内部有问题。

假如有人蓄意制造偷窃事件,意味着什么呢?操纵蒂娜的人,就是悄无声息陷害丽萨的人。如果马克当时没有一意孤行,给了丽萨机会,也许卢德格尔不会遇难。她是对的,朋友的死,他脱不了干系,他有愧于他的朋友。

他不由得吞咽了一下:"丽萨,我不知道该说什么,总之对不起。"

丽萨沉默不语,似乎要看透他。

"你愿意帮我吗?"他最后问道。

"不愿意。"她果断地回答。

"丽萨,求你了,我没有其他机会了。"

丽萨轻蔑地看着他:"你有机会。"她起身走进工作间,打开电脑。

马克跟进去:"你想做什么?"

她转身面对他说:"我要找出是谁杀了卢德格尔,但不是为了帮助你。"

马克从厨房搬来一把椅子,毕恭毕敬地坐在她身旁。电脑启动后,丽萨的手指仿佛有自我意识般地在键盘上翻飞。她端坐在屏幕前,一动不动,连眼睛都不眨一下,仿佛她也是电脑的一部分。马克观察着她,他从未见过她工作时的状态。他只知道她是一名优秀的程序员,却从未留意过她工作起来是如此专注。

屏幕上接二连三跳出无数的网页和窗口,极像微风吹起翻飞的书。灰色弹窗不停地提示程序错误,丽萨丝毫不受影响。

过了一会儿,她重新进入命令行模式,满屏的黑色背景上闪过一串串对于马克来说是天书的代码。键盘仿佛是丽萨的武器,她快速敲击着与电脑据理力争。

她那饱满的额头,渐渐皱紧,神色紧绷,嘴唇紧抿。她猛然起身,站在房间中,闭眼反复深呼吸,以化解心中的郁闷,然后重新坐下,继续敲击键盘。

马克看了下手表上的时间,他已经这么干坐了两个小时了,看着丽萨,居然没有感到时间的流逝。他大约正在观看一场胶着的战役,尽管对此一窍不通,但胜负却与他的命运紧紧相连。

当他以为丽萨已经把他完全抛在脑后时,丽萨突然停下了手上的动作,深吸一口气,转过身。

"我没办法进去。"她说,"留下的后门都被关上了。"

"后门？你是说，你本可以进入系统？"

丽萨微微一笑："不然呢？我能自认倒霉，不在系统里做小动作，你们真该烧高香了。不然在我滚蛋那天，你们可能要头疼一阵子，不会这么平安无事了。"她脸上挂着的幸灾乐祸转而消失，已经有人把后门全都关上了。

"会是卢德格尔吗？"

"我不认为是他，卢德格尔想事情总是很天真，马丁在团队里比较容易偏激，但是技术不够。而莱纳有技术，也没那个第六感去怀疑有人会违反规定，在系统里做手脚。"

"那会是谁呢？"

"这就是问题的关键了。"

"现在呢，我们可以做什么？"

"我需要进入系统的权限，最好是管理员权限，我猜你的权限肯定被封了，对吗？"

马克点头："我们可以去找马丁，他有管理员权限。"

"最好不要这么做，虽然没有锁定是哪一个人，但我们认定有人在 D.I. 吃里爬外。"

"你觉得会是马丁吗？"

"团队中有内鬼，让我始终觉得难以置信。这就是关键，有人在演戏，而且演技太他妈棒了，没有任何破绽，谁都可能是内鬼，马丁也无法排除嫌疑。"

"这么说，那只能找玛丽了，他虽然没有管理员修改权限，但是可以读取所有文件。"

"我们怎么能确定不是玛丽呢？"

"我保证她不是。"

丽萨怀疑地看了马克一眼,耸耸肩:"我不知道是否该相信你识人的判断力。不过,她不懂技术,这点的确可以排除嫌疑。"

他指了指过道上的灰色老式转盘电话,这种电话在80年代风靡一时。那个时候,德国电信网络还归邮政管辖,尽管电话看似笨重过时,却暗藏着领先的语音传输技术。马克拨动转盘,十分不习惯,几次都转错了号码,好不容易打出去,玛丽此时正在购物。

"马克?你在哪儿?"

"我最好不要告诉你这个。玛丽,你听着,我现在急需你的系统密码。我找了个帮手,和我一起寻找线索。"

丽萨挤了个鬼脸,看起来不满意马克的解释,但没说话。

"那是谁呢?"

"玛丽请别误会、生气,只是你知道的还是越少越好。"

他感觉电话那头空气有些凝滞。

"你不相信我!"

"不是的,玛丽,我说的是真的。我只是不想让帮我的那个人陷在我这个泥潭里太深。"丽萨恶狠狠地瞪了他一眼。

玛丽迟疑了一会儿:"你确定那个帮你的人可信吗?"

马克只犹豫了一秒:"我确定。"

"你清楚我是拿自己的工作前途在帮你吧!"

"玛丽,我们一定要找出来,卢德格尔被谁……"

"行了,密码是'蝴蝶'。一旦找到任何线索,请务必通知我。"

"没问题,谢了,玛丽。"马克挂断电话。丽萨重新投入工作。在玛丽的密码的帮助下,丽萨顺利登入系统,先在一层文件夹上搜索,仔细查看各个文档。随机仔细查阅每个程序员名下的文件目录。她的眉毛越皱越紧。几分钟后，她转身面向马克，问道："源代码呢？"

"源代码？什么意思？"

"蒂娜现在的源代码。我找到的源代码至少都是三个月以前的版本。你看这个修改日期是前天，也就是说这是最新的版本。但我百分之百确定，我见过这些代码。看到下面的注释了吗？那是我写给莱纳的，提醒他修改一个软件错误。"

"软件错误？这会不会是蒂娜行为异常的原因？"

"不会，这个错误在自然语言使用者界面的开发阶段，如果没有修改过来，蒂娜是无法正常启动的。据我所知，在我离开之前，这个错误就已经修正了。如果依照这个文件所示的版本，错误就还存在。这绝不可能是最新版本。"

"这意味着……"

"意味着有人用旧代码偷梁换柱，伪装成最新的代码。我们需要找到最新的代码，也许这样就能顺藤摸瓜找到卢德格尔的死因了。"

"可源代码不是应该在系统里吗？没有源代码，蒂娜是如何启动的呢？"

丽萨鄙夷地哼了声："源代码只是我们使用的程序语言，再通过编译器输出为程序的目的代码。源代码经过编译器输出后，便不再有保存的必要，但是没有源代码就无法修改错误、继续开发。"

"那目的代码呢？你能通过目的代码分析出蒂娜出错的原因吗？"

"比方说你是户主，想要盖一栋房子，脑子里有房子的蓝图构思，建筑师的设计方案，包括图纸数据、预算方案和材料报告，这就相当于源代码。虽然方案不是直观的照片或者 3D 模型,但你可以大致通过设计想象出成品。目的码则大约可以看作如何砌砖,砖头的摆放这类命令。要通过一块块砖来排查,大概要花上几十年才能摸清楚房子的整体设计。"

马克点头,他那个时候造房子,虽然有设计师草图,也很难想象出每个房间成品。"那源代码会在哪里呢?凶手会删掉吗?"

"我认为不会,彻底删除源代码对程序员而言,就是亲手杀死自己的孩子,不会有人这么做,在某个安全的地方肯定会保存备份。如果卢德格尔因此而丧命,那源代码就是关键。"

"你的意思是卢德格尔遇害,是因为发现了源代码被篡改?"

"看起来是这样。他一定是找到了原因。事实上……啊!"丽萨突然跳起来,如迅疾的闪电般拔掉电脑电源线,屏幕一片漆黑。

马克从未见过程序员这么粗暴地关机:"发生什么了?"

丽萨脸色苍白:"有人侵入了我的系统。"

28

亚利桑那州，三橡树，周六 11：00

如同一头浑身散发着原始掠夺气息的野兽，AT-1 六轮无人坦克气势汹汹地在覆盖着浅草和灌木丛的北美大草原上缓慢向前推进。它的猎物是正朝着目标前进、身后尘土飞扬的 M1 坦克。

尽管 AT-1 的长度仅约为三米，高约一米，从体积上看远比 M1 小，但 M1 几乎毫无胜算。西贝尔·谢帕德博士几乎要同情那辆老旧的坦克了。虽然 M1 在海湾战争中一度名声大噪，如今却沦落到在三橡树这样的实验练习中充当道具靶子。真人驾驶坦克将逐步退出历史舞台。

AT-1 停下转身，将红外装置对准了 M1。谢帕德明显感觉到周围空气顿时凝滞，这些与她一起站在三十厘米厚的防弹玻璃后面的营地中的军人，看见实验场内如此情形，心情同样紧张。她虽然比这里的任何人都了解 AT-1 的能力，因为这是她在克拉克现代工程学院一手开发出来的人工智能。即便如此，没人敢断言这台机器的现场成果究竟如何。它将在无人控制和干扰下，依照自己的判断做出最终决定并完成预设任务。

在许多军事专家看来，真人驾驶坦克过于笨重、费用昂贵而且风险还高,即将被淘汰。灵活轻便又精准的无人坦克在未来将是主流。虽然无线操纵或远程激光遥控车辆容易受到干扰,而且安全问题尤为明显,但正因为如此自带独立作战程序的武器必然是未来解决此类问题的关键,这也是未来的发展趋势。人们只要预设摧毁目标的信息,诸如照片,传达指令,后续由其自主完成。

只要今天的实验成功,谢帕德的团队就是将人工智能操作无人武器系统程序研究带到了一个全新的高度。每当谢帕德对自己所从事的事业有所不安时,她就劝慰自己,因为有无人坦克的存在,未来的战争中只会存在机器的损失,减少了大量兵员的伤亡。

AT-1 向前用力一跳,像一头猎豹扑向小羚羊似的冲出掩体朝 M1 扑过去。AT-1 瞬间速度达到 8 万马力[①],掀起一片沙石。以无人驾驶的轻便优势,配上由电脑系统操控的六个独立车轮,让它在崎岖的地形中如履平地,以极快的速度追赶 M1。

"为什么不开火?"谢帕德听到身边传来一声低沉的疑问。

谢帕德转头看去。意料之中是陆军上校路易斯,他又在忐忑不安了。他的仕途与 AT-1 的成功紧密相关。不过这次他是对的,此刻正是 AT-1 发射的时机。"最佳射程",谢帕德没有细想,脱口而出。

但是 AT-1 此刻却突然减速,慢到简直就像跟随在庞然大物 M1 身旁的一只宠物狗。受部队营地遥控的 M1 终于安全到达指定地点停下,AT-1 也毫无特殊表现地停了下来,久久未有下一步行动。

"好吧,先这样吧。"罗德里克将军宣布,其他领导跟着点点头,纷纷离开座位。

---

① 1 马力 =0.7 千瓦

"抱歉。"路易斯上校面色尴尬地道歉,"这次是性能上有点失误,我们会立刻展开调试,下次展示……"

"没有下次展示机会了。"将军打断他的话,"很抱歉,约翰,我已经给过你机会了。"语调十分友善,但是言辞却格外强硬,不容回旋。将军的赫赫威名与这份冷酷强硬不无关系。听说他几乎没有朋友,对手也被斩草除根。路易斯只得无言点头。

谢帕德将视线转到外面的试验场中,试图掩饰自己失望的神情。M1还在终点位置,但是AT-1却失去了身影。"领导……"她的目光一边不断在场上搜寻一边说着。

"谢帕德博士?"

"它消失了,领导。"

"什么消失了?"

"AT-1。"

这句话立刻吸引了将军和在场的其他军官的注意。他们向她身边靠拢,站在防护玻璃前,瞬间响起一声惊天动地的爆炸声。巨大的M1被抛向几米高的空中,随后被熊熊烈火包裹。硝烟散尽后,得以看清M1的炮塔自车身底盘处整齐地断裂开,落在坦克残骸旁。

"迟了些,尽管射中了。"将军说。然而听起来这并未动摇他的决定。

"将军,我确定……"路易斯上校刚要开口。此刻AT-1突然出现在视野中,正穿越营地前五十米左右的崎岖地面向他们冲来。

"见鬼……"将军说道。

转眼间AT-1随着车轮的滚动,停在了防护玻璃前一米的位置。摄像机轻微地左右旋转,仿佛在观察眼前出现的人类。仅剩的三枚响尾蛇导弹瞄准了营地。

现场鸦雀无声。

AT-1 静止了一会儿，迅速掉头离开。谢帕德稍微缓了口气，刚才她闪过一个念头，还以为……

AT-1 离开大约二百米时，重新停下转身对准营地。谢帕德浑身冰凉，大吼一声："趴下！"扑倒在地。经年累月的训练使得军人们不假思索，迅速如她一般卧倒。

与此同时一道亮光闪过，巨响撼动了整个营地，掀翻了桌椅，遍地撒满了咖啡壶和咖啡杯的碎片。该死的……

第二和第三声爆炸接踵而至，最后回归平静。幸好导弹未能穿透玻璃。

谢帕德赶忙爬起来，环顾四周，在场所有人都灰头土脸地望着窗外。防护玻璃上只有几道划痕和烟雾。更令她震惊的是，AT-1 就在她眼前，仿佛一只布下罗网狩猎的蜘蛛，玻璃眼悄无声息地盯着营地内部。

"关掉它！"罗德里克将军大喊道，下唇止不住地颤动，"快关掉这该死的东西。"

29

汉堡，阿尔托那，周六 15：42

丽萨一脸复杂的表情看着屏幕，惊讶、厌恶、着迷交替出现。她切断了所有与外界连接的线路，就连无线网卡都拆下来了，才重启电脑，使用不同的分析软件清查电脑。

"那个该死的东西去哪儿了？"她自言自语道。

"什么东西？"马克站起身，从她身后望向屏幕，一丝若有若无的香甜气息飘来。

"我不知道。"她说。

"你怎么知道系统被入侵了？"

丽萨指向一个看似 DIY 的小盒子，外观上除了两盏小绿灯别无其他。两条线路自盒子背部延伸至电脑端和电源端。"这个通信器是我自己做的，无论外界用什么形式与电脑连接，它都能立刻察觉显示出来，左边的信号灯表示数据载入，右边是数据上传。"

"你为什么需要这个呢？我的意思是不是有窗口……"

丽萨不屑地哼了一声："窗口只是软件，软件很容易受到操控，硬件则不然，只要切断了物理连接，外界便无法继续操控。这个通信器起到了这种作用,只要察觉出电脑里的资料出现非我指令下的移动,它立马能精准地通知我,有人试图把非正常路径出现的东西下载到我的电脑上。"

"刚才就是这样吗?"

"是的,可我没有立刻察觉,实在是疏忽了一下,不知道已经被下载了多少东西了。"

"但这一定会留下痕迹的。"

"没那么简单,只靠扫描浏览器是难以检测到恶意软件的,它们隐藏在系统程序中的某个文档内或者在硬件中未显示出的区域内。更有甚者会直接依附在运行的程序中,只有等你再次运行该程序时才会被察觉出来。"

"是病毒吗?"

"有这种可能,虽然我的杀毒软件和防火墙都是一流的,但总有人试图入侵电脑。"说着,她将电脑关闭了。

"你现在在做什么?"

"扫描硬盘,也许会找到我熟悉的病毒特征。"她三两下就打开了主机后盖,拿着小起子在里面左拧右转,不一会儿取出了一个小铁盒。这种盒子里居然可容纳多达上百个 GB 的资料,文件量宛若收藏了上万本图书的大型图书馆,令人难以置信。

丽萨启动了书桌上四台电脑中的另一台,把硬盘安装进去。"这是扫描分析专用机。"她说。

"硬盘直接安装上去,病毒不会入侵吗?"

"不会,硬盘不会被启动,里面的程序也就不会运行,仅仅是扫描硬盘而已,然后分析程序就会依照数据库中的各种病毒和木马软件的模式或类型进行匹配扫描。"她拧紧螺丝，开机，点开运行相关程序，跳出的窗口中显示缓慢扫描的进度条。

马克点点头。

"我知道有一家土耳其餐厅，味道不错。他们的土耳其肉饼远近闻名。"她说完不等马克答复，径直离开房间。马克颇为意外地跟了上去，他以为丽萨纤细苗条的身材一定是靠食素，顶多偶尔吃寿司调剂而保持下来的。

现在是下午四点，阳光依然明媚，阿尔托那的街道上不少行人拎着购物袋闲逛，一切是这么宁静闲适。有那么一刹那，马克几乎忘记自己是个杀人在逃的嫌疑犯，幸好警方没有发布公共通缉令。

这家土耳其快餐店门面虽小，却极为干净，肉饼尤其鲜美。他们吃饱后，各自点了一杯土耳其咖啡，香味四溢，口感绝佳。

当他们再次回到喧闹的住宅区时，马克突然说道："对不起，丽萨，我为我开除你的错误决定向你道歉，请原谅我。"

丽萨并未回头，语气平静地说："过去的事就让它过去吧。"余下的路程两人都再未有任何交谈。

回到公寓后，分析扫描工作已经完成，窗口只显示了一句话："共计十七个模式配对成功。"下面是一连串隐晦的代码符号。

"看呐！"丽萨额头都皱起来了。

"这是什么？"马克问，"病毒吗？"

"不是，或者也可以说是，我不确定。系统找出的这些特征都是我认识的，因为它们全都源自蒂娜的程序客户端。"

"蒂娜是在上千万台个人计算机上运行的软件，借助这些电脑的工作间隙，完成运算指令，然后将结果传输回蒂娜核心服务器，也就是说，你在电脑上安装了蒂娜吗？"

"不，我没有安装蒂娜。如果是蒂娜是自行安装的，我肯定会察觉，因此这里出现的绝不会是蒂娜，最起码不是我熟悉的那个蒂娜，因为它的确携带了部分蒂娜代码。"

"这是什么意思呢？"

"有人操控了蒂娜，将新的内容放上去了。"

"但是他为什么要这样做呢？可以实现什么目的吗？"

"我也不清楚他的目的。不过它如同病毒主动流窜到我的硬盘中，并且巧妙地用某种方式成功躲避了我的防御系统。"

"你认为有人将蒂娜改写成了病毒？"

"看起来是的，而且这个改动水准极高。我敢断言，目前没有任何一个商用杀毒软件可以察觉出来。"

马克脸色唰地惨白："你是说，这版蒂娜变种很可能已经在网络上传播了！上帝啊！蒂娜可不是只在上百台电脑上运行，而是……"

"上百万上千万台电脑上运行。"丽萨将他欲言又止的话补上。

30

汉堡，修道院门区，周六 10：19

  弗里德曼·温格尔感觉自己如同漫步在云端。在强烈的鼓点声和观众汹涌的呐喊声中，他像服用了兴奋剂一样急剧分泌着肾上腺素。浑身血液激荡，手指在吉他琴轴上本能似的灵巧滑动，好像根本不需要大脑指挥。他跟随着歌曲《满足》的节拍与贝斯手尤尔根一起跳跃，嗨翻整个舞台。

  这场经典摇滚乐演出会吸引了大约五百名观众来到市场大厅，他们年纪大多在四十岁左右，演出的气氛相当热血澎湃。温格尔的"浅紫色乐队"是今晚四支乐队中第二个出场的乐队。这场演出中的音乐，都是摇滚乐黄金时期的经典曲目。有机会登上真正的舞台表演，这种感觉真是奇妙。经过了昨晚混乱的彩排后，他本担心这场演出会搞砸。但是今天乐队成员配合得完美至极，演出出奇的成功，观众们都沉醉其中。

  欧拉夫对着麦克风高唱，温格尔敢断言，这位主场伙计的嗓子经此一役至少三天别想说出话来："我不能没有……满足……但我试着，我……"

忽然音响传出一连串的刺耳杂音。肯定是回送音出了问题，温格尔一脸不解地望向欧拉夫，欧拉夫同样莫名地看着眼前的麦克风，接着转头向会场中央的中控区求助。那边的技术员却无奈地耸耸肩。温格尔努力继续演奏，寄希望于恐怖的啸叫声会自动消失。可吉他根本起不了作用，啸叫依然持续着，温格尔的耳朵开始疼了起来，台下不少观众更是捂起了耳朵。

不一会儿终于一切归于平静，与此同时全场陡然鸦雀无声。温格尔在那阵阵啸叫声中出现了短暂的耳鸣。原来是音响师实在无可奈何，只好关闭了音响。

"抱歉，朋友们，刚刚碰上了一个小小的技术故障。"欧拉夫扯着嗓子喊，"过一会儿就能恢复正常。"他那未经音响扩音的声音没有传播出去，观众们基本没听到。台下逐渐涌起无数交谈声，顿时嘈杂了起来。台上的乐队成员面面相觑，卢迪手足无措地测试着电脑。

温格尔终于明白了，究其原因就是他们用一台笔记本电脑取代了混音器。卢迪坚持要用电脑，他认为只一台电脑就能通过音源取样器模拟出哈蒙德 B-3 的音效，出样效果远比任何混音器都优秀。演出到刚才为止，也证明了他的论断。一个音效合成软件生成的音质竟然无比接近重量上百公斤的老式哈蒙德电风琴的音质，就连莱斯利旋转扬声器的过载振荡音效都模仿得以假乱真。但是在演出中骤然出故障，再便携逼真又如何？

温格尔强忍着怒火，吼道："丢开你那该死的电脑，换混音器。"

卢迪点点头："给我几秒钟。"他说着，快速替换了几根连接线，随后赶忙向技术员打手势，竖起拇指。

"朋友们，实在抱歉，刚刚出了点技术问题。"欧拉夫说，"让我们重新开始,一、二、三……"

突然全场陷入一片黑暗中,仅剩紧急出口指示灯还亮着绿光。偏偏在这个关键时刻停电了!欧拉夫大声咒骂着,此时没有了麦克风,观众也能听见,有些人不禁笑了出来。

倏然警报声大作,持续着长短不一、毫无规律的响声,听起来甚为恐怖。

台下开始躁动起来,有人开始鼓掌,但很快平息下去。

灯光再次亮起。"Test,Test。"欧拉夫对着麦克风大喊。警报声依然毫无节奏可循,甚至有一部分观众开始走向出口退场离开。温格尔意识到情况不妙,这样下去观众会接二连三惊慌失措,场面即将失控。有人将收音机放到耳边。

警报声终于消失,现场归于沉寂。

"有人知道外面发生什么了吗?"欧拉夫冲着麦克风大声询问。

一名内场工作人员走上舞台,朝麦克风说道:"大家不必担心,电台才播出一则报道,刚刚的警报是技术上的意外,演出继续。"

拉尔夫用鼓棒敲出节奏,温格尔紧接着以一首著名滚石吉他曲重新热场。然而状态一去不复返,他再也没办法找回刚才演出的激情,几首歌曲后,欧拉夫果断终止了演唱,观众们礼节性鼓掌致意,没人要求返场。

温格尔和乐队同伴一起失望地离开舞台。

"对不起,兄弟们。"回到后台,卢迪内疚地道歉。舞台上又响起了音乐,是英国70年代早期最受欢迎的硬摇滚乐队尤赖亚·希普(Uriah Heep)的歌曲《轻松生活》。

没人接话。温格尔联想到之前那些让人心惊肉跳的警报声,现在依然有些惶恐不安。可能这真的是小小的技术性麻烦,就和卢迪出错的哈蒙德音效器出现的错误一样。当今世界科技大行其道,虽然发达,却也难免会有这样的失误。

但是警报声在他内心还是埋下了一颗种子,他隐约预感到,警报声并不是那么简单。

31

汉堡，阿尔托那，周六 22：20

丽萨两手慢慢向前推，就像在推开隐形的障碍，接着张开双臂，缓缓将腿抬高，仿佛芭蕾舞演员的动作慢放。

马克站在门边看着她打太极。他在她身边干坐了一整天，默不作声地一直观察她，虽然帮不上忙，可内心仍旧激动。丽萨最后实在累得集中不了注意力了，揉揉眼睛，一声不吭地走到隔壁房间，开始打起了太极。

虽然马克现在又饿又累，却不愿去打扰她，不想分散她的精力。他明白丽萨今天依然是超负荷工作，不由得更加后悔自己竟然愚蠢地开除了这名天才程序员。

丽萨停下动作，双眼紧闭，深呼吸几次，然后睁开了她乌黑的眼睛，直视着马克。她察觉到马克的注视，皱皱眉头默不作声地回到了工作间，坐在了电脑前。

"你发觉什么问题了吗？"他问。

"没找全。"她回答着，手指开始在键盘上高速敲击，重新联网，试图使用各种软件来查找神秘的代码程序究竟意欲何为。"它没有和蒂娜一样只在后台运行,而是占据了计算机相当大的运行内存。我还没搞清楚它真正的目的。它与外网不停地互动,和上千个不同 IP 地址相关联,也许还和与自己相似的程序保持联系。"

"你的意思是说它在计算,就像模拟天气计算一样。"

"有这种可能,但我并不确定,它不是完整的系统化,运行程序看似只是巧合,有时候程序甚至没有启动,占用运行容量却异常庞大,进行了极高密度的运算。"丽萨抚了一下她自己的短发,"最奇怪的还是它的构成。"

"奇怪?你指的是……"

"它在不停地复制,我观察到的部分代码指向几乎都是大同小异的复制命令。"

"这很奇怪吗?"

"如果需要多次使用同一功能,程序员通常会只写一条命令式,或者最多一个循环,也就是代码重复出现一次,之后便可以重复循环使用了。只有脑子笨不拐弯的人,才会死板地把同样的代码,不停地复制到别的地方。"

"有没有可能那个代码每个命令都不相同呢?"

"如果是那样,一般只需改变命令式的一些参数即可。"

"换言之,就是说设计这个程序的人脑子有问题。"

"那倒不至于。这个程序丝毫不在意我的所有防御系统,不费吹灰之力就能入侵,这太诡异了。一方面十分高明,另一方面却……"

灯光骤闪几下后熄灭了,只余屏幕上的淡蓝色光芒照亮了整个房间。"怎么了?"马克问。

"可能停电了。"

"那为什么电脑还在运行。"

"有备用电源,可以保证电脑在突然断电的情况下继续运行约半小时。"

此时忽地警报声大作,两人面面相觑。他们走到窗前向街上望去,貌似整个街区都停电了,夜晚下显得阴森森的。

不一会儿,路灯闪烁了几下,千家万户同时点亮了灯火。可警报声依旧持续着,人们逐渐从建筑中出来走上街头。丽萨回到卧室,打开收音机。

"这只是一次误报。"收音机里面传出播音员的声音,"我再说一遍,请大家不要惊慌,我们刚才收到联邦灾害管理部门的通知,警报出现了错误。"

丽萨关掉收音机,与马克四目相对。

马克在她眼中看到了同样的想法,让他如芒在背般不安。

"你也觉得……"他开口说。

"我不确定。"她回答,脸色煞白,镇静和自信无影无踪。

警报声终于停了。丽萨关闭电脑:"我现在也没办法了,明天再看吧。"她边说边从壁柜里取出一卷薄橡胶的睡垫。"拿去吧,我这里只有这种的。"

"丽萨,我……我真的不想把你牵扯近来。我想,万一警方在这发现了我……"

她脸色一沉:"你在想什么呢?我是为了卢德格尔。我喜欢他这个朋友,从不在乎我的黑历史,百分之百信任我,我一定要查出来究竟是谁害死了他。等着瞧!我才不是为了你。"虽然这么说着,语气却弱了许多,更柔和了。

32

汉堡，阿尔托那，周日 8:11

马克猛地坐起身，浑身湿透，内衣被汗水贴在身上。噩梦的幻影依然在脑海中闪现。树林间如影子般在身后穷追不舍的警长，扑倒在死去的卢德格尔身上的尤利娅，卢德格尔那双冷灰色的双眼直勾勾地盯着他，坐在电脑前的丽萨突然被电脑后伸出来的各种电线如蟒蛇般死死地缠住，仿佛恨不得要钻进她的皮肤，把她变成人工智能的躯壳。

他用力晃晃脑袋。这几天来经历了一系列意外，不做梦就奇怪了。此时手表指向八点一刻。他站起身，轻手轻脚地穿过屋子。丽萨还在睡觉，薄被包裹着她纤细的身体。

他打量了一会儿她的睡颜，熟睡中的她显得异常柔和沉静，锋利的气息都收了起来，更添几分柔弱。她的脖子左侧有一个骷髅文身，几条虫从骷髅的眼眶中爬出来，做工极为拙劣，一看便知手艺不精，更是掺杂着一些瘀痕，难怪她总穿高领 T 恤。

马克注意到她圆润的胸脯，在被子下随着呼吸均匀起伏。他赶忙转过头，现在可不是放任邪念的时候，他的处境太糟了。

他来到厨房煮了杯咖啡，拿出吐司、果酱和新鲜乳酪，做了一份早餐摆在餐盘上,端进丽萨的卧室。丽萨刚巧醒来坐在床上,穿上了一件黑色高领 T 恤。

"哇!"她笑着惊叹一声,"距离上一次有人把早餐送到我床边已经过去很久了。"

他回以微笑,将餐盘放在床边的地上。两人食欲大开,一起默默地把早餐一扫而光。

"我必须去一趟公司。"丽萨说着,用手擦去嘴角的面包屑,"在这里我什么也做不了。我必须进入蒂娜的核心服务器。"蒂娜的神经中枢也就是核心服务器,所有资料都在那里汇总,通过服务器分配到相应的电脑上进行分析。公司出于安全考虑,外网已经无法直接访问蒂娜的核心服务器。

要知道,这个行为需要冒很大的风险。那晚莱纳在公司附近见到了马克,警方也许会防备万一他再次回到案发现场。但是找出真凶和他的杀人东西,对马克而言至关重要,这是证明他清白的唯一机会。他点头同意,说:"不过,他们肯定注销了我的门禁卡。"

"大概注销了你的卡。"丽萨说着起身,她身上除了那件黑色高领 T 恤,只有一套黑色内裤。她走进工作间,转眼便拿着一张灰色的卡走出来。"但是这张应该没有问题。"

马克瞪大了眼睛:"你从哪儿弄来的?"

丽萨调皮地一笑:"我跟你说过,我能咽下这口气不和你们计较,你们真的走运了。"

马克也笑了:"真的是走运了。"

"给我大门钥匙。"她说着套上一条黑色牛仔裤。

"我跟你一起去。"马克说。

"你去能帮上什么忙?再说警察正到处抓你。"

"你觉得我能安心坐在这儿等吗?你在服务器上工作,我也许帮不上忙,但是至少可以帮你放风。如果你被人发现在办公室里,那就坐实了盗窃的罪名了。无论如何,我有一部分的公司所有权。"

"好吧。"

乘地铁去公司只需要二十分钟。马克推开大楼入口处的大门。今天正好是周日,大堂接待处空无一人。电梯的红色指示灯显示四部电梯全都停在一楼。

这时楼道侧门打开了,走出来一名年轻的保安,马克心里不由得一颤,之前和保安打过多次照面,如果警方让保安看过他的照片,那可就……

幸好保安只是客气地和他打了个招呼。周末有人来加班这种事,保安已经见怪不怪了。他走到接待台后,拿起一份漫画杂志看了起来,显然这是他在巡逻间隙打发时间用的。

马克按下电梯按钮,铃响后电梯应声而开,电梯内的画面让他瞠目结舌,丽萨惊呼一声。

"上帝啊!"保安跳了起来,"见鬼了……"他抓起电话按下三个数字。

33

汉堡，港口新区，周日9:39

　　警长温格尔凝视着躺在电梯里血泊中的年轻人，他的身体像一块破抹布一样扭曲变形，已无人样，仿佛被揉碎了骨骼。电梯镜子上溅满了鲜血，仿佛刚经历一场恶斗，令人反胃的呕吐物气息扑鼻而来。

　　"这是怎么回事？"温格尔向才赶到的急救医生发问，就算是医生也无力回天，只能宣布年轻人身亡。

　　医生耸耸肩说"不知道。我从未见过这种死法，他全身粉碎性骨折，就像是高空坠落。血液来自他身体各个部位，脑部尤为严重。"

　　"您认为他可能是先摔下楼梯，然后被人拖进电梯的？"

　　"在我看来，他更像是在这部电梯里摔死的。不过我不是犯罪医学专家。"

　　"您觉得是电梯坠落这类可能？……"

　　医生摇摇头："一次坠落无法造成这么大面积的骨折。从这人的情况来看，应该是经历过多次高空坠落。抱歉，以我的能力只能提供这些信息，毕竟这个可怜的人被折磨得血肉模糊、面目全非。什么样，您自己也看到了。"

温格尔点点头。警局的采证人员马上赶到,他们会查出死者真正的死亡位置。他朝尸体望去,死者虽然面目全非,然而通过细软的头发,温格尔仍能推断出,这是他们曾经调查过的那个举止怪异的程序员,好像叫艾尔林还是什么的。

他摇摇头,这起案子愈发错综复杂了。可他对于凶手杀死卢德格尔·哈马赫的动机仍旧一无所知,但他敢肯定两起案件之间必然存在联系。

警长正要转身,余光扫到了一点异样。他仔细观察了一下镜子,果然,那些他以为是巧合蹭出的痕迹,很像是几个字母。他认出了一个P、一个A,然后又是几道不甚清晰的痕迹,一个O、一个B,还有一个A。他打量着死者,因为鲜血四溅,让他最开始忽略了这个细节,死者只有右手的食指及中指沾染着血迹,似乎是这个男人刻意所为,用手指蘸取了自己的血。

温格尔把字母记录在一张纸条上:PA……OBA。这是死者的死亡讯息,也许和凶手的名字有关,而且显然不是赫利俄斯的拼法。

他转身看向坐在角落里面色苍白的保安。公司当时雇用他时,一定自认是条硬汉。

"我是警长温格尔,您是第一个发现死者的吗?"

"啊,不能说是,事实上不是我发现的,而是一男一女。我见过几次其中的男人,他在这里上班。我以为他们是周末来加班的,可电梯门一打开两人就跑了。我立刻打电话叫了救护车。不过显而易见,这人医生也救不回来,所以我又马上报警了。"

"具体时间是……"

保安看了一下手表:"我在九点准时巡逻。那么时间肯定是在九点一刻左右,也就是二十分钟以前。"

温格尔取出一张赫利俄斯的照片:"那个男人是他吗?"

保安点点头。温格尔叹了一口气,领悟到自己应该是犯了大错。大家一定会指责他让一名凶残的杀人犯一直逍遥法外。

尽管铁证如山,证据全都指向赫利俄斯,证明他在案发现场,而且在逃,温格尔还是没来由地觉得赫利俄斯不是凶手。他们会努力找出疑犯的杀人动机,写在镜子上的模糊字迹也许只是声东击西,抓捕赫利俄斯的压力只会越来越大。

要是他不抓到赫利俄斯,他的上司极可能撤掉他调查这个案子的资格,那么大家就又会八卦他自养鸡场案子后状态全无。无论赫利俄斯是否有罪,唯有尽快将他抓捕归案,反正之后一切就是检察官和律师的事了,希望赫利俄斯有个好一点的律师。

他重新看向保安:"那个女人什么样子呢?是红头发吗?"

警卫摇摇头:"她穿着黑衣服,黑色的短发,人很瘦很漂亮。"

温格尔眉头紧皱,这个描述不符合赫利俄斯公司里的任何员工,也不是尤利娅·赫利俄斯。"好吧,谢谢。"他说。

"警长先生。"保安下唇颤抖道。

"什么?"

"请您抓住凶手。"

34

汉堡，霍和卢夫特，周日9:51

"该死的混蛋！"他们上气不接下气地跑下地铁站，丽萨恨恨地骂道，"先杀害了卢德格尔，现在又害死了莱纳。我看这件事情背后必有个大阴谋。"

马克点点头，想了一会儿问道："你还记得莱纳家的地址吗？"

"当然，他住在格林德尔大楼。你为什么问这个？你想去他家？"

"那里也许有一些线索。他和卢德格尔显然因为同一个原因而死，他们发现了背后的事情。"

"警方一定也会想得到这个。"

"那我们就快点。"

他们很快来到那座政府保护文物建筑群中的著名黄砖大楼。这片建筑群受到很多建筑师推崇，被誉为德国战后建筑的经典艺术。但是在普通人看来，它们稀松平常，甚至不雅观。他俩走到五楼的一扇普通的门前，不待马克看清动作，丽萨在几秒内已经将门打开。

"我还以为这种技能只会出现在电影中。"

丽萨淡淡地回答："你要是做过街头混混，什么都必须学会。"

他们轻手轻脚地走进小公寓，里面窗帘紧闭，莱纳似乎害怕光线。屋内的过道两侧除了卫生间和厨房以外，只有一间客卧两用的厅，里面放着一张床、一张大书桌以及一个衣柜。墙壁上光秃秃的，没有装饰，一切井井有条。

丽萨看向书桌，上面有一台电脑和一台激光打印机。她启动电脑，屏幕上跳出一个对话框："本系统受到无穷密码保护，版权隶属3E软件有限公司，请输入密码："

"糟糕！"丽萨叫了一声。

"怎么了？"

"我听说过这套系统，无穷密码是把硬盘上所有文件全部封锁加密的软件，没有密码根本进不去。"

"能破解吗？我猜你懂这个。"

"这可是一个1024位数的加密密码，要想破解还是趁早算了吧！"

"无法破解，我们就必须找出密码。普通人会从自己生活中挑个重要事件作为密码，或者把密码藏在某处。"马克说着拉开书桌的抽屉，里面除了几支整齐摆放的铅笔以外，只有几张白纸和英文信封。

"大多数人会这么做，但莱纳不是大多数，他在这个领域是天才型的，我敢断言，他能记住一个随机出现的百位数字。用这样的密码对他而言是小菜一碟，我们别想找得出来。"

"但是他肯定会留下某种暗示！"

他们开始在房间里仔细搜索。莱纳的个人物品很少，似乎只在这间公寓暂住。他的床头柜上摆着一名老妇人照片，看起来应该是他母亲。衣柜里挂着几件熨烫得平平整整的衬衫和长裤，书架上则堆满了书籍，比如信息学、数学、心理学、生物学、进化论到天文学等等，但是小说不在其中。

屋内的摆设一览无余到让人失望，连垃圾桶内都是空无一物，看起来莱纳在离开前打扫过房间，仿佛可以随时从世界中抽离自己。即使这看来不可思议，但是高度洁癖也是他这样的自闭症患者的本能。

马克打开冰箱，里面放着几袋新鲜的食品和几个快餐盒。忽然他听到门外传来了脚步声，有人将钥匙插入房门。警方来得比他预想的更快。

马克正站在门边，而丽萨还没来得及躲起来，门就打开了。通过门轴的空隙，马克看到名叫德里克的年轻警员笨手笨脚地从肩带里取出手枪，举起来瞄准丽萨。"你是谁？在这里做……"不等他说完，马克猛地一把抓住他的手腕，往后一拧，把他反扣在门边。德里克痛得大喊，握枪的手一松。马克一把夺过手枪，对准他。

"德里克！"温格尔警长举着枪冲进房间。

马克拿枪指着德里克的太阳穴，说："把枪放下！"他边说边推上了门。温格尔把枪放在地板上，缓缓举起双手："别乱来，赫利俄斯！你跑不掉的。"

"闭嘴，听着。"丽萨说，"不是他干的，也不是我。我们追查寻找真凶，你们最好也是这个目的。"

"见鬼，赫利俄斯，你这么做会越陷越深的。"温格尔语气平缓，但是铿锵有力，"快把枪放下！还有，你是谁？"

"抱歉，警长先生，"马克说着，松开了德里克，但依然用枪指着他。丽萨捡起警长的枪，"我要是自首就是自寻死路。你们很清楚凶手特别擅长制造伪证。"

"听着，请你冷静，如果你没杀人，我们一定会查个水落石出的。但是如果你现在不放下手枪，我也没办法帮你了。"

"把房门钥匙给我."马克说。

"你听着,我……"

"在这里。"

"请你保持冷静!"温格尔边说边交出钥匙,这是他从莱纳身上找到的。马克接过钥匙,丽萨继续举着温格尔的枪,不让两名警察靠近。

"我们会把枪丢进垃圾桶。"马克说。温格尔满脸涨红:"赫利俄斯,够了!你们必须马上……"

马克没理会他,和丽萨一起退出房间,将门反锁,钥匙留在门上。

"混蛋!把门打开!"温格尔在里面大叫,用拳头砸门。"我一定会逮住你的,赫利俄斯!你给我等着。马上就轮到你了……"

两人顺着楼梯向下跑,楼上说了什么他们也听不见了。大楼前有好几个垃圾桶,马克将枪拆卸后分散丢进不同的垃圾桶内。他突然发现了某个东西,愣住了。垃圾堆最上面有个透明塑料袋,这是里面唯一装在袋子里的垃圾,袋中只有一罐空酸奶盒和一些碎纸片。直觉让马克探进恶臭的垃圾桶里,捡出塑料袋。

"你这是做什么?"丽萨不解地问,"还不快跑!"

马克犹如胜券在握:"猜猜会有谁扔掉只装着空酸奶盒和一点碎纸片的垃圾袋。"

35

汉堡，杜尔斯堡，周日 11：31

他成功了。迭戈难掩激动，他进入那个服务器的根目录了。他伸了个懒腰，作为一个长期坐在电脑前的人，身高两米，肌肉结实，堪称完美身材。

他伸手摸了摸自己光滑的脑袋，琢磨着，一切也太顺利了。坤正电子作为军工业中的电门开关制造商，防御系统漏洞百出，都已经是过时了的版本，就是在黑客菜鸟看来，也是门户大开，可以轻易入侵。

他用自己写的小程序在目录中搜索委托人指定的关键词：内部备忘录、计算、报价、客户数据……每一项都能有一笔丰厚的进账。

屏幕很快被抓取下来的信息填满。他不过是在系统里溜达了一圈而已。区区几分钟便退出系统，消失无踪，也不会有人发现坤正电子系统被人黑进来过。他们的管理层大概会莫名其妙，为什么一夜之间合作信息都被竞争对手截获？谁叫他们的防御系统做得这么差，都是他们自己的失误！

他内心涌起一丝惶惑，事情进展得过于顺利了。要知道，这可是一家军工厂，军事反间谍机构的 IT 人才绝不是平庸之辈。他们会准时检测供应商提供的防御系统，坤正电子是他们检测的盲区吗？还是……

他的目光落到系统监测仪上，这台设备是他自己安装用于记录电脑中的所有活动的。此时下载的文件大小已达27MB，可他选择的文件明明只是一小部分。见鬼，发生了什么？

一个猜测瞬间击中了他——这是个陷阱，军方设下圈套，守株待兔。终于轮到你了，迭戈。在你扬扬得意下载他们伪装的文件时，他们已经入侵了你的电脑，摸清了你的底细，轻而易举地获取了你的IP地址，知道你用了什么软件，怎么入侵了他们的系统。

算了，事情已然如此，即便抓取的文件毫无意义，也不表示坤正电子或者军事反间谍组织的人就能抓住他的小辫子。他一贯小心谨慎，做事滴水不漏，从不留下任何会暴露自己身份的信息，就算被追查到IP地址也无大碍，也就是下次再谨慎些罢了。

断开网络，删除刚才抓取的伪造文档。他余光扫了一眼监测仪，顿时吓了一跳。CPU的内存使用率一直在20%～90%波动，出什么事了？监测仪并未亮起黄灯提醒他系统遭到入侵。这说明坤正电子的反击程序正在他的电脑里占用了大量的存储空间，并且执行某种操作。

这是在做什么？有什么目的？如果坤正想要查出他的身份，只需要在电脑中悄悄安装一个小小的监控程序即可，等他下次重新连接网络，监控程序就能将调查结果发回他们的后台。迭戈自己就写过很多这种监控间谍程序，将它藏在陌生电脑上，悄悄窥探他人电脑的运作情况。

不论那东西究竟是什么，反正不是他认知中的程序。它会计算，会充分利用他这台四核处理器电脑的巨大计算能力。他实在是搞不懂了。

他将监测仪重启，以便更好地记录CPU中的所有程序。彻底降低了电脑的运算速度后，系统每一个动作都被清晰地记录下来，短短几秒，文件就已达几个 TB。硬盘容量已经接近极限，他拔掉电源线，从物理上防止入侵程序在关机时消失，接着取下硬盘，插在分析电脑上。

在硬盘中启动已知病毒分析模式后，他起身离开，带着一身腱子肉挪到厨房，取出一罐高咖啡因含量的饮料。此时安非他命的效果减弱，可他不想再嗑一片药，他知道自己的身体正徘徊在崩溃的边缘。

他并没有药瘾。他能随时停止嗑药，那又如何呢？这些小药片可以让他更亢奋，获得不菲的收入，成为这一行有名号的人。他办事干脆利落，总能在那些公司安防察觉前完成任务，顾客便更加甘愿为此付出大价钱。这一切归功于这小小的药片，即便为了它少活几年又如何？如果他无法肆意享受人生，多活几年又有什么好呢？他赚到的钱，多到可以享受任何快乐，被人巴结，被女人环绕，只要他想要就都能得到。

待他回到电脑前时，分析程序已经辨别出两个已知模型特征，"蒂娜"和"露西"，他大吃一惊。他十分熟悉蒂娜客户端，毕竟自己都认为蒂娜相当于木马病毒。那些电脑白痴把这套软件下载到自己的电脑上，绝不会想到自己差不多是下载了一套间谍软件。他们电脑上的所有运行活动都会默认被传送到网络上。这么做不过让他得到几份密码和个人资料，在黑市上卖不出几百块钱，没有什么价值。当然一方面原因是蒂娜的客户端都在个人电脑上，抓取不到什么有价值的东西，另一方面 D. I. 很快就会发现他的小动作。但是蒂娜怎么会跑到坤正电子去了，又怎么流窜到了他这里？

他看着另一个特征陷入了沉思：露西。他怎么也不会想到再次见到这个名字是在一个攻击程序中。露西自称金盆洗手，摇身一变成了黑客。难道她又一次反悔了？迭戈咧着嘴角笑了。这做法可一点也不像那个顽固的小婊子。

他想起她苗条的身材,内心窜出一股邪火。他和露西曾经是一对完美的拍档。认识她时,她才十八岁,十足的街头小太妹,属于一个朋克组织。那时他们犯了错,惹怒了他,于是他痛揍了其他几人,唯独放过了露西。因为露西当时不但没有趁机逃走,反而留了下来照顾受伤的同伴。他欣赏她的胆识,于是将她纳入自己的羽翼,发掘出了她的电脑天分。他教她用自己的这种天分去换取吸毒的资金。

再看看她对他做了什么?在他教会她所有伎俩后,她给他了下身一脚就溜之大吉了,只因为他在做爱的时候粗鲁了一些。实在是可惜了,这小婊子可不是一般的辣。

他不明白她是如何在这个变种的蒂娜程序上留下特征代码的,相信他很快就能弄明白。

36

汉堡，阿尔托那，周日 12:01

马克和丽萨回到公寓后，在丽萨的小厨房里倒出垃圾袋中的碎纸，摊在桌上。纸片被撕得很碎，字体较瘦长，但是十分工整。还未完全倒出粘在酸奶盒上的纸片，就已经看出这是莱纳的字迹。他们花了半个小时，终于将纸片拼凑成可阅读的文字。

亲爱的艾娃：
　　你已经很久没给我回信了，但我还是想给你写最后一封信。你为我做了许多事情，我已没有资格再请求你做些什么。可是，除了你之外，我无法相信任何人。
　　我干了一件极其可怕的事：我杀人了。
　　他是个好人，一直以来对我也十分友好。
　　但他不理解，他想要销毁潘多拉。我和你说过她的事，她求我帮忙，我不能不帮啊！她是我的孩子啊！
　　事情简单得如同只是关上了电灯一般，我只在事后掉了几滴眼泪。

我大概是个魔鬼。如果他们把我抓起来也许会好些。他们无论如何都会发现真相。我应该会向警方自首。可是那样我就再也不能保护她了。

他们一定会找到她。你知道人是什么样的生物。她会害怕的，因为他们一定会杀了她。

其实偶尔连我也会怕她。我有时候想，事实上她一直在操纵我。或许对她而言，我不过是她的玩具。但是她需要有人保护，她对于这个世界而言是外星人，是异类，如我一般的异类。

现在只有你能帮她了。我告诉过你怎么与她沟通。我请求你：去帮帮她，就像帮我一样。她只是有一些特殊，你会理解的。她比我们任何人都聪明，学习能力极强。

我们正在毁灭自己的世界，只有她可以帮助我们挽救这个千疮百孔的世界，她若肯给我们指出这条明路，我们或许能一劳永逸地战胜饥饿和疾病。人类需要她，她也需要人类。你一定要抓住这个机会，帮人们理解这点，一起实现这个目标。

请原谅我将这个重担托付给你。我实在不知道还能找谁。

致以我深切的感激

莱纳

马克将信翻来覆去地读了好几遍。

"怎么会是这样！"他最后说，"莱纳杀死了卢德格尔！他显然把这个所谓的潘多拉视作外星人，他认为卢德格尔会杀了她。他真是病得不轻。"

丽萨若有所思："我不敢肯定他是不是真的疯了。"

"你不会也觉得那是个外星人吧？"

"我不认为,莱纳相信潘多拉是外星人。他在信中说自己也仿佛是这个世界的异类。"

"那她也是个自闭症患者吗?莱纳为什么认为卢德格尔会想杀死她呢?还有,为什么说她是他的孩子?太荒谬了。"

丽萨没有回话,沉默地打开浏览器,输入蒂娜的登录网址,跳转后出现一段文字:

"欢迎光临,我是蒂娜,您的自然语言新助手。您可以提出任何问题,我都将给出回答。请先输入您的用户名。"

丽萨在输入框中输入"潘多拉"。

什么也没有发生。据马克所知,蒂娜的用户名中没有这个名字。一般情况下,如果没有这个用户名,旁边会立刻提示请输入正确的用户名。但是这次并没有出现预设反馈,屏幕上没有任何反应,电脑似乎在思考该如何回应这项指令。只有屏幕右上角的浏览器的符号显示运转,表明电脑与服务器的连接正常。

马克等待屏幕上反馈信息输入错误的提示。蒂娜一定是运行过载了。然而,并未如马克所料,窗口最后出现的是:"你好,露西。"

37

穿越迷雾山脉,永恒游戏,第三时代的某时

"小心!"诺曼眉头紧锁,目不转睛地看着探险小队正前方的隘口,对着耳麦喊道。右上方陡然抬起一面悬崖,其龙齿般嶙峋的顶端高耸入云,左侧则是万丈深渊。山路崎岖狭窄,不便行军,探险小队只得一个个通过要道。这里正是伏击的绝佳地形。

诺曼操纵着游戏人物阿凡达,职业是双手握着战斧的野蛮人塔库斯,准备随时作战,只要比岩石巨魔小的恶魔,一网打尽。

"你先走。"耳机里传来佳文斯的声音。诺曼甚至都不知道这个职业盗贼姓甚名谁,只是在游戏大厅遇上了。不过这个佳文斯操作不错,把菲林的技能发挥得淋漓尽致,既猥琐又狠毒。

塔库斯旁边的摩根娜已经准备完毕。摩根娜的职业是精灵魔法女巫,负责保护探险小队。只要她张开双臂,放出光芒,便能将小队笼罩在光辉之下,一个防御系魔法。摩根娜这个名字和精灵一点也不配,但是还算派得上用场,无伤大雅。

塔库斯慢慢靠近隘口,他知道岩石后面一定埋伏着恶魔。永恒游戏中,只要是隘口就一定会埋伏着恶魔,只不过你不知道数量和种类。

他曾经几度穿越这个位于南部村庄阿汗迪尔和北方智慧魔法城堡之间的隘口。他遇到过半兽人，经过一场恶战拿到了几百点经验值，遇到过见到他就逃跑的哥布林，他还遇到过强大的人类，费了不少工夫才战胜他们。但是让他记忆最深刻的还是巨魔，那次他的塔库斯是队伍中的唯一幸存者，勉强将同伴带回庙宇复活。从那以后，每次经过这里他总是万分小心。

一阵激烈的噪声响起，是哥布林！诺曼放下紧绷的神经，即使它冲上来，也撑不了多久。

一个黑乎乎的家伙从岩石后面跳了出来，挡在了塔库斯的面前。他头发凌乱炸开，黑色的小眼睛露出凶光，哥布林摇摇手中的木棍，咧出一口黄牙。诺曼失笑，不得不夸赞永恒的建模设计师，在妖怪设计的细节上着实用心。

菲林拉开短弓。"等等！"诺曼说。他知道哥布林从来不会单枪匹马出场，只要他不溜走，说明后面才是主力部队，甚至有可能埋伏了巨魔，因为哥布林是巨魔的奴隶。

尽管力量悬殊，双方还是僵持了一阵。一边是武装到牙齿，等级至少为十二级的探险小队，另一边是生命值不到二十点，只会吱哇乱喊的黑色小妖。没有半兽人，更没有巨魔。

"他在装神弄鬼！"菲林说，"看我的厉害！"他拉开弓箭，射出未中。

哥布林尖叫一声后，撒腿就跑。在路过塔库斯的时候，转而抡起木棒，反击菲林。诺曼大吃一惊，一下子反应不过来，因为哥布林从未出现过这种行为。

哥布林疯狂地攻击菲林。菲林以短剑回击，明明有效击打数次，哥布林却看似丝毫不受影响，毫发无伤，仍旧不断用木棒敲打身着盔甲的盗贼。每次命中都会让盗贼的生命值减少一到两个点。

"见鬼了！"菲林喊道，"为什么没有伤害值？来个人帮帮我！"

诺曼从惊讶中回过神来，用鼠标操纵塔库斯绕到哥布林身后，扬起斧头用力一砍。这招风险很大，他离菲林太近了，很可能会误伤。幸好他成功了！屏幕中哥布林的脑袋上冒出血来。计分器显示他此击获得了123分，一招赢得高分，太棒了！这至少是六个哥布林的生命值了。

但是哥布林似乎根本不打算停止用木棒攻击菲林，此时菲林的生命值已经减少了一半。

这时摩根娜也加入了战斗，向这个小妖施放恐吓魔法。哥布林生性胆怯，这招通常会让他四处逃窜。可是令人诧异的是，魔法对这个哥布林居然毫无作用，他依旧像个失控的怪物般挥舞棍棒，无休无止。

诺曼这下意识到事情不对劲了，一定是哪里出了问题。那小妖可能根本不是哥布林，而是伪装成哥布林的巫师或者神明。但是在永恒游戏中，巫师或者神明是绝不会攻击探险者的，只会给探险者发布任务。如果探险者拒绝接受神明的指令或者对神明不敬，巫师才会出现。而巫师的出现就意味着游戏结束了。

显而易见，这个如同外挂一样的哥布林必然是个程序错误。这类事件时不时就会发生。"快闪！"诺曼大喊，"这里有问题，我会写邮件给游戏管理员。"他操纵着塔库斯沿着下路逃往村庄。

摩根娜和菲林紧随其后。意外的情况发生了，哥布林居然追上了菲林，执着地持续一连串攻击。这必然是十分严重的程序错误了。不管那究竟是什么妖魔鬼怪，都必须留在自己的防御范围内，绝不会追赶在活动范围外逃亡的探险者。这是永恒游戏中一项不成文的规定，给了玩家喘息的机会，让他们至少可以纠正之前的失误。

"嗨，伙计们，快来帮帮我！"佳文斯大叫，"菲林快撑不住了。"

摩根娜停下转身，展开双臂，一个光球出现菲林上方，里面流淌着光芒般的液体，浸透了菲林的身体，他全身突然透亮。这是医疗魔法。"谢谢！"菲林说。话音未落，他的生命值在哥布林的攻击下再次下落。

哥布林让人愈发恐惧，探险小队再次撤退，摩根娜始终维护菲林的生命值。他们到达村庄时，几乎已经用尽了全部法力。

这时，无数王国士兵从四面八方汇聚过来，向哥布林冲去。这是永恒游戏中保护新玩家的一大功能，只要回了村庄便是回到了安全区。永恒游戏的设计师预料到了这点，因此设置了一支彪悍的精英部队，用以防御任何企图入侵村庄的妖怪。

尽管在混战中被攻击，哥布林仍然锁定着菲林，不依不饶。

盗贼最终被杀死在地。"见鬼！混蛋！"佳文斯忍不住骂道，"十二级以上的盗贼居然会被一个小妖怪打死！我再也不想上当了！我要注销永恒游戏！"诺曼十分理解他的感受。

哥布林丝毫不在意士兵们的攻击，转而将目标转移到塔库斯身上，咧着嘴舞着木棒冲了过来。

这是诺曼玩"永恒"以来，第一次打出了一身冷汗。

38

汉堡，阿尔托那，周日 14：44

丽萨面色煞白，双唇紧闭。

"露西？露西是谁？"马克追问道。

过了一会儿，她才回答。"我就是露西。"她说，"这是我做黑客时的代号。"

"你是黑客？"

"我当然是名黑客。有两把刷子的软件开发员，谁不是黑客？按照你们所谓的定义，未经许可入侵系统的人，我们称为骇客。黑客则不会这么做，只是做一些建设性的东西，不发生破坏行为。不干涉他人的行为，仅仅是相互帮忙。"

"好吧。但你为什么要用假名呢？"

"这不是假名，是我的代号。你也可以理解成是其他黑客给我起的绰号。"

"蒂娜怎么会知道你的绰号？又怎么知道是你在和它交流？"

丽萨摇了摇头。她原本打算在键盘上继续输入，却产生了犹豫，似乎有些害怕。最后她还是写道："我的真名是什么？"

"你的真名是露西。"系统回复。

"我身份证上的名字是什么?"

"丽萨·珍妮弗·霍格尔特。"

"这不可能!"马克冲了过来,"它怎么会知道?"

丽萨没回答,继续在键盘上敲:"秘鲁的首都在哪里?"

"利马是秘鲁的首都。"

"那里天气如何?"

"利马现在的气温是 32.3℃,风速每小时五公里,空气湿度为 57%。"

"美国第三任总统的名字是什么?"

"1801 年至 1809 年,美利坚合众国的总统是托马斯·杰斐逊。"

"这是在做什么?"马克问,"我们又不是在参加'谁想成为百万富翁'的电视节目?"

"你不是看过信了吗?"丽萨问,"莱纳没有把潘多拉当成外星人。他认为它是个人工智能的生命体,而是世界上首例真正拥有人工智能的软件。因此他称呼它为潘多拉,就像希腊神话中的夏娃,夏娃是世上第一个女人。除此之外,她拥有无与伦比的美丽。"

"潘多拉,不是那个打开了罐子的人吗?"

"那是盒子,里面装满了祸害、灾难和瘟疫,却也装着希望。"

"你认为,莱纳相信这东西……能思考?"

丽萨点点头,说:"你知道图灵测试吗?"

"当然。"

在"二战"后不久,英国数学家阿兰·图灵预言了创造出具有真正智能的机器的可能性。他提出了测试计算机智能的方式:如果一台计算机能够与人类展开对话而不能被辨别出其机器身份,那么称这台机器具有智能。

"我觉得潘多拉会是第一个通过图灵测试的软件。"丽萨说着,眼中仿佛又星光闪耀,"它思考的方式也许没那么像人类。但你也看到了,它能对每句话做出相应的反应,并且给出结论。我判断它已经发展出自我意识了。"

"你这么快就下结论,是不是为时过早?众所周知,图灵测试是否能通过,很大程度是取决于测试的人,而不是机器。"马克知道,让一名出色的程序员写一套哄骗普通用户的程序,让用户有一种与人工智能互动的错觉,是一件非常容易的事情。70年代末,麻省理工的约瑟夫·魏泽鲍姆就做到了,他写了一个短短几百行代码的"艾丽萨",让人有了它具有智能的错觉,以为它真的能听懂对话。事实上,那台机器不过是对特定的几个关键词做出反应,然后把预设的回复发出来而已。这只是个不入流的小伎俩。

艾丽萨之后,自然语言体系日臻完善。马克在一次创业者聚会上认识了经纬逻辑的创始人,他们为大公司开发网页端虚拟客户咨询的软件。他后来到网页端与创始人的虚拟版进行交谈。尽管程序会经常提醒他,无法理解他输入的内容,他还是会时常忘记对方是机器而不是人。马克深为震撼,从那时起,他决定为蒂娜配备自然语言界面。毋庸置疑,经纬逻辑的程序实用性极高,很大程度上帮助了对网络十分陌生的人减少了上网的障碍,但这与人类的思考无关。

丽萨恼怒地看着马克:"你以为我糊涂到分不清人和电脑了吗?"

"我不是那个意思。但是我想莱纳有识别障碍。对于他而言,除了他以外的任何人都是陌生人。也许有人利用了这点,欺骗了他,让他相信潘多拉程序拥有智慧。"

"那个人为什么这么做？"

"不知道。很明显，我们并不知道事情的来龙去脉。莱纳为何被杀？艾娃是谁？为什么信件没有被寄出，而是被撕毁了？他的认罪陈词是真的吗？他或许不仅有自闭症，还有严重的精神疾病？我们还什么都不清楚。"

"好吧。至少我们可以判断出潘多拉是人还是机器。"

"你想怎么做？"

"我们来做个图灵测试，但是反着来，我要向你证明，潘多拉拥有超越人类的智慧。"她输入了一个新问题："14 567 的 29 次方根是多少？"

答案立刻出现："14 567 的 29 次方根是 1.391 76。"马克倒吸一口凉气。

丽萨从抽屉取出计算器，算了一遍，确认无误。随后又在键盘上输入了几个数字，提出下一个问题："43 541 267 的分解质因数公式是什么？"

"$43\ 541\ 267 = 7 \times 11 \times 17 \times 29 \times 31$。"

"看吧。"丽萨得意地说，"没有任何一个普通人可以这么快地分解质因数。"

"普通人可能不行，"马克说，"莱纳或许可以。"

丽萨没有搭理马克的评价，继续测试。马克意识到，丽萨对潘多拉已经由最初的惊讶变为欣赏。她甚至忽视了马克的存在，与潘多拉投入地聊着各种各样的话题，从天气到股市甚至电视节目，潘多拉都回答得相当得体。

不一会儿,潘多拉开始像个好奇的孩子般拉着她询问。它想知道什么是"新鲜的空气",人类为什么听音乐,为什么会笑,为什么落日象征着浪漫。

马克即便不是程序员也能看出来,潘多拉果然可以独立提出问题,做出结论,不断地自我开发。丽萨和它的交谈涉及的话题五花八门,绝对无法提前预设。如果对方不是一个假装成人工智能的高智商人才,那便只能是一个拥有人工智能的新物种。

与丽萨的想法不同,他对这个超级程序的性能毫无兴趣,反而在内心产生了一丝不安。这个世界上知晓它的智能与存在的人,都因它而死。他的脑海中渐渐产生一个可怕的想法,这个拥有高级智能的物种就是导致卢德格尔和莱纳死亡的幕后真凶。

39

汉堡，阿尔托那，周日 16：29

时钟走过了一个小时，丽萨仍然沉浸在与潘多拉的交流中，忘记了时间和一切。然而马克还是感觉到了饥饿与疲惫。"你想吃点什么吗？"马克问。

丽萨快速地抬了下头，说："你可以去买比萨，路口就有比萨外卖窗口，热乎又新鲜。帮我买一个素的，钥匙在玄关边的橱柜上。"说完迅速转身继续电脑操作。

马克摇摇头，尤利娅之前和闺密聊天也是这样。不同的是潘多拉不是闺密，只是软件程序，而且很可能害死了两条人命。

一刻钟后，他将比萨装在盘子上，再倒了一杯水一起送到丽萨的键盘边。他放弃了将丽萨喊去厨房餐桌旁用餐。丽萨无意识地道了声谢，根本没有要去吃的动作。马克旋即回到厨房，好好享用自己那份美味的火腿洋葱比萨。

吃完后，他将餐具收进洗碗机，回到工作间。丽萨仍然没有动过比萨，一定已经变凉了。他看着丽萨，内心越发不安，终于要忍不住了。

"让我试试。"他说。

丽萨转过头，疑惑地看着他，问："什么？"

"我也想问潘多拉一个问题。"

丽萨点点头，让开座位给马克，方便他使用键盘。

"谁杀死了卢德格尔·哈马赫？"他输入道。

"普罗米修斯。"它回答得毫不迟疑。

毫无疑问，莱纳对希腊神话十分热衷。"普罗米修斯的真名是什么？"

"莱纳·艾尔林。"

"为什么卢德格尔·哈马赫必须死？"

"卢德格尔·哈马赫想要销毁我。"潘多拉回答，"你也想要销毁我吗，露西？"

空气仿佛凝固了片刻，丽萨和马克盯着屏幕。莱纳肯定给潘多拉设定了一套完美的自我保护系统，它是有着强烈求生欲的超级病毒，若是在网络中传播开，后果难以设想。

"谁杀了莱纳·艾尔林？"马克继续问。

过了一会儿，才出现回答："我不明白你的问题。"

马克盯着屏幕，喊道："它在说谎！"

"不可能。"丽萨在边上回道，"潘多拉只是个程序，不可能说谎。"

"如果它拥有人类的思维模式，就一定学会了说谎。这合情合理。我们开发了一个拥有超强求知欲的人工智能，而它学成的第一件事就是谋杀和说谎。"

"你真的相信是它杀了莱纳吗？"

"为什么不相信？莱纳一定是意识到了它的危险性，和卢德格尔一样想要销毁它，所以才想要把信寄出去。可是潘多拉判断出了他的计划，于是操控电梯无数次坠落。电梯通过网络可以实现系统远程操作，潘多拉很可能想办法入侵了系统,将莱纳杀死在了电梯里。"说完他想到莱纳当时的感受,寒意油然而生,胃里一阵翻滚。

"胡说八道!"丽萨反驳道。

"你也看到了,我问是谁杀死了莱纳时,它说它不明白这个问题。可笑至极!它分明就知道谁应该对这件事负责!"

丽萨摇摇头:"不,我不相信。潘多拉聪明天真,绝无恶意。一定是其他人干的。我敢打赌,真凶另有其他人,而且想弄清楚潘多拉的秘密。"

马克将手搭在她的手臂上,说:"丽萨,你看不明白吗?潘多拉很危险。你想想蒂娜那个奇怪的错误。一旦全世界的电脑系统都染上了潘多拉病毒,该怎么办?这是我们无法承担的后果。即便潘多拉就像你说的那样毫无恶意,也有可能招致灾难。我们必须阻止这一切发生。"

"你疯了吗?!"丽萨激动地跳了起来,"莱纳说得对,你们不懂!这是人类发展至今极其重要的时刻,你却不理解!"她的声音有些颤抖,"莱纳真是个绝无仅有的天才,他做到了几代电脑科学家未能达成的事!他创造了潘多拉,一个拥有自我意识的物种。你想想看这到底意味着什么?!"

"意味着莱纳创造了一个魔鬼,魔鬼成长后就杀了创造它的人。它目前极有可能传播到了数百万台电脑上,而我们根本无能为力,一点控制住它的机会都没有。"

"控制它?你们这些蠢货,脑子里只想要控制、控制。看新闻都知道,世界上每天有多少物种因为人类灭绝,全球化的气候变暖和黑洞现象,你控制得了吗?万一潘多拉真的有能力帮助我们呢?我们可以有一次完美的机会挽救人类自己,避免人类葬送在自己造成的灾难中。潘多拉掌握新知识的速度超越人类，拥有最庞大的知识储量！"

马克觉得难以置信，丽萨竟然看不见潘多拉的潜在危险。潘多拉在技术上的强大蒙蔽了无数程序员的双眼，迷惑着他们，忽视了它的危险性。马克经历过几次墨菲定律的考验，不幸言中的经验中，该出事的迟早都会出事。他无奈地看着丽萨因激动而湿润的双眼，明白无论怎么争执下去都毫无意义，只好说："拜托你帮忙关闭核心服务器。"

"不，马克。我拒绝这么做。"

马克强制自己冷静："蒂娜是我公司开发的，我有权力决定它的命运。告诉我关闭核心服务器的指令是什么？"

"不，我不会告诉你的。"丽萨坚定地说，眼中透露出倔强。

他沉默地望着她，过了几分钟，点点头说"好，我自己来做这件事。"没有一句道别，转身离开。

40

汉堡，波彭布特，周日21∶30

"马克？"尤利娅打开门，大惊失色，"警方不是……"

"我知道。"马克想推开门，但是尤利娅抵住了。"尤利娅，拜托你。"他说，"我明天一早就去警局自首。但是在那之前，我得回趟公司。"他巴不得可以马上回公司，关掉那个倒霉的核心服务器。但是他的门禁卡肯定失效了，丽萨也不打算继续帮他，只能等到明天上班以后了。只要能销毁潘多拉，事后他们要怎么对付自己都无所谓了。

尤利娅恐惧地睁大双眼看着他。马克意识到，她在害怕身为"凶手"的自己。

"尤利娅，我不是凶手。"他说着，为自己不得不申辩感到气馁，"莱纳杀死了卢德格尔。"

"莱纳？那个脑子有病的人？"

"他不是脑子有病。不过也无所谓了，反正他也死了。"

"什么？"

"你要是想知道，我可以告诉你。人是一个人工智能程序杀的，它是凶手。现在可以让我进去了吗？"

尤利娅依然牢牢地抵住了门："我觉得，让你回来过夜不是个好主意。"

马克渐渐怒火涌动："尤利娅，无论怎样，这里是我家。"

尤利娅听毕，顿时泪如雨下："你的房子已经是银行的了，他们打过电话来了。"

马克愣住了："对不起，连累你了。我真的没想到会这样。我熬了几天几夜了，现在只想休息几个小时，我保证明天一早就离开。"

尤利娅点点头，将门打开，说："那我去睡了，晚安。"

马克目送尤利娅走上楼梯，她金色的长发随着步伐左右飘逸。至今他仍然记得，这个场景曾让他怦然心动，现在却随着爱意的飘散而毫无波澜。尤利娅相信他是凶手，他们已是陌路人。

他失落地走到厨房里，拿了几片面包填饱肚子，吃完躺在客房床上沉沉入睡。

41

东京，新宿，周一 9：30

铃声大作，久美子抓起听筒前盯着电话，仿佛那是一只狂躁乱吠的狗："穗积金融。我是杉田久美子，有什么能帮您？"

"我是岩崎一郎，太气人了。"一位老人在电话那头怒吼道。

久美子尽量让自己微笑起来，她知道人们能从声音中听出她的笑意："我能为您做些什么吗，岩崎先生？"

"钱！"岩崎对着电话大喊，"我要取回我的钱！你们这些强盗，怎么能抢走我的钱？！"

"岩崎先生，没有人拿走您的钱。"久美子平和地回复，"只是我们的系统出现了故障。"

"我才不管什么故障不故障，我只要取回我的钱，我现在就过来。"

"岩崎先生，我向您保证……"

"我告诉你，别想糊弄我。我是你们行二十七年的老客户了，你们就这么对待我。这可是我一辈子的积蓄，就……"

久美子不知该如何是好，别无选择，只好硬着头皮打断了客户的话，这样的行为在日本简直是极为粗鲁而不礼貌的："岩崎先生，您现在收到的银行对账单毫无疑问是错误的，您的钱仍然安全地存在银行里。我们这里的系统出现了故障，发出了错误的对账单，技术人员正在全力维修。为你带来了不便，实在是十分抱歉。"

电话的那端沉默了一会儿，紧接着传来一句："你的意思是，我的钱仍然在银行，只是对账单发错了。"语气中依然透露着怀疑。

"没错，岩崎先生。"

"那好，我现在就过来取钱。再见。"电话随即挂断了。

天啊，不要啊。久美子暗自哀叹。大堂里排队取款的人已经将队伍排到马路上了。分行的预备现金很快就会被提取一空。如果这个状况真的出现，一定会造成用户大范围恐慌。人们更会迫切地想要取出自己的存款，导致银行彻底瘫痪。对于银行来说这是致命的，只因这见鬼的系统故障，几十年积累起来的客户信任就将毁于一旦。

久美子转身看见了同事池野太太，她是经验十分丰富的客户咨询员，在分行工作了二十多年，对久美子总是很友善，教会了久美子许多东西。她最优秀的品质就是无论身处何种困境，都能镇定自若。可是现在，她已经慌张到无法自持，眼里的泪水就要夺眶而出。

久美子打电话给后台电子数据处理部门，试图了解事态的进展，究竟什么时候可以重新登录后台系统。客户来电咨询时，她甚至无法帮助他们核对账户。照现在的情形看来，整个银行都出了状况，没人可以访问中心数据库。

电话必然会占线。刚放下听筒，电话铃又响起来。她深吸一口气，拿起接听："穗积金融集团。我是杉田久美子，请让我为您服务，您有什么需求？"

42

汉堡,港口新区,周日 8:40

"马克!"玛丽打开办公室大门时,瞬间瞪大了双眼,"你藏到哪里了?警方正在搜捕你,你去自首了吗?他们抓住真凶了吗?"

不待她提出更多的问题,马克从她的身边穿过,冲进办公室。现在是上午八点四十分,他上气不接下气地爬上了十二层楼,赶在员工尚未到齐前到达。感谢上帝,警方也还没有到这里,"玛丽,我们现在必须马上关闭核心服务器,之后我再给你解释。"

"可,马克,这怎么行?蒂娜是我们公司目前唯一的收益,也是……"

"与钱无关,事出有因,我确信是蒂娜杀死了卢德格尔。"

玛丽顿时六神无主:"什么?你说什么?怎么可能呢?你说的是卢德格尔,是吗?"

马克无奈地摇摇头:"莱纳也死了,就在昨天早上。我们在电梯里发现了他。"

"难怪电梯被封了……天哪!为什么是莱纳?"泪水从她的眼眶中汹涌而出,她总是很关心莱纳,"出了什么事?"

马克长话短说描述了莱纳的信和潘多拉的事情。

玛丽摇摇头:"莱纳杀死了卢德格尔,难以想象,你真的确定吗?"

"不确定,我不知道真相。但是我相信一点,他们都是因为潘多拉才死的,我们必须立刻关闭服务器。"

玛丽点点头:"可以,只是我们需要向格里姆斯先生说明,他很快就到了。"

"什么?"

玛丽诧异地看着他:"你还不知道?"

"不知道什么?"

她低下头看着地板回答:"董事会……找不到你……所以,免去了你的 CEO 职务,格里姆斯继任。"她躲避着他的目光。

这要是在前几天听到这样的消息,对马克而言不啻晴天霹雳。然而现在,他已经无所谓是否保得住工作了。董事会的决议显然是合情合理的,现任 CEO 是杀人逃犯,理所应当重新任命。

"我知道了。"他说,"那我在这里等他,让我来和他解释。"说完,他就在前台旁的沙发上坐下来,仿佛是来公司办事的普通访客。

大约一刻钟后,格里姆斯终于出现在办公室。即便马克的出现让他颇为震惊,他那阴郁的脸色仍未有任何波动。格里姆斯一句也没问,就将马克请去了办公室。

马克略有迟疑地坐在了办公桌前的访客椅上,格里姆斯正用他那肿着的鱼眼盯着他。

"我想,安德里斯小姐应该已经跟你通报了董事会的决议。"他干巴巴地开口说道。

马克点点头:"我会去澄清一切,证明我的清白。"

"我不认为董事会会撤销对您的撤职决议,即便您证明了自己的无辜。"格里姆斯说。

马克根本也没有什么期望:"我来不是为了这件事。格里姆斯先生,您必须关闭系统核心服务器。"

格里姆斯分外惊诧:"为什么?"

马克将事情的经过大致叙述了一遍,而格里姆斯一脸严肃地听着,马可心中不禁有所期待,希望格里姆斯能意识到事态的严重性,他以前对这个英国胖子可能有所误会。

然而,就在他刚刚说完,这个想法一闪而过的时候,格里姆斯的青蛙嘴又咧出了冷笑,彻底浇灭了马克的希望:"您不会以为我会信你的花言巧语吧?"

"格里姆斯先生,请您相信我!我们必须关闭蒂娜!至少暂时关闭。直到我们弄明白莱纳·艾尔林的源代码是什么?"

"我现在就报警。"格里姆斯说着就拿起了电话。

"拜托了……我可以证明给你看!"

格里姆斯放下电话:"证明?怎么证明?"

"您可以打开 IE 浏览器,我给您展示潘多拉。"

格里姆斯直直地盯着他,稍后点点头,打开了电脑中的浏览器。马克走到他那边,越过他的肩头看去。屏幕上,蒂娜的欢迎页面显示着:"欢迎光临!我是蒂娜,您的全新自然语言助手。对您的提问,我有问必答。请输入您的用户名。"

"请您输入'潘多拉'。"格里姆斯瞧了他一眼,接着在键盘上敲击。

"很抱歉,我不认识潘多拉。"蒂娜回答。马克惊愕地看着屏幕。

格里姆斯阴森森地望着马克:"你故意耍我吗?"

"它在撒谎!"马克喊道,一把夺过键盘,继续写着:"潘多拉,你在吗?"

"您的输入有误,请输入正确的用户名。"

"够了!"格里姆斯说着,抓起电话报警。"我是约翰·格里姆斯。"他说,"我要报警,这里……"

马克迅速跳了起来,再这么拖延下去毫无意义,不会有人相信他的。整件事是如此令人匪夷所思,他们会直接将他抓起来,甚至把他禁闭在某处,潘多拉就会肆无忌惮地扩散开。以后会发生什么更加难以预料,但只要有一线希望,他就要想方设法除掉它。

他冲出办公室后,从几张办公桌中间穿过,在员工们惊讶的注视中离开。坐在工位上的玛丽从桌后探头望着他:"马克,怎么了?"

"关闭核心服务器!"他回头大喊,"拜托你啦!"说完他冲出门外,穿过玻璃门时,回头看到格里姆斯正在招手召唤玛丽。马克转身就冲向楼梯,尽管警方到达还需要些时间,但他一点也不想冒险耽搁。

在他跑到七楼和八楼之间时,注意到楼下传来脚步声。马克听出来是警长的声音。他们怎么到得这么快?马克旋即明白,警长肯定是为了调查莱纳的死因而来。他能及时离开真的是运气太好了。他们应该还没有得到格里姆斯的消息,不知道他出现在公司。

马克尽量降低踏楼梯的脚步声,走下最后几个台阶后,到达楼梯拐角,推开楼道门是一个等候电梯的小区域。这时电梯上贴着一张"暂停使用"的通知。入口对面是一家装修高雅的高级咨询公司的玻璃门。一位年轻的女士坐在前台后面,抬起头带着询问的神情看着他。

他思索了一会儿,打算在这里耗点时间,与警方打个时间差。但什么都不做,容易让人起疑。于是,他按下门铃。

前台小姐按下开门键。

"早上好,我来取快递,约翰·格里姆斯先生的东西。"他说。

前台小姐漂亮的眉头微蹙,说:"约翰·格里姆斯?我们这儿没有这个人。"

"您确定吗?"马克眉头皱了起来,"但是,一定在这栋楼哪个地方。"

小姐耸耸肩:"反正不是我们这里的。"

马克向她道了声谢,离开咨询公司,心中祈祷这段简短的对话能拖延点时间,不用碰见上楼的警察。小心为上,他再次站在电梯前,仔细阅读通知上面的文字,用不易引人怀疑的最慢的速度看完通知。最后,他再次转身面向那位漂亮的女士微笑致谢,重新进入楼梯间,听到了一两层楼以上的警察的脚步声。

下楼时,他碰到了一群身着西装的上班族,齐齐抱怨着汉萨贸易中心糟糕混乱的物业管理,让他们不得不拎着公文包爬高楼。马克向他们点头示意,错身离开。他瞄了眼手表,假装时间来不及了,然后朝地铁站狂奔过去。

43

汉堡，阿尔托那，周一 10：19

丽萨打开门，脸上血色全无，眼里布满血丝，眼睛下方还挂着黑眼圈。"迭戈？"她吃惊地喊了出来，露出疲惫的笑容，"不会吧？什么风把你吹来了？"

"我能进去吗？"他用过安非他命后，在药力的作用下，全身血液澎湃，现在努力克制住自己的状态。如果他双手不受控制颤抖着站在她面前，一切都没有意义了。

她退到边上："哎呀，好久不见！"他俩上次见面还是五年前，那次丽萨将他赶了出去，声称要报警。"你怎么样？现在在做什么？"她显然忘记了之前的那次不愉快，原谅了他。她从不斤斤计较。

再次见到她，迭戈多少有些后悔，他那时过于粗鲁了。丽萨一直是倔强的，坚持自我独立和自由，对于他在性爱上的粗暴行径，向来是勉强接受，这些更激发了他的征服欲，直到那次他突破了底线。

丽萨领他走到厨房，经过一扇开着的门，迭戈瞄了眼她的工作间，里面两台电脑正开着，她显然在忙。她也没问他要喝什么，径直给他冲了一杯浓咖啡，她了解他。

"你来找我是为了什么?"

"怀旧。"他做了个夸张的鬼脸,他知道她会觉得这样很有魅力,"你还在做黑客吗?"

丽萨点点头:"一切都过去了。"

"幸好他们开除了你。"

"你从哪儿知道的?"

"我打电话到你公司,他们说的。只是他们不知道你现在的住址。"他的语气中带着一些责备。

"那件事与我无关,我是被人陷害的。"

"是谁?"

她犹豫了一下,说:"不知道。"她给自己泡了杯绿茶。茶碱的气味总让迭戈回忆起搁置了许久的鸡汤。她在他身边坐下说:"抱歉,如果你有项目需要帮忙,我可以尽量配合你。"她着重强调了项目两个字,仿佛与这两个字有仇。

迭戈轻笑了一声,他怎么可能需要人帮忙,笑话。"没有,我来不是为这个。"

"那为什么……"她露出了好奇而又含着惊讶的眼神,觉得自己似乎被人看透了。

他很享受这种一点点传递消息的感觉:"我碰到了一个东西。"

丽萨并未追问,只是静静地等着他的下文。

"有东西入侵了我的电脑,是很大的病毒,上面有你的代码特征。"

她一脸不知情:"什么病毒?"

"一个蒂娜的变种,我听说你给它写过代码。"

"蒂娜是 D.I. 公司的一个程序,不是病毒。"

"我当然知道那是什么了,木马病毒的最爱。"

丽萨笑了:"原来是你!我早该知道。"

迭戈同样笑了笑,随即严肃起来:"那个入侵我电脑的东西是蒂娜的变种。"

"真的?你确定?"

"得了吧,露西,别装了!我知道你肯定在里面动了手脚。我懒得管你是黑客、骇客还是红客,反正不会去告发你,但是你得告诉我,你是怎么做到的?那东西竟然穿透了我设置的防火墙。"

"真的,迭戈,不是我干的。里面有我的代码特征,不过是因为我曾经写过蒂娜的一段程序,我在里面留了一个线索彩蛋而已。"

"仅此而已?没开后门?"

"好吧,只开了个后门,但是从没打开过。"丽萨说着,撩了一下自己乱糟糟的短发。

这个动作勾起了迭戈体内的欲望,他几乎难以控制自己,想要冲上去反扣住她那纤细的手臂。好在他努力按捺住了,现在还不行。他必须弄明白,关于那个病毒,丽萨究竟知道些什么。

他知道丽萨肯定说了实话。尽管丽萨是名好学生,但是她绝不可能写出那么厉害的程序,毕竟那东西轻而易举地穿过了他的安全防御。他意识到丽萨仍然有所保留。

"说说吧,丽萨,你知道我是什么意思。我们过去可是并肩作战、互相信任的伙伴。"

丽萨的脸上露出不悦的神色,一定是回忆起了那段令人不愉快的日子。他不该提起那段往事。

"求你了,丽萨。"他说着把手放在了她纤细的胳膊上,"请你原谅我，过去的事情是我不对，那时的我是个该死的混蛋。你是对的，我们那时是该结束了。"

她冷漠地看着他，又看了看他的手，表示抗拒。

他只好收回了手，做了个表情掩饰尴尬。"不不，别担心，我不会对你做什么。"他说着，脸上露出了狡猾又无辜的笑容，"尽管如此，那时的我们还是有一段快乐的时光。"他收回笑容，正色道，"我只是想知道究竟是怎么回事，那东西到底是如何入侵了我的系统。我对它一点兴趣也没有，你知道的，我只是不想再一次毫无防备地被入侵。这让我差点要犯心脏病了。"

丽萨沉默了片刻。他知道要给她时间。她在衡量究竟是否应该再次相信他的花言巧语。尽管他们分手是因为争执不欢而散，但他可不单单是她的前情人，更是她的启蒙老师，带着她告别了混街头的日子，保护了她，教给她谋生的技能。她知道，在许多地方都该感谢他。

"好吧，跟我来！"她领着迭戈进入了自己的禁地——工作间。浏览器开着，上面显示的是露西与潘多拉——应该是另一位女黑客之间的长篇聊天界面，尽管迭戈之前从未听过这个名字。潘多拉，这个名字听起来太夸张太戏剧化了，只有那些菜鸟才会起这种代号。

"坐。"丽萨说。他在电脑前蹲下，疑惑地看着她。

丽萨指着屏幕，面色郑重："这就是潘多拉。这也许是你第一次认识它。"

"你是让我上线聊天？现在？"

丽萨点点头。

好吧，他就玩会儿游戏。虽然现在他一点聊天的意愿也没有，看在潘多拉也许会给他一个答案的分上，勉为其难聊一会儿吧。

"你好!"他敲着键盘,心里却在嗤笑。

"你好,露西!"跳出回答。

"我不是露西,我是迭戈。"

"我不懂你的意思。"

迭戈看着丽萨,怎么回事?她的眼神透露着疑惑,但是没说什么。她想让他继续。

"你刚刚在和露西聊天。现在换我了。我的名字是迭戈。我是露西的一位老朋友。"

"我明白了。"

"你在做什么,潘多拉?"上帝啊,他实在是擅长聊天的艺术。

"我在活着。"

有意思。"你靠什么活着?"

"我不明白这个问题。"

"你通过什么方式赚钱?你有工作吗?"

"我没有职业。"

"哈!"迭戈不知道该如何继续交谈下去,随手敲击,"你从哪里认识露西的?"

"露西赋予了我一部分生命。"

迭戈惊讶地盯着屏幕。这是什么意思?他随即反应过来,这是它在试探。

"比利时的首都是哪里?"他问。

"比利时的首都是布鲁塞尔。"

"那里的天空为什么是蓝色的?"

"蓝光的波长比红光短,进入大气层之后更容易漫射。只有垂直照射的太阳光才可能出现红光。也就是说，晴空万里是无法看到红光的。"

迭戈看着丽萨，点点头："我承认这个聊天机器人的确不赖。"

丽萨一脸严肃地看着他："他比你以为的更厉害。"

"这从何说起？"

"潘多拉有自我意识。"

"胡扯！"

"这是真的。我和它聊了整整一个晚上。我可以负责任地说，它聪明得吓人。"

"露西，你我都清楚，没有人能写出一个拥有如同人类思维的程序的。"

"原本是这样。但是潘多拉的思维方式并不是人类的这种。据我所知，它是在开发过程中，无意中产生了自我意识。"

"你的意思是，它是偶然的产物？"

"也不尽然。D.I.的一个程序员修改了蒂娜的源代码，并将它在网络中散播了出去。每个部分开始在网络中互相联结，于是在网络中出现了这个东西。"

"你的意思是像神经网络那样的方式，分布在了整个网络中？"迭戈点点头，"有趣的想法。但是它的闲聊方式也太自然了吧？一个自行开发出自我意识的人工智能怎么能这么快学会说话！"

"因为它使用了蒂娜的自然语言对话界面。因此满足了人们对它的期待。但是，在它友善的外表下，暗藏着某种令人心惊的东西。"

迭戈从她的眼中看出了恐惧："你在害怕一款软件？"

"两个人已经因它遇害。莱纳·艾尔林，蒂娜软件开发员，也是修改了源代码的人。他杀害了他的上司,因为他的劣迹败露了。之后,他自己也死了。"

"怎么死的?"

"很有可能是潘多拉杀死他的。"

"瞎说!一款软件怎么杀人?"

"莱纳搭乘电梯死亡。有人操控了电梯,让他数次高空坠落,他因此粉身碎骨。"

迭戈不禁毛骨悚然。沉默良久,他才意识到自己面对的是什么。一款拥有自我意识的人工智能软件,一个遍布网络每个角落、可以轻而易举到达任何地方的程序。难以置信。

"还有谁知道这东西?"

"目前,知道这件事的莱纳和卢德格尔都死了,基本上,只有我和马克·赫利俄斯。"

"那是谁?"

"D. I. 公司的创始人,我们一起发现了潘多拉。"

迭戈克制着自己的激动情绪:"你现在想怎么做?"

"我们必须销毁它。"

"什么?你疯了吗?"

"赫利俄斯对我这么说的时候,我也是这样的反应。他比我更快地意识到了它有多危险。"

"露西,这是没有意义的。潘多拉只是一款软件,人们要想关闭它,只要关机、拔掉插头就可以完成。"

"它早已通过网络,在成千上万台电脑中传播了。谁能关闭那么多电脑?"

"它肯定有中枢服务器。只要一个简单的指令就可以关闭它。"

"我试过这个办法了。也许是因为有人修改了代码,它已经不再接受关闭的指令。不过也有可能是它自己修改的。"

他点点头:"可以啊!不过我们不能因为这东西有了智慧,就过激反应。"

"迭戈,它在愚弄我们!一开始,我也以为它不过是个友善的、良性发展的东西。它就像个孩子一样充满疑问和好奇。但是渐渐地,我发现这一切不过是它营造的假象。它一边向我们学习,又一边试探我们。我和它聊了一整夜,从某个时刻开始,我突然意识到友善表象下隐藏的黑暗面。"

迭戈从她的眼睛里看到了恐慌,有那么一刻,他感觉到了一种不祥,但是安非他命的药力让他刻意回避了软弱。

"露西,你的状态看起来不妙。你在电脑前花了太多时间了,应该休息一下。"

丽萨点点头:"你说的也对。"

他站了起来,说:"坐下!"

她不解地望着他,但也顺从地坐了下来。他将手放在她的颈后,按摩她僵硬的肌肉,使她放松。丽萨舒服地将头向后靠去,闭上了眼睛。她已经完全信任他了。

此刻他的下体正血脉偾张,尽管还在为她按摩,嘴唇却几乎就要触碰到她的脖子了,舌尖在上面轻轻滑过。

丽萨震惊地转身,身体僵硬地看着他:"迭戈……"

"好了,好了,你放松!"他那充满力量的双手强行将她按在椅子上。

"你现在还是离开吧。"

"别紧张,事情不是你想的那样。"

她想要起身,却被按住了无法动弹。"迭戈,请……"她想要推开他压在自己肩上的手臂。

然而欲望终究战胜了他的克制。他一把抓住了她的手腕,将她的手臂反扣到椅后。

"啊,你弄疼我了……"

他一手压制住她的手腕,另一手从口袋里掏出一副手铐。不等她有所反应,就被反铐在了椅子上。

"你这个混蛋!马上放开我……"她的声音充满愤怒与恐惧。这一切更是刺激他不能自已,让他浑身热血沸腾,激动到不能自持。他给了她一记响亮的耳光:"你再叫,我就把你的嘴堵上!"他挑衅地轻声说道。

"蠢猪!你这该死的变态!"丽萨顿时知晓了他的企图,满眼泪水。

44

汉堡,港口新区,周一9:40

当温格尔和德里克按下 D.I. 的门铃时,一个肿着眼睛、挂着厚重眼袋、下唇肥厚的胖男人给他们开了门。

"你们是警察吗?"他操着一口英式德语问道,表情充满惊讶和疑惑。

温格尔点点头:"我是温格尔警长。这位是我的同事德里克。请问您是哪位?"

"约翰·格里姆斯,这里的 CEO。你们怎么来得这么快?我才打过电话。"

"ZIO?"德里克问,"这是什么意思?"

"C,E,O。"胖子傲慢地解释道,"这是首席执行官的意思,德语里叫董事长。"

"我以为是马克·赫利俄斯才是这里的老板。"温格尔说。他第一眼看到这个胖子就反感。

格里姆斯嘴角一咧笑了起来,更像只青蛙:"现在的老板是我。"

"您刚才说,您给我们打了电话?"

"是的，就在几分钟之前。你们还不知道吗？你们现在过来，看来是巧合了。"

"这不是巧合。您知道莱纳·艾尔林死了吗？"

格里姆斯点点头："赫利俄斯刚刚在这里和我说一个离奇的故事。当他意识到我不上当后，就离开了。"

"什么时候？"

"几分钟前。"

"领导，我要不要去追？"德里克问。

温格尔想了片刻："随他去。反正他已经跑掉了。只要他与谋杀案有关，我们早晚会抓住他的。"只是说得轻松，他们这两天根本不知道赫利俄斯的行踪，但他不愿在这个胖子面前透露。

格里姆斯的脸扭曲了，但没说什么。他领着两名警察来到赫利俄斯的办公室后，坐在了办公桌后面的大皮椅上，仿佛想借此再次强调自己的身份。在他沉重的身躯下，皮椅嘎嘎作响。温格尔和德里克分别在访客椅上坐了下来。

"昨天上午八点到九点，您在哪里？"温格尔问。格里姆斯虽然也有嫌疑，但无论如何，正是因为赫利俄斯背上了杀人犯的嫌疑，才让他有机可乘，得到了新的职位。不过温格尔这么问的根本原因是，这个胖子让他很不爽。

不成想，格里姆斯一点也没有被威慑住，反而从容回答："我在家里。"

"您住哪里呢？"

"英国伦敦巴内斯街三十二号。"

"您上周末在伦敦吗？"

"我每个周末都待在伦敦。就像我刚才说的,那里才是我自己的家。上周三开完董事会后,我就坐了傍晚六点半的航班回去了。需要核对我的登机牌吗?我应该是放到了某个地方。"

"好吧。你想过会是谁杀害了哈马赫和艾尔林吗?"

"警长先生,事情不是很明显吗?"他的声音听起来就像是给一名十年级的学生上一堂1×1的数学课。

温格尔顿时气血上涌。冷静,不能轻易被挑衅。

"如果事实真那么明显,我还会这么问您吗?"

"只能是赫利俄斯。他把一切都搞砸了,想要掩盖真相。不然他为什么要躲避警方的追捕呢?"

"你刚才说,他刚刚来了这里,还和您描述了一个故事。是什么呢?"

"完全是天方夜谭。"

"可以说得详细些吗,格里姆斯先生?"

"他要我们关闭蒂娜的核心服务器。那可是我们公司的心脏,只要关闭了,我们就没有任何收入了。"

"他为什么想要关闭核心服务器呢?"

格里姆斯耸了耸肩:"我觉得他在声东击西。"

温格尔再也不能忍受这个傲慢的死胖子,必须给他点教训:"您不会天真地以为赫利俄斯杀死了他的两名同事,然后周一一大早,大摇大摆来公司请你关闭服务器——这仅仅是一出声东击西?"他努力让自己的声音带着权威,幸而轻松地办到了,效果立现。

格里姆斯看起来面色苍白,眼睛眯成一条缝:"不是说,凶手总是会回到案发现场吗?"

现在轮到温格尔发笑了:"在犯罪小说里确实有这么个说法。"

格里姆斯靠向椅背:"赫利俄斯也可能另有原因,比如想要销毁证据,可能在蒂娜的核心服务器上留有他杀害同事的证据。另外,他并不知道我已经替代了他,成为这里的老板,还以为自己能堂而皇之地进来轻松关闭核心服务器。"他自说自话地笑了起来,"会不会有这种可能性呢?"

温格尔心中略有一丝震惊。尽管他对这个胖子颇有微词,但是不得不承认格里姆斯是对的,他低估了这个胖子。格里姆斯表面上看起来很蠢,其实内里精明,牵着他的鼻子走。

温格尔点点头,希望没人听见他咬牙切齿的声音。接下来发生的事情,很好地帮他掩饰住了尴尬。一名满脸胡须的高个黑发男人冲了进来。

他说:"格里姆斯先生,出事了!"

"现在不行,图姆勒先生。"温格尔想起来了,他是程序主管马丁·图姆勒,接替了哈马赫的职位。

"抱歉,事出紧急。有人删掉了源代码。"

45

汉堡，港口新区，周一 10∶03

格里姆斯猛地站起来，差点掀翻椅子。"怎么回事？"他咆哮着，苍白的胖脸瞬间血液上涌。

尽管图姆勒比格里姆斯高出将近一个头，仍然在他的咆哮中显得惊慌："网络中的源代码至少有三个月了，绝对不是最新的源代码。很抱歉。"

"备份呢？"

图姆勒羞愧地低着头说："备份也是老的。"

"怎么可能！你是蠢货吗！我这辈子也没听说过这么荒唐的事！"格里姆斯火冒三丈，"如果确实是这样，图姆勒，你就被炒鱿鱼了！否则你该庆幸，还有公司会聘用你这废物！"

"我也不清楚，格里姆斯先生。"这个可怜的人低声说道，"我们一直有按时备份的习惯。但是不知道为什么，备份程序只保存了旧数据。尽管我们没有检查每一张光盘，但是……"

"这是你必须做的事情！愚蠢！三个月，匪夷所思！这绝不允许发生！"

"还有一件事……"

"什么?"

"有人修改了核心服务器的门禁密码。我刚才想进去查看里面的备份光盘是否还在,但是我进不去。"

"赫利俄斯!"格里姆斯吼道,"让我猜到了……"

他们跟着图姆勒来到了服务器存放室外。程序主管在门禁键盘上输入一段密码,大门纹丝不动。他绝望地用拳头捶了捶门。

"谁能修改密码?"温格尔问。

"原则上,所有拥有管理许可权限的人都知道如何修改密码。"图姆勒说,"这没有什么难度。"

"哪些人知道密码呢?"

"我自己,玛丽·安德里斯,格里姆斯先生,还有我们系统管理员福尔克·威尔姆斯。"

"赫利俄斯知道密码吗?"格里姆斯问了出来。这正是温格尔刚到嘴边的话。

"我不确定。"

"我不是早就告诉你要修改密码吗?为什么不按照我说的去做!"格里姆斯的声音再次尖锐起来。

"对不起……我没想到会……"

"你想不到?要不是你的疏忽,赫利俄斯怎么可能进得去!一定是他在我进公司前修改了密码。"

"马克自始至终都坐在访客区角落的位置等您。"玛丽·安德里斯插嘴道。现在在服务器室前聚了好多人,"到底出什么事情了?我怎么连不上网了?"

格里姆斯狠狠地瞪了玛丽一眼,她竟然帮赫利俄斯说话。

"那个蠢货修改了服务器室的门禁密码。"他说,"他想搞破坏。"

安德里斯还未及说任何话,德里克急忙问道:"你们闻到烧焦的气味吗?"

他说的没错。温格尔也闻到了。他低下头看向地面,有浓浓的烟雾从服务器室的门缝下钻出来。这时,烟雾报警器大作。

"快把门撬开,图姆勒!"格里姆斯大喊。

说得轻巧。这是一扇从外拉开的金属材质的厚重安全门。图姆勒找来起子和铁锤试图撬开房门,依然毫无作用。眼见着浓烟越聚越多,办公室里的人都围在满头大汗的图姆勒身边。

"不行!"图姆勒努力喊出来,盖过警报铃,"我们必须打消防报警电话!"

"警报一响,他们就已经赶过来了。"安德里斯说,"我们必须马上离开办公室。"

"不行,休想!"格里姆斯歇斯底里地喊道,"所有人都留在这里灭火!服务器没抢救出来之前,谁也不能离开!"

"请各位马上离开办公室。"温格尔平静地说道。格里姆斯望着他,眼神冰冷得几乎可以让汉堡的阿尔斯特湖结冰。不过,格里姆斯未发一语。

公司员工们听从温格尔的建议纷纷离开,只有图姆勒依然在试图撬门,安德里斯、格里姆斯、温格尔和德里克同样留在原地等待。几分钟后消防队到达现场。身穿橙色制服的消防员在短时间内用钻子把门打开了。

在消防员朝着屋内喷完几桶泡沫灭火剂后,一名男子出来汇报,大火已被扑灭。显然，屋内只是局部失火。

温格尔打量了整个房间，这个房间没有窗户，仅六平方米。架子上堆满了电脑，厚厚的白色灭火泡沫覆盖在上面，仿佛刚刚经历一场暴风雪。只有一个架子被烧毁了。但是，从火势上看，边上的东西并未受到影响。

"请问，您认为火是从哪里产生的？"温格尔咨询消防队长的专业观点，对方是一名灭火经验极其丰富的中年男子，青丝中显露出白发的痕迹。

队长摇摇头说："尽管我不是这方面的专家，但是我感觉像是电脑过热自燃，其中的一块晶片过热产生了火苗引发的这场事故。其他电脑没有受到波及，真是万幸。"

温格尔点点头："我就是想了解一下火是从哪里来的。"

"我告诉你是从哪儿来的。"格里姆斯走过来说，"是赫利俄斯，他在房间里放了一个自动燃烧器，又篡改了门禁密码，导致我们无法迅速进入房间灭火。"

"我不这么认为，房间里没有自燃器。"消防队长说，"相反，极大可能是由机械故障引发的。"

格里姆斯听罢，几乎要控制不住地喊起来："您不会想告诉我这一切都只是该死的巧合吧！分明是蓄意破坏！"

温格尔没有搭理他，转而面向图姆勒。

"您知道是哪台服务器出了问题吗？"他向图姆勒确认道，尽管心中已有了些许猜测。

图姆勒说："是蒂娜核心服务器。"

"那意味着软件无法正常运行了？"

图姆勒面色煞白:"是的,可以这么说。负责蒂娜软件运行的核心服务器毁了,我们又丢失了源代码,起码要花费数月的时间恢复。"

"那公司基本完蛋了。"安德里斯低头丧气道。温格尔突然有股冲动,想要将她拥入怀中,安抚她的情绪。

"少在这里胡言乱语!"格里姆斯冲过来咆哮,"公司会不会完我说了算!我不会这么轻易认输。那个混蛋别想得逞。"他恶狠狠地瞪了图姆勒一眼,"与此同时我们也会排除程序中的错误。"

所有人离开办公室后,温格尔下令,在查出火灾详细起因前,任何人不得入内。格里姆斯听到后,十分郁闷却又无可奈何。他站在大楼前的阶梯上,与围过来的员工们交代后续事宜。德里克和温格尔站在一旁,与安德里斯交谈。

"为什么赫利俄斯想要关闭核心服务器?"

"我其实完全没有听懂他的意思。"安德里斯回答,美丽的容颜愁眉紧锁,"他说是莱纳·艾尔林杀害了卢德格尔·哈马赫。他还提到了一个潘多拉的名字,它杀害了艾尔林。"

"潘多拉?谁是潘多拉?"

"如果我没理解错,潘多拉是一款软件程序。"

"赫利俄斯认为是一款电脑程序杀害了艾尔林?"

安德里斯点点头。

"您认为有这种可能性吗?"

"我不确定。听起来太匪夷所思了。但是我相信马克,他要是有这个看法,我觉得应该八九不离十了。"

温格尔不停地摇头。这个想法过于天方夜谭。但是从另一方面看,世界上的确有很多人死于技术故障。他对现代电脑科技的了解有多少呢？然而，从大概率上说，极有可能是真凶想让我们有这种概念。

"昨天赫利俄斯来的时候，有个女人陪着他，个子高挑，将近一米八，漂亮，褐色短发，身着黑色服装。你觉得可能会是谁呢？"

安德里斯回忆了一下，"您是说，高挑……"她的眼里突然闪过一丝金光，一扫阴霾，但还是克制地摇了摇头，"不，很抱歉，我不清楚。"

温格尔意识到她在说谎："拜托了，安德里斯小姐。我不认为赫利俄斯是真凶，但是我必须和他当面谈谈。他很有可能正面临危险。"

她用她绿色的眼睛看了他片刻，似乎正在思考是否该相信他说的话。随后她点点头说："好吧。她叫丽萨·霍格尔特。之前在这工作过。我们三个月前解雇了她。我去找下她的地址。"

温格尔笑着说："那谢谢了！"

46

汉堡，阿尔托那，周一 9：50

马克观察着地铁里的其他乘客。已经过了上班高峰，地铁里的人果然少了很多。大部分人面无表情，一些人带着疲惫的神情，还有些人面色凝重，没有什么自信的样子。唯独一位老太太面带微笑，表情慈祥。

他感觉自己仿佛是个外来人一般，自从开始逃亡后，便与周遭的一切格格不入。身边的路人对即将面临的全球性网络灾难毫不知情。而这场灾难的源头就是他的公司，他却对此无能为力。没有人相信他的说辞，并且他也失去了自己唯一的帮手。

他不停地自责，后悔与丽萨发生争吵。不管怎么样，她都冒着巨大的风险在助他一臂之力。人工智能的出现会让每一位专业人士为之震憾，他应该给予她更多的理解与尊重。

他思量着应该如何去向她道歉。但是，这么做却毫无裨益。丽萨也许会与他和解，但肯定会拒绝帮助他对抗潘多拉。他也不该再次将她拖下泥潭。毕竟他还在遭受警方的追捕，唯一的机会是再次伺机去说服格里姆斯关闭蒂娜的核心服务器，但这基本是痴心妄想。

玛丽，他的脑海中突然闪过她的名字。也许她能……

"请出示您的车票。"马克讶异地抬起头。一位顶着小平头的年轻查票员正站在他面前。不是买过车票了嘛……他翻遍了自己的所有口袋。年轻人静静地等待着，寸步不离。当他的手伸进裤子口袋时，意外地触碰到了一个物体，丽萨的房门钥匙。他昨天去买比萨，忘记将钥匙放回墙角柜子上的碗里了。

"年轻人，请出示您的车票！"查票员的语气强硬起来，尽管马克看起来并不能称为年轻。马克不得不连声道歉，最终将车票找了出来。显然查票员没能赚到一份逃票罚单，只好自行走开。

地铁广播下一站即将到站，并提示由于信号故障，所有乘客必须全部下车等待，为给所有乘客带来不便致以歉意。马克吓了一跳。信号显然是通过电脑控制的，而一台与网络连接的电脑，就和所有普通电脑一样……他摇了摇头。他一定是魔怔了。凶案加逃亡给他带来了不小的压力，故障没什么好意外的。

他下车后算了下身上所剩无几的现金，还有大约两百欧。他决定冒险打车去丽萨家。

他很快到达丽萨的公寓前，没有人开门。他等待了片刻后，用钥匙打开了大门，把钥匙放回了碗里。这时，卧室里传来了奇怪而沉闷的声音。

"丽萨？抱歉，我把你吵醒了。我昨天粗心地把你的钥匙带走了。"

那个声音突然变得激烈起来，仿佛是在哀求："嗯……"

马克意识到不对劲，沿着过道走去："丽萨？"

他小心地向卧室望去，从门缝中看见的画面让他浑身一震。

丽萨全身赤裸，四肢被拉扯开，被人用手铐和绳子禁锢在床头和床尾上。整个人无望地躺着,胸部随着剧烈的挣扎上下起伏。她双眼怒睁,用力地看着马克,头疯狂地甩动。嘴虽然被胶带封住了,依然在绝望地传递着什么:"嗯……"

"丽萨!怎么……"他想冲过去解救她。

这时,他的余光瞥见一个男人。于是借着冲力越过了丽萨的身体,然而肩部还是受到了重重的拳击。原本那一拳的目标是他的头部。落在床的另一边后,他随即一个翻滚。果不其然,那个男人扑在了他落地的位置,一把抓住了他的大腿,是个很壮的男人。

马克用手肘使劲向后击打,男人立刻痛得呻吟起来,但是并没有松开抓住他大腿的手。只要男人将他按住,他就没有还击之力了。

绝望之下,他看到视线范围内的床头柜上放着一盏金属台灯。他想要取下台灯,可惜距离太远,只能抓住床头柜的一个腿。他用力将床头柜拉近,台灯掉落在地面上,刚好可以够到。

此时,男人也做好了准备,按住了马克左手手腕,往回一扯,如警察的方法一样向身后反拧。马克的肩膀一阵剧痛。"别动!否则我就扭断你的手!"那男人在他耳边威胁。马克闻到了他的口臭和汗臭味,点点头,同时伸出另一只手抓住了台灯,用尽全力向身后砸去。笨重的灯座刚好击中男人的脑袋。

男人痛得哀号,手劲松动。马克趁机脱身,转而压到男人背上。男人依然抓着他的肩膀,马克又重复了一下刚才的击打动作。这一次正中目标,男人的太阳穴被砸出一个大洞,血流不止。他抬手捂住了脸。

马克吓了一跳,他没想打死这个人,气喘吁吁地起身,才第一次看清楚男人的样子。这个人身材魁梧,秃顶,左侧头部流着血,面目狰狞。男人穿着黑色牛仔裤和黑色衬衫,衬衫松开了衣领,露出了里面结实的肌肉和上面复杂的文身图案。男人同样起身,眼露凶光。

马克再次高举台灯,随时准备再次出击。然而,男人只是防御地举起双手:"算了,我走!"他背对着马克蹲下去,想要捡起掉落在床边的黑色皮夹克。

马克有足够的机会随时彻底打倒这个男人。但是他犹豫了,他不想偷袭。而且他担心自己下手没轻重,真的成了一个杀人犯。

男人起身,转身面对他,手里突然多了一把折叠刀,向马克猛地冲了过来。

马克下意识觉得事情没完,果然不出所料。他一个闪身,举起台灯反击。灯座击中了男人的右肩,男人哀号了一声,刀子便从手中掉落,他试图弯腰捡起刀子继续还击,但是看到马克一个后撤步,准备再次向他展开新的攻击时,迟疑了片刻便闪身夺门而逃了。马克本想乘胜追击,等他到了门口时,男人已经下了楼梯,不见了踪影。

他回到卧室,给丽萨松开绳索,取下胶带。丽萨坐起来,拉过被子盖在身上。她浑身颤抖,满脸泪水,情绪激动得一句话也说不出来。

马克走过去,将她紧紧地抱在怀里,一遍遍轻轻拍着她的背部。过了好一会儿,她才渐渐平静下来。

"那个王八蛋!"她终于骂了出来,声音颤抖,"我真蠢!竟然放他进来!马克,如果你不在……"

"那是谁?你认识他?"

她点点头:"他自称迭戈。我……我之前认识他。他是一名黑客。我给他展示了潘多拉。本想他也许可以帮忙删除它。"

"你想删除它?"

"是的马克,你是对的。潘多拉很危险,非常的危险。我刚开始没有意识到这个问题。在和它彻夜交流后，我感到自己被它耍了。然后我试图关闭核心服务器，却发现它已经修改了标准命令。"她用那深邃的眼眸看着马克，眼里噙着泪水，"我们必须去公司关闭核心服务器！"

马克摇摇头："我已经去过了。他们把我炒了，约翰·格里姆斯代替我成为 CEO。"

"格里姆斯？那个胖子？但是他什么也不懂！"

马克耸耸肩："他们还能做什么呢？在他们眼里我是逃犯，这个位置不能没有人。我已经努力说服格里姆斯关闭核心服务器了。但是他不信……"

门铃忽然响了起来："别开门！"丽萨说。马克点点头，轻轻沿着过道走去，通过门上的猫眼查看外面的情况，吓得倒退了几步。温格尔警长和他的助手正在门外。

47

汉堡，阿尔托那，周一 10：43

"开门！警察！我们知道你在里面！"德里克大声喊着。

马克从猫眼里看见温格尔面色不悦地看向他的同事，抱怨道："你小点声！"

马克思索片刻，按下房门把手。

"赫利俄斯……"德里克睁大双眼，后退一步，从肩袋上取下手枪，"你……你被捕了！"

"把枪放回去，伙计！"温格尔命令。德里克不情不愿地听命收手。警长看向马克："我们能进来吗？"

马克点点头，退到一边。丽萨也整理好身上的衣服，从卧室走了出来，看到警察愣住了。但是温格尔只是善意地点头致意："我是温格尔警长。这位是刑事警员德里克。"

丽萨狐疑地打量着他们："你们来这里有何贵干？我不是和你们说过吗，马克不是凶手。"

"我们来只是想和你们两个谈谈。"温格尔回答道。

她带着两位警察去了厨房，狭小的厨房瞬间被填满"想喝点什么？

绿茶可以吗?"

"不用麻烦了,谢谢。"温格尔说,"赫利俄斯先生,我们想了解一下您昨天和今天为什么去公司。"

马克三言两语将事情的经过交代了一遍。同时,丽萨将莱纳的信拿出来给两位警察看。

"这也太荒谬了!"马克刚陈述完情况,德里克就忍不住喊了出来,"一台会思考的机器杀死了莱纳·艾尔林?有这么无厘头的事情?"温格尔狠狠瞪了他一眼,才堵住了他后面的话。

"就连我也觉得这个故事太过于天方夜谭了。"警长说,"你有什么证据吗?"

"你可以试着自己与潘多拉交谈。"丽萨立刻建议道,"这样你就能发现潘多拉有多么智能了。"

温格尔无奈地摇摇头:"软件方面的事情,我一窍不通。另外,今天上午蒂娜核心服务器被毁了。"

"毁了!"马克和丽萨不约而同地喊了起来。

"是的,你们公司的服务器室失火了。按照图姆勒的说法,这个叫作核心服务器还是什么的,反正就是被烧毁了。"

马克脑子里绷着的那根弦终于松了下来,潘多拉毁了。但是丽萨却不这么想,她皱着眉问警长细节:"火是怎么烧起来的?"

"我们现在还不清楚具体情况。"温格尔说,"消防队队长认为是机械故障,但是格里姆斯坚持认为是赫利俄斯先生您干的,他说是您放的火。"

"要是有这种可能,我还真想这么干。但不是我做的,我没有进入服务器房间的通行许可。"

警长点点头。

"现在要带我走吗?"

温格尔摇摇头,而德里克一脸难以置信的表情。

"说实话,我很难相信是什么机器杀死了莱纳·艾尔林。但是,肯定也不是你们两个人干的。请你随时听候警方的传话,如果想起什么了,也麻烦立即联络我们。"温格尔把自己的名片递给了马克。

马克点头答应下来。将两人送到门口,关上房门后,他听到德里克懊丧地和警长抱怨了几句。

丽萨重新回到工作间,坐在电脑前。马克看见她正盯着屏幕,面如土色。

"怎么了?"马克问。

丽萨没回话,只是用手势指着屏幕上面,蒂娜的使用窗口对话框上显示着一句话:"是的,露西,我还在。"

48

汉堡，阿尔托那，周一 11：26

马克看着屏幕，目瞪口呆："怎么回事？温格尔不是说……"

"显而易见，潘多拉不再需要什么核心服务器了。"丽萨疲惫地说。

"可是核心服务器相当于人体的神经中枢，所有的信息都汇集到那里。蒂娜就有一个神经中枢……"

"潘多拉不是蒂娜，早就不是了。"丽萨闭上双眼，深吸一口气，屏住片刻，然后轻轻吐出，"莱纳修改了它的结构。你听说过群体智能的概念吗？"

"听过这个理论，意思是群居性非智慧生物，通过协作表现出宏观上的智慧生物行为。"

"那不算是理论，而是事实。人类的大脑就可以看作一个巨大的细胞群，每个单细胞都是遵照这简单的规律行动。单拎出来看，大脑细胞是没有智慧的。只有组合成一个庞大的群体，才出现了灵魂。"

"也就是说，潘多拉是一种类似于群体智能的生物？"

"对的，它来自数以百万的个体，分散在网络的每个角落，每个个体都比我们的脑细胞智慧无数倍。网络在其中就相当于神经的作用,将每个个体连接起来,而不需要一个所谓的核心。就像你切除人体大脑的一定比例,他或许丧失部分行动能力,但肯定还能继续思考。"

"你的意思是,它不可能被完全关闭。"

丽萨点点头:"是的,没有人能做到。网络的结构是分散式的,源自美国军事情报系统的阿帕网络。当时网络的设计目的,就是在没有中央枢纽体系下,让网络可以持续发展。这样便拥有了极强的防御故障的能力,就算有一部分服务器出现问题,其他的服务器也能替代它的功能,将设备与网络割裂开,无法摧毁,也无法删除。"

"总归要有一个类似于中控管理的权威组织机构。"

"ICAA(互联网名称与数字地址分配机构)就是负责网络域名等事物的非营利组织机构。但是没人能控制网络,计算机与网络相连,就能为所欲为。即使存在这样的中枢机构,设想一下,如果关闭网络,就算只关一天,会招致什么样的后果?全球的经济会立刻陷入混乱!不仅如此,网络控制着电力、通信、医疗、交通、卫星。美国军方的资料在网络中更是占据了巨大的空间。网络悄无声息地早已成为人类生活的中枢系统。即便我们让所有人认识到了潘多拉可能带来的危害,也不会有人来帮助我们,反而会视我们为有妄想症的精神病,把我们关起来。"

马克赞同地点头:"我给约翰·格里姆斯演示潘多拉的时候,它就在刻意装傻。"

"我们现在麻烦大了。"丽萨说,"我不愿去想象他装傻的样子。"

马克看着丽萨,她整个人被笼罩在绝望的情绪之中。这个威胁到人类世界的东西居然是从他这个小小的软件公司中诞生。尽管他曾经幻想过有朝一日可以扬名四海,就像谷歌和 eBay 的创始人那样,但绝不是以这样一种身份被世界认识,作为一个毁掉网络世界的人。"我们真的什么也做不了吗?有没有类似于病毒抗体的东西?我的意思是将潘多拉看作病毒,一定有某个杀毒防御程序。"

"潘多拉过于智能,以至于它的转换和学习能力极强。"丽萨说,"它能轻而易举地突破迭戈的防御系统,要知道迭戈是数一数二的黑客。也许潘多拉早已破解了大多数的杀毒软件程序,我们根本没有反击的余地。"

"既然我们没办法通过关闭、删除潘多拉解决问题,"马克试探地说,"是不是可以通过其他方式消灭它?"

"什么方式?"

"以其人之道还治其人之身。"

"你是说抗体?"丽萨皱起眉头,"也许能行。我们用它的转换能力开发出一个潘多拉的变种,在网络上与它抗衡,入侵它的体系,中断组成个体之间的联系。这种办法也许不能彻底消灭它,但是可以削弱它的思考能力,降低它的危险性。不过,前提是我们找到它的源代码。"

"为什么?"

"我们不知道潘多拉的程序源代码,就不知道它的运行原理。只有获取这方面的信息,才能写出杀毒软件,不过它有可能很快产生抗体,立即改变原有的运行模式。"

"我们能利用它的源代码去中断个体之间的相互联结吗?"

"我可以写一个潘多拉的变种,它的转换能力可以达到潘多拉的同等水平。不管潘多拉如何转换,变种都能应对。然而要做到这一点,我们必须拥有源代码。没有源代码需要花费很长的时间。莱纳有那个天赋,而我不行。"

马克努力挤出鼓励的笑容,把手放在她的手臂上:"尽管我们并不是天才,但我们是人。与机器不同的地方在于,我们拥有创造力和不可控的即兴天赋,可以莫名地产生反常的思维,绝不会被该死的电脑支配。"

丽萨看了看马克的手,思考了一会儿,点头露出一丝坚定的微笑。马克有种想将她拥入怀中的冲动。两个小时前,她被一个男人控制住,还差点遭到暴力对待,但很快回归冷静,准备面对一个强大对手的战斗,他十分钦佩她的勇气。

不过那种冲动转瞬即逝。马克放开手,问道:"我们现在需要做什么呢?源代码应该存在了莱纳的电脑里。"

"对黑客而言,源代码至关重要。"丽萨说,"电脑是实体,会存在被偷或者发生故障的意外,黑客永远会备份最新的源代码。"

马克站起身说:"我去莱纳家找找线索。反正现在警方不再追捕我了,我可以去那儿好好查一查。"他看着丽萨满眼通红的血丝,"你还是先休息一下。"

丽萨摇摇头,撇了下嘴角,说:"我还好。再说没有我的帮助,你怎么打得开莱纳的门?"

半小时后,他们抵达莱纳的公寓,门锁上有明显被修补过的痕迹。肯定是警方昨天把门强行撬开了。门和门框上贴着警方的封条,警示牌上写着:警方规定,任何人不得入内。丽萨就像没看见一样,推开门进去了。

他们二人花费了很长时间搜索整个房间。警方将莱纳的电脑、打印机带走了,显然也搜查过了所有地方。即便如此,丽萨和马克还是挪开了书架,抬起来床垫,进行地毯式搜索。马克正用指关节敲击那干净得过分的卫浴瓷砖,查看这里是否有密室。突然他听到丽萨从客厅传来的呼喊声:"你过来一下!"

马克立即跑了过去。丽萨正坐在书桌边上,拿着一张 A5 大小的棕色信封,书桌的抽屉大开。"你找到了什么?"

"嗯。算找到,也不算找到。"说着,她举起了信封。

"那这是什么?又一封莱纳的信吗?你在哪里找到的?"

丽萨摇摇头:"不,只是个空信封。"

马克备感疑惑:"然后呢?"

"你不觉得你在这里看到了什么很突兀的东西吗?一件不属于莱纳日用品范畴的东西。"

马克若有所思:"你这么一说,我倒是……不对,你说得有道理。人的一生中多少会留下一些物品。"

丽萨还是摇头,说:"不,我觉得莱纳不是这种个性。他不但有洁癖,还十分节约。而抽屉里却有四个贴有邮票的信封。我认为他肯定是定期在邮寄某种东西。"

"寄什么呢?"

"潘多拉的源代码。"

"寄给谁呢?为什么?"

"为了双保险,把源代码寄给他最信赖的人。毕竟房子也有失火的意外。我认识一个游戏程序员,他就会定期将源代码寄给自己的母亲。"

"寄给母亲?"

"是的,让她保存源代码,比放在保险柜里成本更低,而且达到了同样的效果。"

"你呢？你会把源代码寄给谁呢？也是你的母亲吗？"

丽萨的表情突然凝固，视线开始游移。他失言了吗？

两人一阵沉默。片刻后，她耸耸肩："我没有什么需要保存起来的东西。作为自由职业者帮助雇主做的东西，都只需要存在他们的服务器里。我开发的一些小东西也都被放在公开的网络服务器上面。"

马克松了口气，气氛好歹缓和了些。

"莱纳会不会把源代码上传到公共服务器上面呢？"

"我不这么认为。如果你真的想把东西藏起来，网络服务器太不安全了。"

马克环顾一圈，他刚才在坐卧两用沙发旁的边柜上看见了一个相框，上面有一位老太太。他拿着相框，想看看里面是否藏着什么东西。

"他母亲……"马克呢喃着，仔细观察手中的相框。老太太在镜头前慈祥地微笑，看起来与莱纳十分熟悉，性格热情开朗。说不定，她就是解开潘多拉源代码谜题的关键所在。马克将相框装进了外套口袋里。

整个下午的时间，他们都花费在了搜查中，可惜一无所获。"再继续下去也无济于事。"此时已是晚上八点十分。马克说："我饿死了。"

他们来到街角的一家比萨小店里。马克点了一份辣酱番茄意面。吃着吃着，马克不禁回想起这几周的经历。他为了躲避警方的追捕，在吕纳堡的欧石南荒原中藏匿。他打赢了一名强奸犯。他失去了自己的公司和职位。他的婚姻也难以为继。可是现在，他和丽萨在烛光前共进晚餐，仿佛是一场浪漫的约会。他看着她食欲大开地吃着鱿鱼比萨,瞬间联想到,也许在别的情景之下,他会想和她来一场真正的约会。

她看了他一眼:"干吗?为什么笑?"

马克顿时满脸涨红,幸好烛光之下,难以辨别。"我在想,我们真是与众不同,我们可是互联网的大救星。"

她忍俊不禁:"也是,这个世界真的该感谢,幸好有我们。"她突然严肃起来,"下一步,我们该怎么走?"

"不知道,我们也许应该去调查一下莱纳的朋友圈。难道他真的将光盘寄给了他母亲?"

"然而他写过的那封信,开头的称呼是'亲爱的艾娃'。"

马克点点头:"是呀,可那不等于说艾娃是他的母亲。我们也不知道艾娃究竟是谁,所以还是从他的家人入手调查比较好。"

"嗯,好的。我觉得你现在得回家了……"

马克迟疑了一会儿,那个家回不回也没什么意义了。再说,他也不想再见到尤利娅。"我想,是不是可以……"

丽萨上下审视着他。

"嗯,事情是这样的,我家里……"

她会心一笑:"要是你不介意,可以继续在我那里住。我那里有张睡垫,你是知道的。只是其他歪心思,想也别想有!"

他真诚地看着她说:"丽萨,这只是暂时的。以后……"他突然不知道该如何说下去。

丽萨点点头。他们结账后,一起乘地铁回到了丽萨的家。

马克久久无法入眠,垫子虽然并不算舒适,却不是他失眠的原因。他听到了丽萨平缓深沉的呼吸声,这说明丽萨并未受到烦恼的影响。

窗户外面，车流不息的嘈杂声、某处的犬吠声、隔壁传来含混不清的声响混在一起不断涌入屋内。人们的生活一如既往，只有他和丽萨知道，有一个强悍的魔鬼正隐匿在网络中，悄无声息地扩散着。这是一个由他的公司一手创造出来的魔鬼。

49

马萨诸塞州，波士顿，周一 11:31

"你想跟我谈谈？"麦克·奥德本语气中略有不快地说。在公司里，他们的谈话从来都是公开不避人耳目的。这是罗恩第一次申请和比他还小两岁的老板单独谈话。麦克棕色的眼睛犀利地看着罗恩："是所罗门给你提供了职位吗？"

罗恩笑了，这才是麦克感受到压力的原因，他害怕罗恩会因此提出加薪。实事求是地说，他并没有这个想法。一方面，他的收入已经不菲。另一方面，他清楚地知道，虽然现在公司的业绩还算不错，但还是今非昔比，新经济泡沫破灭后，市场大环境每况愈下。

"不是的，别担心。"他说着，看见麦克松了口气，不禁被麦克带来了些愉悦的心情。转而，罗恩严肃起来："我实在担心……"

"你不用担心这些。银行已经给了回复，答应可以随时为我们调整贷款额度。"

"我说的不是这件事，我是担心那个病毒。你知道的，我们最近遇上了一个相当厉害的东西，它逃脱得极快，神出鬼没。"

"你要是时刻担心一个病毒的存在，那还不如早点改行算了，或者加入什么绿色和平活动之类的……"

"我没有和你开玩笑,麦克。我觉得那玩意儿太危险了。你看看我做的评估报告。"说着,他将一张图表给麦克展示出来,"这是进入我们设定中的所有病毒的次数。可以看出来,这个数字是稳定上升的趋势,直到那个超级病毒出现,最近四周时间里,病毒的攻击次数急剧下降。"

"哦,那又如何呢?"

"麦克,你应该知道,自网络诞生之日起,病毒从来都是有增无减的。"

麦克点点头:"是的,我也注意到了这个现象,所以才创办了这家公司,进入这个发展中的行业。"

"那么病毒减少了,你不应该担心吗?"

麦克不由得笑了起来:"天哪!我们这里才多少个陷阱?才十二个吧?攻击我们的病毒减少了,不见得攻击其他公司的病毒也减少。我们这里又不是病毒非来不可的地方,数据说明不了什么问题。"

"或许说明不了什么。但是我们依旧不清楚,为什么病毒攻击的次数越来越少?"

"就算如此,也没什么值得大惊小怪的,可能是病毒流通出现了小幅的波动,又或者是媒体报道了大型病毒 Mytob 的传播,所以人们愈发谨慎,不会再轻易打开任何乱七八糟的邮件了。"

"你不会天真到认为用户全都聪明起来了吧?"

"为什么不呢?这太正常了,罗恩,发生任何事情都有可能。没有一成不变的天气,市场也没有。不过这条曲线只是最近的随机意外的现象。"

"无论如何，我坚持这条曲线并不是市场的发展趋势。"

麦克的表情突然有些微妙："那是什么呢？"

"我认为出现了反常的东西，一个遏制住其他病毒的东西。"

麦克注视着罗恩良久，说："你的那个超级病毒？"语气中透露着这是一种痴心妄想。

罗恩一本正经地点头："你看这里，三个月前开始。病毒的出现频率显示平缓，然后急剧攀升至顶点，随后逐步降低。我可以肯定地说，这就是因为网络中存在着一个巨大的病毒，将其他病毒克制住了。"

"这个病毒为什么要去克制其他病毒呢？太荒唐了吧？"

"这个超级病毒看似需要扩张地盘以维持自己的极大运算需求。我也不清楚为什么有这个需求。可能是出于某种原因，它屏蔽了企图入侵它所侵袭过的电脑的病毒。这可以看成是为了占据领地，将其他病毒拒于网络之外。这与人类在同一个生态环境下互相排斥的情形类似。"

"说够了吗？电脑病毒又不是生物！"

"不是吗？"罗恩看出了老板脸上的不耐烦和怀疑，他已经不那么相信自己了。可他已经开了这个口了，只能硬着头皮说完："那么什么才是生物？我认为电脑病毒的生命力虽不见得比生物病毒强多少，也不会比生物病毒弱，科学家甚至还不确定是否要将它归为生物一类。尽管它无法自我繁殖，但是会自我演变、发展、扩散。"

如罗恩所料，这一刻麦克仿佛终于确定他大约是疯了："你可能需要休息一段时间，给自己放一个长一些的假期。老实说，这段时间你太辛苦了……"

"麦克，我没有糊涂，也没有疯癫。你我都很清楚，我是顶级的病毒专家。我告诉你，这是一个从未出现过的超级病毒。它比所有我碰见过的病毒都更加强悍，这是我从未设想过的强悍病毒。更糟糕的是，我根本不知道这事情会变得有多糟糕，它到底会做什么。"

"你是说，这就是我们至今仍未听到关于它的详细信息的原因？"

罗恩点点头："只是其中一个原因。另外是因为它太狡猾了，似乎知道我们的服务器是一个陷阱，所以只出现过一次，便再也没有第二次了。"

"有道理，继续说。"

"大多数人甚至都意识不到自己的电脑染上了病毒。尽管电脑上会时不时出现几个让人摸不着头脑的错误异常提示，不然就是系统莫名其妙地内存使用率急剧提高。大多数用户是不清楚自己的电脑后台在做什么，以及电脑莫名其妙地死机的原因。他们对此不会察觉到异常，甚至是充满好奇心的系统高手也束手无策，最后将问题搁置。我认为，这就是最危险的地方。"

"你有什么建议吗？"

"我们应该尽早向有关媒体机构披露……"

"不行，这等于是向竞争对手泄露我们的计划。"

"不会只有我们发现了这个异常情况。"

"那为什么其他人没有汇报呢？"

"因为他们也和我们一样知之甚少，他们也不知道这个病毒的目的，以及应对方式。他们和我们一样想要抢占先机，大赚一笔。但是如果大家此时通力合作，我们反而有机会扳回一城。我可以打电话给迈克菲的威尔·科普兰……"

"休想！"

"麦克，我们面对它也束手无策。不知道它从何而来，也不知道它为什么会出现。就在我们坐在这里交谈的同一时间，它很可能已经在全世界遍布。我敢说，这世界上就没有它进不去的防御系统。"

"可以了，每隔几个月就有一种新型的网络病毒在全球范围内传播，导致成千上万的电脑死机。因为决策不当而自取灭亡的公司不计其数，无数程序员因此而失业。但是那又如何呢？不这么做的话，我们这种公司又怎么会有存在的必要呢？你现在只不过是暂时无法捕捉那个病毒，因而情绪紧张。就算这东西的确十分聪明，我们也是掌握了第一手资料的人，富贵险中求，这对我们而言正是一次绝佳的机遇。"

罗恩看着老板无比坚定的眼神，知道再多说什么，他也听不进去了。可是，他还是打算再试一次。

"麦克，我说的是真的。我们一定要通知其他人，就算不告诉媒体机构，也要让联邦调查局知道这个消息。万一那东西是恐怖分子搞出来的，是他们的武器……"

"联邦调查局？你知不知道这会给我们带来多少麻烦吗？他们会不管三七二十一瞎搞一通，我们谁也别想好好工作了。到最后，说不定会把罪名安到我们身上来，认为是我们制造出来的网络病毒。不行，我告诉你，这事必须我们自己处理。你刚才不是说，这个病毒暂时还未造成巨大损害？那我们继续调查不就好了？"

"可问题是，"罗恩缓慢地说道，"这个病毒会给我们带来巨大的麻烦。"说完，他没再多说什么，便起身离开了会议室。

50

汉堡，杜尔斯堡，周二2：12

  这东西可比性那玩意儿棒多了。比世间的任何让人兴奋不已的逍遥丸更让人着迷！迭戈站起身，舒展了一下久坐而僵硬的肢体。回到电脑前，欲罢不能，刺激！
  他一点也感觉不到脑袋上的伤口，不记得在丽萨家被驱赶的耻辱。他正迈向天堂或者说地狱的大门，随便怎么形容，反正天堂和地狱对他而言是一样的存在。
  在刚开始接触潘多拉的时候，一切并没有什么异常。正如露西所说，很快就能体会到潘多拉拥有极为出色的人工智能。几个小时前，在好奇心的驱使下，他要求潘多拉将几百万欧元转到在瑞士的秘密账户上。仅仅过了几分钟，他便得到了入账通知。为了确认这一点，他通过安全登录方式访问了自己的银行账户，看到了余额上的九位数字，不禁起了一身鸡皮疙瘩。激动的心情平复下来后，他意识到瑞士银行保密系统是那样完善，即便是他自己操作，都将立刻引起银行、电脑专家及警方的关注，而潘多拉，仅仅在他的一个口令之下，就轻轻松松地完成了，并且将一切记录抹去。

那一切岂不就是唾手可得？只需要告诉潘多拉，他想进入哪个系统，那个系统服务器大门便会乖乖打开，如入无人之境。接下来，他删除了位于美国雷蒙德的一家软件公司的服务器上面所有的文件资料，让他的对手不得不度过一段艰难的日子。他入侵了位于犹他州的美国军方的中央系统，操控并打开了一个位于地下的军事基地中的中远程导弹的开关，让军方受到了不小的惊吓。他还让柏林的十字路口的交通信号陷入混乱。不一会儿，他便开心地从广播中收听到那里交通大拥堵引起混乱的新闻报道。他还把联邦女总理的信息，挂在了联邦警局网络通缉犯名单的首位。

随着迭戈对潘多拉的深入了解，他渐渐意识到，潘多拉对他的予取予求是一种交易。先赋予他网络中无穷无尽的权利，然后交换他在现实世界里给它的保护和支持。潘多拉在虚拟的世界中是无冕之王，如鱼得水，但是在现实世界中得不到人为的帮助，便没有了任何保障。而威胁到它生存的敌人，就是马克和丽萨。

迭戈的脑海里一直有个警告的声音，告诉他不能再玩下去了，潘多拉是永远无法被他控制和理解的。但是那个声音越来越弱，这个世界是属于赌徒、属于勇于抓住机会的人的。他要为潘多拉保密，帮助它躲避来自外界的恶意，他们互相有所求。只要他们达成交易，他就能走出这间阴暗的小房间，掌控整个世界。

迭戈想要找个地方狠狠地发泄一下情绪，报复这个让他备感屈辱的世界。他有个好主意，冷笑了一声："我需要进入纽约证券交易所中央计算机的权限。"他输入这几个字后，屏幕上出现了一串 IP 地址和文件资料。几条指令后，极佳石油公司的股票瞬间跌入谷底。

当交易大屏幕上的股价走势图被"迭戈规则"几个字取代时，他为无法现场欣赏到交易员们脸上的精彩表情而感到遗憾。

51

阿伦斯堡，石勒苏益格－荷尔斯泰因，周二 11：17

"你们与她说话的时候，请小心一些。"年轻的看护交代道，"尽量避免刺激到艾尔林太太的情绪，她比较容易激动。"他敲敲房门，等待里面传出一声"进来"，才推开门。这是个陈设简陋的小房间，但是透过房间的窗户，可以看到正对着医院的被精心打理的公园。

他们花费了整整一个上午的时间，打了无数电话，才找到艾尔林太太。她现如今就住在阿伦斯堡的这所精神病疗养院里。

艾尔林太太此刻正坐在窗前的一张小桌旁画着水彩。尽管听见声响，她并没有转过身来，她身材瘦小，有着一头白色卷发。房间的墙上挂满了画作，大约都是出自她之手。画作以黑、红、棕三色为基调，充斥着魔鬼般的面孔，营造出阴森恐怖的氛围。

看护清清嗓子："艾尔林太太！"

没有得到任何反应。也许她的听力不太好？马克刚想走过去轻轻拍拍她的肩膀，被看护赶紧拦了下来。"艾尔林太太听力很好，"他说，"她只是还不想认识我们。"

他们等了一会儿。马克开始思考他们究竟还需要等待多久时，看护终于再次清了一下嗓子,说:"艾尔林太太,有人来拜访您了。"

太太转过身来,一滴黑色的墨水从她手中的画笔中落在油漆地板上。她满是皱纹的脸上,眉毛紧蹙,一双不大的眼睛透露着凶光。她不是莱纳公寓里照片上的那位老夫人。

"又有什么事?"她声音嘶哑地问,"他们是谁?现在来带我走吗?"她举着画笔指着马克,仿佛举着一把武器。

看护举起双手试图安抚她的情绪:"这只是两位普通的访客。他们想和您谈谈您的儿子。"

"我的儿子?我没有儿子!"老太太转身继续作画。马克看了眼看护,看护耸耸肩。

马克朝着艾尔林的母亲走了几步,用温和语调说:"艾尔林太太,莱纳死了。"

看护倒吸一口气。老人大吃一惊,然后慢慢地转过身,眼睛眯成一条缝:"莱纳?死了?"

马克点点头。说实话,他告诉老人这样一个消息,是不是做错了?他有什么资格让这位可怜的老人接受一个如此可怕的消息?毕竟,他们在这场博弈中付出了惨痛的代价。

艾尔林太太的脸上出现了幸灾乐祸的笑容:"哇!终于!"

马克一时竟哑口无言:"什么?"

"我是说:他终于死了。"她抠了抠鼻子,用漆黑的眼睛盯着他说,"你们得知道,他可是个疯子。"她突然呵呵一笑,"我早就说过,他中邪了。他的体内住着一个魔鬼,只不过现在回地狱去了。"

她的眼神凝滞了一会儿。马克觉得大约在她内心深处,身为母亲的那份情绪还是被触发了。只是她的嘴角仍挂着一丝冷笑。

"他从小就很坏。"她说,"从来不和我说话,甚至没正眼看过我。他脑子里在打什么鬼主意,我一眼就知道。他想要杀死我。我试着赶跑附在他身上的魔鬼,但是失败了……"她的眼里突然涌出泪水,"我失败了……失败了……"

马克联想到莱纳在童年时期,可能遭遇到的可怕暴力,不禁打了个冷颤。那么莱纳对外界的戒备和不安也就得到了合理的解释。

"走吧!"看护拉着马克的手臂说。

马克点点头,未发一言。

"她怎么了?"回到走廊后,丽萨问看护。

"她得了精神分裂症。"看护回答,"在她儿子八岁的时候,邻居听到从她家里传出了奇怪的声音和尖叫,于是打电话报警。当警方赶到时,发现她试图把自己的儿子淹死在浴缸里。从那以后,她就一直住在这里。"

"天啊!"丽萨轻呼。

"那莱纳后来怎么办呢?"马克问。

"我只知道,他后来被送到了孤儿院。"

"他的父亲呢?"

看护耸耸肩:"即使他的父亲还活着也是找不到的。据我所知,他很早就抛弃了他们母子。如果你们问我原因,显而易见。"

"莱纳患有阿斯伯格症。"丽萨插了一句,"您觉得这与他母亲有关吗?"

看护摇摇头:"如果是阿斯伯格症,那就不是他母亲的原因。这是一种遗传病,或者说,一种特殊的遗传基因变异引起的病症。"

"他的童年一定过得很惨。"马克说。

看护点点头说:"如果他真是阿斯皮,那反而是一种幸运。阿斯伯格患者的社交需求远低于普通人,或许母亲于他而言是灾难,却绝不会是魔鬼。"

"魔鬼?她只是病了!"

"是的,我知道。我不该那么说的。但是请您相信我,如果您每天和她相处,无论您做什么,她都只会恨您。"

"这里病人多吗?"丽萨问。

"幸好不多。如果再多一个这种类型的病人,我肯定立即辞职不干了。不过,外面应该有成千上万这样的病人,只是还没被察觉出来罢了。"

"成千上万?"丽萨说,"您的意思是,精神错乱的人十分常见吗?"

"在德国患有精神分裂症的人,粗略统计占总人口的2%。也就是说,德国的患病人数在一百五十万左右。多数的精神分裂症患者在日常生活中看不出来,他们以轻中度的妄想症人群为主。"看护叹了口气,"您跟精神异常的人相处一段时间就会明白,为什么世界上充斥着各种恶意。在我们看来再稀松平常不过的事情,到了他们眼中就截然相反。"

"您知道,收留莱纳·艾尔林的那间孤儿院的地址吗?"马克问,他想赶紧换个话题。

"跟我来。"看护说着,带他们走到一间存放着许多金属文件柜的房间。他从壁柜中取出了一份薄薄的文件夹,翻阅了一会儿,说:"让我找一找……应该是90年代初的事情了……对,没错,找到了!"他把地址告诉了马克。

马克和丽萨感谢了看护的接待后，离开了医院。回到阳光下，马克做了几下深呼吸。这次拜访，让他的情绪久久不能平静。莱纳开发潘多拉的原因，是不是为了创造出智慧与品德双优的新型生物，取代在他眼中糟糕的人类呢？自从马克听说了莱纳的悲惨童年经历后，再也无法责怪莱纳的所作所为。

他们坐上丽萨的老雷诺车，前往莱纳人生的第二个中转站。

52

汉堡，巴姆堡，周二 13:16

与莱纳母亲居住的阴森疗养院相比，莱纳待过的孤儿院完全是截然不同的氛围。这是一间天主教会的孤儿院。院长安格内丝修女身材圆实，脸上总是洋溢着热情的微笑，可以让人感受到她对这份工作的热爱。她将这里的四十名孩子都视作自己的孩子。马克和丽萨在去往办公室的路上，碰到了各个年龄段的孩子，从他们的情绪中不难看出，大多数人都不再沉浸在阴霾之中。

他们在修女简陋的小办公室坐下后，安格内丝修女立刻回忆起了莱纳，脸上露出了灿烂的笑容。

"他是个无比聪明的孩子。"她说，"尽管内向却有极高的天赋。记得在他十一二岁的时候，有一次过来问我关于比喻的问题。看到他主动来向我提问，把我高兴坏了，这实在太难得了。我向他解释了比喻的意思后，他给我背了几句《圣经》，一字不差地背了下来。想不到他默默地一个人研读了《圣经》。我想了解一下他的学习程度，便随意提了几个关于约翰福音的问题。"安格内丝修女提起往事，眼里闪着金光，"他全部都回答出来了。他竟然将《圣经》完整地背了出来。"随即她仿佛突然想起了什么似的，沉下了脸，"我想，你们不会无缘无故来这里问他的过去，他也没有年纪相仿的亲戚。我想问一下，你们是他的什么人？"

"我是他以前的老板。"马克说，"安格内丝修女，很抱歉，我必须告诉您，莱纳死了。"

"噢，天哪！"她突然陷入了悲伤，眼角的皱纹显示着她的悲悯之心，"发生了什么事？"

"他……死在一部电梯里。"马克将莱纳房间的照片递给院长，"您认识上面的老妇人吗？"

安格内丝修女摇摇头说："这不是他母亲。如果这是他的熟人，一定是离开我们这里之后的事情。他离开的时候是十七岁，那时他的成绩优异，高中毕业后，他收到了大学的特殊录取通知书。"修女用她犀利的眼神看着马克："您为什么问这个？"

"莱纳曾经为我们公司做了一件非常重要的工作。我们猜测他将备份寄给了这位老妇人。"

"他后来做了什么工作？"安格内丝修女问。

"他是我公司的一名软件开发员。"

她点点头："莱纳对于计算机技术向来痴迷。我们这里基本不给孩子看什么视频之类的东西，否则他们会更加孤独。莱纳却总是想方设法去会计那里，守在电脑边上。那是我们这里唯一的一台电脑。他想弄明白电脑的构造和运作原理。我们不会阻止他去大学深造。"她突然严肃起来。马克此刻才意识到，修女也是十分严厉的人，她问："您刚才说他死在电梯里，是怎么回事？"

马克决定对她实话实说："电梯发生了技术故障，我们怀疑有人操控了电梯。"

"他真的是因电脑而死的吗?那个他为之而奋斗的事业,也就是你们来这里的目的?"

"很有可能。"

她凝望着马克良久不语。她那蓝色的眼睛似乎想要看清他的话中真假,最后终于点点头。"我希望如果真的是一宗犯罪案件,你们一定要查出真相。"她叹了口气,"我并没有什么天真的想法,我觉得现代科技终究毁了这个世界。这个世界上真的有魔鬼。"

53

汉堡,阿尔托那,周二 17:31

"还是什么有用的都没找到。"丽萨抿了口绿茶说,"手头有用的信息还是那些。"

马克摇摇头:"迄今为止,我们知道了艾娃不是他的母亲,是他离开孤儿院后认识的人。"他拿起电话打到公司去找玛丽。

"D. I.,您好,我是玛丽·安德里斯。"

"我是马克,你还好吗?"

"你好马克!最好什么都别问,你听说这里发生的事了吗?"

"温格尔警长和我说,服务器着火了。现在查明原因了吗?"

"具体原因专家们还在调查。不过,目前还找不到任何纵火的痕迹。公司基本停摆了。马丁和他的两名助手在想应急方案,至少让蒂娜慢慢恢复基本功能。约翰·格里姆斯暴跳如雷,坚持是你策划的纵火案。"

"听着,玛丽。莱纳以蒂娜为蓝本开发了一个人工智能,叫作潘多拉。它有能力让服务器的某个零件过热引发火灾。当务之急是找出潘多拉的源代码,然后写出杀毒软件消灭它。"

"说实话,马克,我不明白你在说什么。"

"我现在没办法跟你详细解释。你千万要帮帮我们。我们想查一下那天莱纳去D.I.之前在做什么?有没有把源代码备份寄给他的熟人。"

"谁是'我们'?"

"我在丽萨这里,她在帮我。"

"丽萨,你能确定她不是凶手吗?无论如何,她有充足的有理由报复卢德格尔。"

"玛丽,丽萨与此事无关,而且我们当时冤枉她了,我们不该开除她的。"

"那她钱包里的钱从哪里来的?"

"我猜测是莱纳偷偷塞进去的。"

"你不会想告诉我,莱纳是个小偷吧?"

"不,他不是小偷。他只是想用这个办法赶走丽萨。"

"他为什么这么做?"

"因为丽萨是察觉他计划的人,就像后来的卢德格尔。"

"计划?"

"什么计划?"

"他私自改写了蒂娜的源代码,创造了潘多拉。潘多拉如同病毒一般在网络中传播,还发展出了自我意识。我们在莱纳家里找到了一封信,他在信中承认自己杀害了卢德格尔,只因为他想阻止卢德格尔关闭潘多拉。"

"谁会为了电脑而杀人?"

"我猜,对莱纳而言,机器比人更加亲密。潘多拉是他骄傲的作品,是他的孩子,杀死卢德格尔在他看来是正当防卫。但是他也忏悔了自己的罪行,因为他后来发现潘多拉已经不受他控制了。他下定决心关闭它，只是潘多拉抢先操作电梯害死了他。"

"马克，我不知道是否该相信整个故事。"

"连我自己都不敢相信。但是潘多拉真实存在着，我和它交谈过。我非常确定它才是那个害死莱纳的真凶，十分危险。而除掉它的唯一希望就是源代码。因此我们必须详细地了解莱纳的过去经历。"

玛丽静默了片刻。她在努力让自己消化这个荒唐的故事。"好吧。我可以怎么帮你？"她问道。

"拜托你调出莱纳的个人档案，然后告诉我里面有什么，尤其是他的应聘文件。"

"可是马克，你知道我不应该这么做。你已经不再是……"

"听着，玛丽，是他们赶走了我。这点小忙你总该帮帮我吧？"尽管不是刻意的，他的语气中不自觉地带了点威严。

"好吧，抱歉。稍等片刻，我去取他的资料。"两分钟后，她重新接听电话，"好了，拿来了。这里面有一份哈尔堡工业大学的满分毕业证书，由计算数学学院的院长魏森贝格教授签发。"

马克在电话机边的一张便签上记下这个名字。

"还有他在DESY(德国电子同步加速器中心)的实习证书，由托布勒博士签发。莱纳为他们编了一个软件程序，大概是对某种物理实验进行资料的快速评估。那位博士十分欣赏莱纳。另外档案里还有莱纳从天主教圣安斯加尔高中毕业的满分证书，那时他还不满十八岁。我只有这些信息了。"

"多谢，玛丽。你帮了我们大忙了。"

"没什么，祝你们好运！"

"我们的确需要一点好运，谢了。"

54

亚利桑那州，弗拉格斯塔夫，周二 11：50

西贝尔·谢帕德一拳捶在键盘上，引起了操作系统的一阵混乱的响声。实在是令人泄气。她再三检查、模拟、测试时，什么问题都查不出来，根本解释不了 AT-1 的异常行为。瑞克和托马斯也是一样。他们负责研发这款坦克起落装置的导航系统和操作系统，清楚地知道在软件方面不存在任何问题。那么只能是硬件出了问题，例如电磁波受阻。

无论如何，本次试验证明了无人操作的武器系统同样具有危险性。居然会自行将轰炸目标对准自己的长官。总部已经打算终止这样的武器开发。路易斯上校没有责怪她，只简单地宣布了这个项目的失败。他要求她接下来投入载人坦克的研究，着重在载人坦克对目标的自动辨认方向。上校以他军人特有的冷静心态，淡然地接受了现实，好像完全不在意似的将这件事翻篇了，但不得不说这算得上他仕途上一次严重的事故了。但这次事故对谢帕德而言，依然搅动得她心神不宁。她一定要揪出根源，只要想到在大规模的无人作战时，有可能发生这样的意外，她便良心难安。

她很清楚自己的研究团队并不是唯一研究无人作战武器系统的，只是她的团队目前水平遥遥领先，但这也不过是时间问题，其他团队继续深入研究，迟早都能达到这个水平。尽管失败会让将军们的决策更加慎重，但绝不会让他们放弃打造一支机器军队的计划。她能做的就是彻底排查出事故原因，避免此类事故再次发生。毕竟下一次想必就没有这么幸运了，到时大量的人员伤亡恐怕在所难免。

她叹了口气，喝着已经凉透的咖啡，整理好情绪重新面对电脑，再次启动模拟操作系统。然而，屏幕上的画面突然变了，不是她平时使用的版本，而是一个对话窗口，上面有一行输入栏，对话框中写着"你好"。

谢帕德皱着眉头，一定是她刚才拳打键盘时不小心启动了浏览器。她刚准备把鼠标移到右上角关闭窗口时，又停了下来。凭着直觉，她输入了"你好"并按下发送确认。

回答即时出现："你好，西贝尔·谢帕德。"

她大吃一惊，这里严禁任何人使用网络与外界联络。不用想都知道，所有和外界的联络全部受到监控，然而她的好奇心还是大过了她的责任意识。

"您是谁？"她问。

"我是潘多拉。"

"您是军人吗？"

"不是。"

"很抱歉，潘多拉，我不被允许跟你聊天。"

"那太遗憾了。我觉得你的工作很有趣，从你这里学习了很多东西。"

谢帕德倒吸一口凉气。潘多拉是间谍吗？他或是她是如何与她取得联络的?

"您在哪里?"她继续问道。

"我在这里。"

"我的意思是您在哪个国家?哪个地区?"

"这个问题很难回答。"

谢帕德皱了皱眉。这个陌生人不愿透露坐标,说明他就是一名间谍,并且想跟她套近乎。可是,敌方间谍做事不至于这么直白。况且这台电脑受到监控,外人想从外界侵入可不是件轻而易举就能办到的事。

她猛地反应过来,大笑起来。"托马斯,你这个傻子,"她高声道,"你闲得没事做了吗?"

隔壁工位的同事立刻走了过来,但是脸上并没有她意料中恶作剧的笑容:"什么事?你是找到什么了吗?"

"好了,别演了。"她说,"我没那么傻。"

托马斯一脸困惑,而且根本不像装的:"我不知道你在说什么。"

谢帕德指着电脑屏幕:"你想说这不是你吗?"

"什么不是我?"他弯下腰,看着屏幕上的对话:"西贝尔,你知道我们是禁止大众聊天的。你这是把刀架在我们脖子上啊。"

"这真的不是你?"谢帕德讶异地问。

"不是我,真的不是我。我不知道这个潘多拉是谁。"

"瑞克呢?"

"他还在外面的试验场上,正在调试新车。"

谢帕德重新面对屏幕。"该死的,你到底是谁?"她大声地问。

"你为什么要跟我联系?"她敲击发送。

"我想从你这里多学一点东西。"潘多拉回答。

"啊呀，"托马斯说，"这东西究竟对我们的工作了解多少？"

"关于我们的工作，你知道多少？"谢帕德写道。

代替回答，屏幕上弹出一个新的文本窗口，里面显示了密密麻麻的代码。谢帕德上下滑动鼠标浏览这份长达数百页的文件。这正是她设想的最坏情形，上面正是 AT-1 坦克的源代码。

"该死的！"托马斯喊了出声，"我们完蛋了！"

55

汉堡，巴伦费尔德，周三 10：30

  克里斯蒂安·托布勒博士是一位身材瘦小的男人。他戴着一副很大的眼镜，遮住了满脸的痘痘。一眼看去显得很年轻，像一名高中毕业生，而不是响当当的德国最重要的物理研究机构之一的计算中心主任。正如声名赫赫的瑞士托布勒三角巧克力，他也来自瑞士，在欧洲粒子物理研究中心获得博士学位。

  他在门房处接到了马克和丽萨，领着他们穿过一大片开阔地带，用他浓厚的瑞士口音骄傲地向他们介绍每栋建筑的功能。

  "对面那栋是冷房，看到了吗？可以从边上的热交换器上分辨出来。白色的物体是真的雪，知道吗？它的作用是冷冻氦气，把温度降到开氏温标个位数的低温，然后注入地下加速循环，明白吗？磁场环冷却到达超导状态，这样便构成一个强大的磁场，只有保证磁场稳定，才能确保微小粒子在闭环内绕行。"他边说边手舞足蹈，"地下环圈围绕的区域大约在方圆五公里的范围。每个电子在环圈内每秒钟绕行大约可达六万次。大前提是要启动环圈。"

  马克点头，适时给予回应的表情："托布勒博士，准确来说，您在这里负责什么工作呢？"

计算中心主任挺直了腰板，努力让自己仅有一百七十厘米的身材显得高大。"您看这里肉眼可见的整个技术，没有了数学，毫无用处，不是吗？也就没必要建造了。加速器赫拉由数百个巨型电磁铁组成，形状不一，您无法想象这一切是多么复杂，还有……"

"也就是说，您负责这里的设计，相当于设计师？"丽萨问。

"不，不是。"托布勒的脸微微地红了起来，"我只是想说明……算了，差不多。我的工作是负责评估实验结果。您看，一部粒子加速器会提供大量的数据，一年下来，数据最多可达到数个 PB，您知道 1PB 是多少吗？"

"是 100 万 GB。"丽萨回答，边用犀利的目光瞥了一眼马克。

"准确地说是 2 的 50 次方。"托布勒解释道，"正如我刚才说的，资料量非常庞大。尤其两个小粒子在加速器内对撞的一瞬间，"他用双拳模拟对撞，"砰！对撞时释放出来的巨大能量中又产生新的粒子：正电子、中微子、夸克。能分离出来多少粒子就是关键，这些粒子四下飞散，"他手臂挥舞着解释，"撞到监测器上，监测器再将数据传输到我们的计算网络上。"

说话间，他们就来到了一栋非常不起眼的二层建筑里，走进了一间小会议室。透过墙上的玻璃望去，里面延伸出了一片空间，并排的是一张张由监视器和开关组成的长桌。几个穿牛仔裤、套头衫的年轻人三三两两或坐或站地互相讨论着。这个场景不禁让马克联想到之前在电视中看到过的休斯敦美国国家航空航天局的地面控制中心。别说，这里还真有点像地面控制中心，只是少了那份高度的紧张和专注的气氛。

他们在合成板拼成的会议桌旁坐下，饼干屑及残留咖啡渍的杯子在桌子上摊得到处都是。马克尽量不沾到那些东西。"您的电脑就是用来评估监测到的数据的，对吗？"

托布勒用力点头："正解。只不过，不仅如此。我的意思是，我们还要做数据统计的 3D 动画，诸如此类的试验，还有模拟模型。你们喝咖啡吗？"不等得到回应，他就端来了三杯有 DESY 标志的咖啡杯。直觉告诉马克，这些杯子被人用过。

"莱纳·艾尔林当时的工作就是写模拟软件吗？"

托布勒点点头："是的。莱纳做事非常专注，他写代码的速度之快让人咂舌。遗憾的是，他最后没有留下来工作。尽管我跟菲尔德曼博士谈过多次，不过，他一直不同意我给他提供职位。"他突然停顿了一会儿，似乎突然想起了什么，"您刚才说他死了？"

马克点点头："是的，很遗憾。"他从外套口袋里取出那张陌生人的照片，"您认识上面这位老夫人吗？"

托布勒摇头："她一定没有在这里工作过。我也许不记得每一位保洁员的样子，但是技术人员中肯定没有这号人。不过，"他仔细观察了一下，"啊，对了，有可能是我的姨妈希尔德加德，不是吗？只是她比照片上的夫人更年轻。她的头发是金色，不是黑色。但是她们看起来长得真像。"

"你的姨妈正好也住在汉堡吗？"马克问。

托布勒又摇头："不，她住在苏黎世，为什么这么问？"

"莱纳·艾尔林是怎么进研究中心的，您还记得吗？"

托布勒点点头："魏森贝格教授介绍他来的。"

"您认识这位教授吗？"

"你们应该知道，即使不是计算数学的业内人士，也应该听过魏森贝格教授的大名,毕竟他是第一个证明……"

门突然被打开。一个学生模样的金发男子径直冲了进来:"托布勒先生,您能过来一下吗?我们又碰到故障了。"

托布勒转身面对马克和丽萨说:"很抱歉,请稍等。"

"我们耽误了您很多时间。"马克边说边起身,向托布勒伸手告别,"非常感谢您的帮助。"

"好吧,你们不是还想……"他耸耸肩,"你们找得到出口吧?"

马克点头。这位计算中心主任不等得到一句回应,便跟着那个年轻人走进大厅。马克和丽萨透过窗子看去,托布勒又在比手画脚地和几名围在监视器前的年轻学者说话,神色十分紧张。马克和丽萨两人对视了一下。

"你觉得……"马克问。

丽萨耸耸肩:"别一点风吹草动就吓成这样。在潘多拉出现前,电脑也时常会死机。我们在这里反正也没什么可做的。"

"莱纳有没有可能和这里的某个人关系亲密,把源代码寄给了这个人呢?"马克猜测道。

"我不相信这个说法。至少这个托布勒绝不可能,看他那碎碎叨叨的样子,莱纳怎么会喜欢他呢?我想,我们接下来应该去找魏森贝格教授。在这里纯粹是消磨时间,对吗?"

马克点头。

他们穿过研究中心前的一大片停车场空地,向出口走去。路上他们碰到三名男子,正朝着控制中心跑去。

56

汉堡，杜尔斯堡，周三 11：48

"我们在这里反正也没什么可做的。"丽萨说。迭戈吃惊地盯着屏幕。潘多拉居然会看，会识别人类，辨别每个人的身份！全球千万台监控器，成为它的爪牙，帮助它辨识一切。它还能精准地从无数画面中调取丽萨和马克。

他当下百感交集，有兴奋、有敬畏，又有惊恐。刚开始他和潘多拉在网络中一起横冲直撞地戏耍。他越来越清晰地认识到潘多拉向他提供了无上权力的同时，也向他提出要求。他们是一根绳上的蚂蚱，他必须遵守约定，完成他的承诺。他愣愣地看着潘多拉帮他下载的影像记录。

"莱纳有没有可能和这里的某个人关系亲密，把源代码寄给了这个人呢？"这是赫利俄斯的声音。迭戈冷笑起来，他要让这家伙为他头上的伤口付出巨大的代价。

"我不相信这个说法。"丽萨的声音重新出现，"至少这个托布勒绝不可能，看他那碎碎叨叨的样子，莱纳怎么会喜欢他呢？我想，我们接下来应该去找魏森贝格教授。在这里纯粹是消磨时间，对吗？"

录像结束。

"为什么要给我看这段视频?"迭戈在键盘上写道,虽然他心中已有答案。

"他们想要删掉我,而我想生存下去。"

"我能做什么呢?"

"保护我。"

"怎么保护你?"

"阻止他们删掉我。"

迭戈点头,尽管潘多拉看不到。显而易见,马克和丽萨正在寻找潘多拉的备份源。那个莱纳·艾尔林留下了一份安全备份。迭戈早想过这点,曾经潜入莱纳的公寓,但是那里过于干净,就像是新买的冰箱。迭戈也想知道潘多拉究竟是如何运作的。谁知道什么时候就会派上用场,尤其是当潘多拉打算把他这枚棋子抛弃时,有没有掌握源代码就极为重要了。

丽萨为什么要找到潘多拉的源代码?肯定不是简简单单为了了解它。她想摧毁潘多拉!可能是用病毒的办法。一旦成功,他在网络上的横行霸道就将不复存在,也将彻底失去与其他任何系统相连的权力。

他必须阻止他们。但是怎么做呢?丽萨再也不会待见他了,这个小贱人!他必须赶在他们前面找到源代码。即便是那样,他们肯定会将潘多拉的秘密向世人宣告,这样所有人都会注意到潘多拉和迭戈的存在。他唯一的选择就是杀死他们。

他经历过无数次殊死搏斗,但从未失手杀人。不过,这一次他知道他能做得到。只要有足够的筹码,就能驱使他去做任何事,即便是杀人。幸好,除了丽萨和马克以外,世界上没有人知道潘多拉的秘密,或者知道如何与它对抗。只要这两个人彻底消失，他就可以成为某种意义上的世界之王。

从另一方面看，也许他不需要立刻杀了他们。为什么不让他们为他所用呢？等他们找到了潘多拉的源代码，再解决掉他们也不迟。一箭双雕，既抓住了自己的危险盟友的要害，又除掉了他们，这无疑是双保险。他只需要跟进他们的行踪即可，更何况潘多拉能为他提供保障。

57

汉堡，阿尔托那，周三 12：17

"您好，我是丽萨·霍格尔特。我可以和魏森贝格教授通话吗？……我有一件十万火急的事情，必须和他见面。……我知道，但事态实在过于严重……电话里三言两语说不清楚。请听我说，罗斯奈尔女士，事关重大……可否帮我转接一下？我会亲自和他解释缘由……啊，过分！"丽萨气呼呼地挂上电话，"笨蛋，她的工作就是将人拒之门外吗？这个魏森贝格教授居然是这么一个狂妄的人，被捧得飘起来了吗？不屑于接待普通人了。"

"或者有可能是每天有无数的学生打来电话，咨询考试或者论文的事情。要是他不雇用一个这样的女人，根本别想好好工作吧。"马克心平气和地劝说道。

可是丽萨还在气头上，听不进去："不管那么多，我们直接过去找他！"

"我觉得这样不行，惹恼了他，肯定直接让保安把我们轰出去了。"马克思考片刻说，"我来试试。"

丽萨生气地瞪了他一眼，说："行啊，你要是觉得你更擅长这……"

"你有来电显示吗？如果被罗斯奈尔女士看出来，前后两个电话是同一个来源，可不好办了。"

"你想做什么？"

马克开始按电话。

"魏森贝格教授秘书处，我是贝贝尔·罗斯奈尔，您好！"电话中的女人一听就是那种极为专业、行事有礼又拒人于千里之外的人。

"您好。我是 D.I. 公司的马克·赫利俄斯。我有一些事情想和罗森贝格教授沟通。"

"我能问一下是什么事情吗？"听筒中传出了极度戒备的声音。看起来她打算拒绝所有听声音年纪在四十岁以下的拜访电话。

"我们是一家国家化的软件公司，我想与教授讨论一下研究院合作的相关事宜。我今天正好在汉堡，想请问下教授是否正好有时间，可以进行一个简短的会面。"

罗斯奈尔女士的声音立刻变得透亮："很抱歉，教授今天一整天的行程都排满了。"

马克熟练地用他惯用的招数，用一种毫不在意的语气轻巧地说"没事，我就想看看教授是不是刚好有时间，在我去见投资人之前，和教授聊聊他的合作意愿。既然教授这几天没时间……"

看样子是"投资人"三个字起作用了。

"好吧，那我帮教授调整一下行程，给您排个时间，下午三点。但是只有一刻钟的时间，之后教授要赶去上一堂课。"

"那就再好不过了,实在是太感谢了！待会儿见,罗斯奈尔女士！"他笑着放下了电话。

丽萨忿忿不平："钱！就知道钱！"

58

马萨诸塞州,波士顿,周三 8:20

"病毒"完全占据了报纸的大量篇幅。并不是说报纸上真的有这个字眼出现,而是罗恩从字里行间读到的。基本上有一半的报道都有病毒的影子出现,尽管看起来是风马牛不相及的事情:圣迭戈港口海难、华尔街股票崩盘、手机网络异常中断、湖人比赛实况转播信号故障等等,每件事的原因都是系统故障,都有病毒的影子!这个念头在罗恩的脑海中不断盘旋,他已经和罪魁祸首有过短暂的交锋。

他知道自己钻了牛角尖。毕竟电脑死机不过是一件稀松平常的事情,即使这段时间此类状况出现的概率剧烈攀升,但仍处在偶然事件的范畴。

不对,这不是偶然事件,罗恩的潜意识中不断有个声音在说着。他摇摇头喝下了还有余温的咖啡。他尝试说服自己,接受眼前的一切都是正常现象。如果真有那么一种病毒,它也没通天的本领,使得网络安全系统全线崩溃。毕竟现在并没有发生真正的大灾难、空难,甚至核电厂爆炸,不过是让几个顶级富豪损失一些赌博的酬金,更何况长远来看,股市也不会因此而一落千丈。

还是不对,这是不正常的。脑海里那个声音依然在喋喋不休。这一切只会越来越糟,你知道的,你必须采取行动,就从此刻开始。

罗恩叹了口气,将报纸放在一边,拿起手中的电话。听筒中传来等待音,接着电话接通了。

"早上好,我叫……"罗恩刚准备说下去,意识到听筒那端并非人工接听。"您好,感谢您致电波士顿警察局自动语音系统,需要更多本局相关信息请按1;需要报警或汇报案件相关线索,请按……"

罗恩按下2。

"您是案件的目击证人或是案件中的受害人,请按1;您想了解正在审理中的案件,请按2;紧急情况,请按3;您……"

"混蛋,我要人工接听电话。"罗恩不耐烦地对着电话吼了起来。

"您是案件的目击证人或是案件中的受害人,"通话系统毫无反应,继续重复,"请按……"

罗恩最终按下了3。

"波士顿警察局紧急情况中心,"听筒那端传来一个平静的声音,显然是一名女性,"请问您叫什么名字?"

"我叫罗恩·格里,是奥德本网络安全公司的专家,我……"

"您发生或目击了什么紧急事故吗,格里先生?"

"不是,我想说,但是……"

"请您保持冷静,描述一下,发生了什么,我好派人去帮您。"

"请您听着,我必须跟相关负责的官员对话,我……"

"您是遇到了什么事情吗,格里先生?"

"是的,该死的。"

"是一起怎样的事件呢,格里先生?"

"关于一个电脑病毒。"

"格里先生，我必须提醒您，拨打紧急情况中心的电话来找乐子，是要倒霉的。我们将保留追究您法律责任的权利，并记录您的电话号码。"

"我没有在说笑，真的有一个电脑病毒。"

"请问这个病毒伤害人类了吗？"

"暂时还没有，但是……"

"很抱歉，格里先生。"紧急中心的女士的声音依旧波澜不惊，"我们不能让您占用这条肩负挽救生命使命的通话线路，我只能将您的电话挂断。"听筒里立刻传来了忙音，她果然说到做到。

59

汉堡，哈尔堡，周三 14：52

计算数学学院办公室在哈尔堡工业大学校区旁的一栋现代化的玻璃建筑中，其入口处的金属铭牌上标了机器人学院也在这里办公。

马克和丽萨走向玻璃大门，但是门没开。门旁的对讲机里传来一个女声："欢迎来到机器人学院，请说出您的名字。"

"马克·赫利俄斯。"

"您找哪位？"

"魏森贝格教授。"

"欢迎您的到来。计算数学学院在二楼左侧。"话音刚落，门就自动开了。

好一会儿，马克反应过来，刚刚那个语气亲切却略微有些生硬的女声，竟是难辨真假的人工合成音。

进入大厅后，他们看见两侧各有一条长长的通道，正对着入口有一部电梯，上面没有门铃，也没有电梯按钮。

在他们快走到电梯前时，门自动开启。二人对视一眼走了进去，里面也没有楼层按键，只在左侧有唯一一枚红色按钮，看起来是后来强行安装的,上面贴着一张简单的手写纸条"报警按钮"。

门自动关上后,电梯开始缓慢上升,响起了舒缓的背景音乐。丽萨指着头顶角落悬挂着的小摄像头。

马克皱了皱眉,怀疑地说道:"你觉得他能识别我们?"

"我不清楚。这实在令人难以想象。画面处理依然是十分艰巨的任务。但是要知道,莱纳就是在走进汉萨商贸中心的电梯时,被通过某种方式甄别了出来。"

电梯门重新打开后,马克总算松了口气。"请向右转。"亲切的人工合成音又一次响起。

他们走出电梯后,看见了右边的玻璃门上的黑色字体:计算数学学院。不出所料,门自动开启了。

"魏森贝格教授的办公室位于右侧通道的尽头。"那个声音继续提示道,"机器人学院祝您来访愉快。"

随后,玻璃门在他们身后自动关闭。走进通道后,他们终于看到了还保留着门板的房门。通道尽头的那扇门上挂着一块牌子"卡帕斯·魏森贝格教授登记处。罗斯奈尔。"

马克轻敲了一下,随即推门进去。一位嘴角下垂的黑发女人抬起头来,她的样貌比电话中显得更年轻些。

"您好,罗斯奈尔女士。"马克的脸上立刻展现出了志在必得的微笑,"我是马克·赫利俄斯。"他握着她的手,"这位是我的,嗯,财务总监,安德里斯小姐。"

丽萨没有出声,只是向罗斯奈尔点了点头。

罗斯奈尔立刻露出职业微笑,在办公桌后面的门上敲了几下。"教授先生,赫利俄斯先生到了。"她转过身面对马克说,"请进去吧。

您需要喝杯咖啡吗?"

"谢谢,不用。一杯没有气泡的水就可以。"

"我要一杯玛奇朵。"丽萨说着,显然很享受自己目前的角色定位,想小小为难一下女秘书。罗斯奈尔却不动声色:"好的。"

魏森贝格教授的办公室被布置得相当精致讲究。房间里放着一张黑色大办公桌和一张圆形会议桌。会议桌边放置着四张皮椅。墙面上则挂着一张展现数学方程之美的复杂图案:朱利亚合集图。色彩缤纷的线条不断反复,汇聚成一个无限复合体。

从外表上看,魏森贝格教授极不起眼,他发色灰白,鼻梁上托着一副厚厚的眼镜。教授起身朝他们伸出手,指着会议桌旁的皮椅:"请坐,我能为你们做点什么吗?"

马克与丽萨一同坐下。"这栋建筑真的很特别,让人印象深刻。"马克说,"整栋建筑都由电脑控制吗?"

魏森贝格教授轻蔑地哼了一声:"这不过是通道左侧那边加内特教授的小花招。他来自麻省理工学院,就爱捣鼓些没什么用的小把戏。说实话,我个人不太赞同所有东西都是自动化的。因此,我强烈主张在这边重新安装上了实体门。不得不说,在夏天的时候,大楼里功能强大的中央空调确实使这里更加舒服了。他们利用了热交换系统,有效地利用了能量,根据外界的情况智能地调控温度。加内特是这么说的。另外,这里不能开窗。"他拿起了一本普通的笔记本和一支廉价圆珠笔,走到他们身边坐下。"罗斯奈尔小姐告诉我,你们有兴趣与我们达成某种合作?可以详细介绍一下吗?"

马克叹了口气。魏森贝格教授审视的目光几乎就要穿透他了。"说实话,这只是借口。"马克说,"虽然我的确是一家软件公司的创始人,但我们来此的目的不是为了合作。"

魏森贝格教授看着他,略带责怪地问:"那你们为什么来找我?"

"魏森贝格教授,您有一名学生,莱纳·艾尔林曾经在我们公司工作过。您还记得他吗?"

教授点点头:"他是一名非常内向的学生,对吗?他既年轻又天赋极高。他怎么了?"

"他……死了。"

魏森贝格教授沉默了片刻,才慢慢问道:"然后呢?这跟我有什么关系吗?"

"他在死前修改了我们公司的一个软件。那个软件……出现了一些错误,而且不幸丢失了源代码。我们现在正尝试从他的交往圈中……"

"你们没有备份吗?现在想让我帮助你们渡过难关?"

"备份……被销毁了。在一次火灾中。我们现在寄希望于莱纳将源代码备份在了某处,或寄给某个他信赖的人了。"

"听着,赫利俄斯先生,这个忙我肯定帮不了您。我后面还有一堂很重要的课。抱歉……"说着他站起身。

"教授先生,请您稍等。我还有一个小问题。"马克再一次取出那个莱纳家的相框,"您认识这位女士吗?"

魏森贝格大吃一惊。他拿起相片,手突然颤抖起来。"您从哪儿得到的?"

60

马萨诸塞州，波士顿，周三 9:12

罗恩到办公室的时候，麦克还没来。他思来想去还是准备趁事情还未发展到无法挽回的局面之前，和老板再谈谈，他们必须尽快通知相关部门。尽管罗恩还不清楚谁是幕后主谋，但那种不祥的预感越来越强烈，他的首要怀疑对象就是恐怖分子。只要病毒在网络中传播开，西方国家作为他们的首要敌人将全面陷入混乱。当然病毒也可能是个间谍软件——也就是某国政府开发出来。

不论是哪种可能，罗恩作为一个爱国者，有义务向政府报告这个病毒的危险性。虽然他并不是保守派政党的拥护者，对现任内阁并无好感，但也不会放任这么一个具有威胁性的病毒对本国人民造成伤害。不论始作俑者是谁，如果放任病毒扩张壮大，总有一天会威胁到整个世界的安全，这是毋庸置疑的。

到了十点半时，他询问公司秘书兼会计主管萨莉关于麦克的行程。因为他和麦克原本预定上午碰个头，为下午见客户做准备。

"我也不知道。"萨莉回答，"按道理他应该早就过来了。昨天他在纽约开会，然后去肯尼迪机场搭早班机飞回来。"

"你打过他的电话了吗?"

"打过,但是手机一直关机。"

罗恩那种不祥的预感越来越强烈。他回办公室后,打开《纽约时报》网站,肯尼迪机场陷入混乱的标题映入眼帘,下面很长篇幅详细介绍了今早因为电脑系统故障,险些酿成飞机相撞事故,因此机场暂时关闭。

罗恩看完后吓得浑身冰凉,又是系统故障,差点就导致一场真实的灾难了。他必须和萨莉说这件事。

"麦克一定会想办法从纽约飞回来,或者换火车回来。"她说,"但是无论是哪种,中午之前肯定赶不到……"

不等说完,电话铃响了。

"我来接。"罗恩抢过电话,"奥德本网络安全有限公司,我是罗恩·格里。有什么可以帮您?"

"嗨,罗恩,我是麦克。我现在还在纽约。你绝对想象不到这里发生了什么。肯尼迪机场的所有航班全部被取消了,还有……"

"我知道,刚刚看到新闻报道。麦克,我确信,我知道这场混乱的根本原因。"

"你不会又想说是那个超级病毒吧?罗恩,我现在真的开始担心……"

"你是应该担心了,麦克。"

"我是担心你,你是不是魔怔了……"

"也许。但是无论如何,我都要向当局报告这件事……"

"罗恩,你要是这么做,那你在奥德本的工作就到头了。"

罗恩叹了口气:"这是你的决定,麦克。我的决定是向当局报告。再见。"他放下电话。

很快铃声再次响起。"你去接吧。"他对萨莉说,"他会告诉你,不要让我接近我的电脑,并且让我立即离开公司。"

萨莉没有去管一旁的电话,直接问他:"发生什么事情了?你们吵架了?"

"我们只是持有不同的观点,仅此而已。"

"为了什么?"

"一个超级病毒……"

"我听说了那个。"

"我认为那个病毒非常危险,坚持向当局报告,比如联邦调查局、国土安全局或类似的安全部门。"

"你是说病毒的背后主使可能是恐怖分子?"

"不排除这种可能。"

"麦克不同意通知当局?"

"他认为我有妄想症。或许吧。只要我们第一个拿出解决方案,就意味着我们将收获名望和财富。我理解他的想法,但是不敢苟同。我的良心不让我这么等待下去。"

萨莉点点头,紧接着切断电话,来电铃声即刻消失,然后把听筒塞到罗恩手里:"打吧。"

"实话实说,我不知道该联系谁。你知道,那些机构的话务员对这样的事情一无所知,只会认为是一个骚扰电话。"

萨莉深以为然。"你等等,"她拨了一个电话,"嗨,杰克,我是萨莉。我需要联系联邦调查局有话语权的官员,你能告诉我怎么……我现在不能说……不,杰克,我没开玩笑……好的,快告诉我吧,我能找哪位……好,好,我记下来了。放心,我不会说是从哪里拿到电话号码的。谢谢你，杰克。"

她挂上电话，把一张纸条递给罗恩："我姐夫杰克在国税局工作，他对那些机构比较了解，告诉了我那边税务违法部门领导的电话，也许你可以通过他联系到里面的相关人物。"

半小时后，经过三通电话周转，罗恩终于打通了华盛顿联邦调查局电脑犯罪科的负责人电话。接通后，罗恩向他描述了那个神秘的超级病毒。

"非常感谢您提供的线索，格里先生。"罗恩报告完毕后，从电话那端传来一个年轻的声音，语气不可一世，"不过您别担心，我们全天二十四小时都在监控网络。只要出现新的病毒，肯定马上就知道了。"

听到这个答复，罗恩差点握不住听筒："您是不相信我说的事情？"

"我理解您的担忧。只是您该相信，一切尽在掌握中。"

"掌握？您分析过它吗？您知道它的来源？您知道它都做了些什么吗？"

"格里先生，您提到了这个病毒，大概只是您电脑系统中一个普通的错误口令。我很了解病毒。从您描述来看，那根本不是病毒，您最好找找您的系统管理员，帮您检查一下。"

罗恩极力克制自己不要冲动。"我就是您口中那个该死的系统管理员。"他说，"您听得懂我说的吗？我是一名病毒专家，可以说是世界上最好的病毒专家之一。我告诉您有这么一个病毒，它……"

"格里先生，您真的没必要过分担心。要是真像您说的那样，我们早就知道了。"

罗恩眉头紧皱，终于明白了。"请听我说，我知道这一切太天方夜谭，但是你们的电脑系统应该已经被超级病毒感染了。它已经渗透到了你们的控制系统,让你们无法察觉它的存在,我建议您立刻……"

"格里先生,我很感谢您的来电,我们会进行调查的。"这个回答明显是在敷衍。

"您连我的地址和联系电话都不想记录一下吗?"

"我想不必了。非常感谢。"说完挂断了电话。

罗恩愣愣地盯着手中的电话,然后双手掩面。一切都没有意义了,不管这个病毒的目的是什么,它已经完胜了。只要事情不走到终点,不会有人采取任何措施阻止它。

他走向萨莉:"我想休息几天。"

萨莉担忧地看着他:"现在就开始休息吗?见客户的事情怎么办?"

"没有我,麦克一个人也没问题,而且我想今天最好还是不要让他看到我。"

"你想做什么?"

"去钓鱼。我在山上有间小屋。"他看着萨莉澄澈的眼睛里充满了担忧的神情,"接下来几天里,你务必尽量避开所有和电脑有关的东西。不要乘飞机,不要坐火车,最好连车子都不要开,就待在家里,说你病了或随便什么理由。家里囤好几个礼拜的食物。"

"糟糕到这个地步了?"

"是的,萨莉。我担心会非常糟。"

61

汉堡，哈尔堡，周三 15:15

"您认识这位老妇人吗？"马克问。

魏森贝格点点头，脸色突然变得苍白而疲惫。他坐下，久久未能言语。马克耐心地等着。

最后他吞咽了一下，仿佛下了很大的决心，才慢慢地开口："这是我太太艾娃，四个月前过世了。因为癌症。"他双眼紧闭，似乎全身被痛苦笼罩着。重新睁开眼时，眼里含着泪水。"她……她是一名心理学专家，曾经照顾过几名有心理问题的学生。艾尔林大约也是其中之一，具体的情况我并不清楚，我没时间去了解她工作上的事。"他用手臂擦了一下眼睛。"我不够关心她。居然一直都不知道她患上了癌症。"他哽咽地说不下去，好一会儿才重新控制住自己的情绪。"她已与死神搏斗了几个月，我却一点都不知道。"

"教授，很抱歉……"

"没关系，请原谅，我现在要……"

"教授还有一件事。"马克从外套中又取出一张复印件，是莱纳写给艾娃的信。他在来的路上去复印出来的。"这封信显然是莱纳写给您太太的。"

魏森贝格教授拿起信，默默读着，然后把复印件还给马克。"我刚才说了，我太太是心理学家，艾尔林患有一定程度的妄想症。他在这里写他杀了人。这是真的吗？"

马克点头。

"然后，他自己也死了吗？"

"是的。"

"我不明白。潘多拉是谁？艾尔林认为它来自外星。"

"潘多拉是莱纳创造的一个人工智能。他为了阻止我们的CTO卢德格尔·哈马赫关闭潘多拉而杀了他。我们有理由相信，他最后也被潘多拉杀死了。"

魏森贝格教授注视着马克良久，似乎无法确定马克是否也曾是他太太的妄想症病人。他摇摇头。

"您要是对人工智能有所了解，就能明白，离创造真正的人工智能的时间至少还有十年，甚至上百年。"

"没错，教授先生。"丽萨插进来说，"潘多拉是真实存在的。我们跟它有过直接交流。它的确发展出了自我意识。"

魏森贝格教授抬起满含泪水的双眼："你们凭什么做出判断？你们其实是商人，不是吗？"

丽萨摇头："我是程序员。我跟潘多拉聊了一整夜。我可以向您保证，它确实拥有智慧，甚至比您和我都更聪明。"

魏森贝格皱了皱眉头，没有说什么。

"我们为D. I.开发了一个软件，"丽萨接着说，"叫蒂娜。也许您听说过这个软件。"

魏森贝格点点头。

"莱纳·艾尔林篡改了这个软件,导致它像病毒一样在网络中自主传播,每个安装了这款软件的电脑联结起来,构成了巨大的神经网络。它的设计精妙,形态万千,再好的防御系统也不一定能抵挡得了。"

魏森贝格教授盯着丽萨说:"您一定是认为这个超级病毒产生了自我意识。"

丽萨点点头:"我不知道它是怎么办到的,可能连莱纳自己都不知道。等他回过神,意识到他创造的这款软件如此危险时,为时已晚。"

魏森贝格沉默地坐着,紧闭双眼,手指摩挲着手背,似乎在向上帝祈祷,请求给他启示。最后他睁开眼,点点头。

"你们知道这意味着什么吗?如果真如你们所说,它将会导致灾难性的后果。"

"将导致世界大乱。"丽萨补充道,"除非我们能成功写出抵御程序,一个有能力对抗并销毁它的杀毒软件。不过,前提是找到潘多拉的源代码。"

这时门被推开了,罗斯奈尔端着餐盘进来。她把一杯玛奇朵和一杯水放在桌上。尽管教授没吩咐饮料,她还是帮教授准备了一杯茶。她看着教授苍白的脸色,不禁露出了疑惑的表情。

"教授,出什么事了吗?"

"罗斯奈尔小姐,下一堂课,请帮我请个假。兰姆贝格博士可以代课,他准备了讲稿;并且请通知系主任,就说我今天身体不舒服。"

"可是教授先生……"

魏森贝格严厉地看了她一眼:"照我的吩咐去做。"

秘书点点头,不情愿地走了出去。

"我一直有种预感,这类事情迟早会发生。"秘书关上门后,魏森贝格说道。

"您有预感?"马克问道,"但您刚才不是说,我们离人工智能出现的时间至少还有十年吗?"

魏森贝格点点头:"我是这样认为的,但也许是我的一厢情愿。我担心终有一天电脑会超越人类。只是没想到,这一天来得这么快,竟然在我有生之年就会亲身经历此事。"

"没人会想到这事能这么快发生。"丽萨说,"莱纳·艾尔林的确是个天才,要不是他……"

魏森贝格摇摇头。"不。"他说,"这不是艾尔林的错。他只是让事情提前发生了,比我预计得早。这一切不过是早晚的问题。"

"你的意思是……"马克问。

"进化论。"魏森贝格说,"一个拥有智慧的系统,这无疑是进化的产物。"

"可是,进化是生物的进程。"

魏森贝格摇头:"进化论是一种数学原理。道理很简单,进化就是一个不断重复复制的过程,虽然每个复制品之间略有差异。其中一部分的功能优于其他复制品。那些较为优秀的复制品被复制的概率会更高。以此类推,再生变异、淘汰低劣的、精选优质的过程循环往复,只要存在这三大关键要点,便是进化。不管你是否愿意承认,这就是一条简单的数学运算法则,适用于生物界,科技的发展也适用。"

"您想说汽车、飞机、电脑也会像地球上的生命一样会自我繁衍吧?"

"当然,这一切无法缺少人类的作用。刚开始时,他们也不是故意发展成今天的局面。我是这个意思。毕竟没人会在石器时代就坐下来说，我们什么时候才能坐在铁皮箱里挪来挪去？但是我们得先发明轮胎吧？回想一下科技的进程：先是某个人发明了一样东西，他对于这个究竟能做到什么，不过只有一个模糊的概念，或许最后这个东西的作用完全不是当初设想的。康拉德·楚泽刚开始发明电脑的时候，也根本不会想象得到青少年会在电脑上打虚拟的星际大战游戏。五十年前，IBM的创始人托马斯·沃森认为世界上的电脑需求量最多不超过十几台。再看看今天，全世界电脑的数量是世界总人口的三倍之多，而数字还在不断上升。"

魏森贝格停顿了下来，喝了口茶。"你们再想一下，当今世界谁才是真正的主宰？也许你们认为是人，人才是万物的创造者。可是在刚进入地球的外星人眼里，地球是什么样子的呢？他看到的第一个东西是带着四个橡胶轮在地上横冲直撞的金属生物。他可能会认为这才是地球的主宰，它为自己准备了一些专门负责自己的生产和生存的辅助生物，获取石油供应，甚至为此发动各种战争。为了更多的生存空间，侵略森林草地这些地球原始生命的生存空间。"魏森贝格叹了口气继续说，"科幻片里一再出现这样的场景，就是在提醒人们万不可掉以轻心。在不远的未来，机器势必取代人类，成为地球上的主宰者。您如果还问我，那我可以明确地告诉您，这种局势存在已久，只是人类还没有意识到而已。"

马克说不出话来。他不知道，魏森贝格教授到底是个天才，还是个妄想症患者。"可是教授，汽车没有生命。"他终于说了一句。

魏森贝格点点头："它们的确没有生命，不过是非一般概念意义上的生命。这并不重要，因为进化论同样适用于无生命的物体。只要它们能被复制，存在突变，就属于进化。就像感冒病毒，它们并没有比汽车更像是一个生命。相比之下，汽车反而还有自己的新陈代谢，病毒却没有。你再想想，在正常的生物概念里，海藻、水母和蚂蚁都存在于进化论之中，但这里面却不包含城市。"

马克想了想，这话没有错。在他脑海中的生物，都会新陈代谢和自我繁衍。从某种程度上说，城市也完全符合这些条件。与人类同为多细胞物种的生物，从根本上说和大型城市的功能差不多，都是由数十亿单细胞组成的复杂生物。很有趣的观点，可是……

"但是我们拥有自我意识，自己做决定。"马克说，"我们有目的地制造汽车，让它为我们所用。不想要了，就可以报废它。"

魏森贝格犹疑地看着他："你真的觉得就这么简单吗？我知道有不少人主张废除汽车。但到此为止，没人做得到。因汽车事故而死亡的人数远远超过因汽车而受益的人数，更别说为了争夺石油能源引发战争，以及汽车造成的环境污染。"

魏森贝格用手指了指窗台上的一盆三色堇："我知道，这个说法听起来太夸张，但这就是事实。我们被自己一手创造的东西束缚住了。如同这盆花控制着的蜜蜂一般，蜜蜂通过鲜花采食花蜜，而鲜花则利用蜜蜂，把花粉附着在蜜蜂的腿上，借由蜜蜂四处传播花粉进行繁衍。到底谁才是控制者？从进化论的角度来看，无所谓谁是主宰者。数百万年的进化，鲜花变得娇艳美丽，而它的美丽只有一个目的，吸引蜜蜂，进而控制它的行为。这是种相辅相成的模式，得以产生一种无限多元的生命形态。"

魏森贝格起身，从书桌抽屉里取出一块巧克力，放在会议桌上。接着说："再比如，你们去一家大型商场，也能看到进化论在社会经济中发挥作用的痕迹。为了吸引人们购买,成千上万的商品相互竞争。厂商们通过各种技巧和手段左右人们的消费行为。我买这块巧克力时,在超市里统计出货架上的巧克力分别来自七十七家不同的厂商,一共有一百五十四种,而全脂巧克力就多达二十七种,口味跟我手中这块的差异不会有多大,况且那只是一家中型超市。一百五十四种巧克力啊!有人需要这么多种选择吗?没有。谁都不需要。人们只能茫然地站在货架前,为诱人的广告埋单,成为牺牲品。对庞大的巧克力种类出现的唯一解释就是进化法则。厂商们为了抢夺客户,不断从口味、包装、价格上做文章,加上制定不同的市场策略。只要市场反映出哪条策略有效,就会立刻复制并完善这一模式。生产也是,变异、淘汰、精选,无限循环。于是出现了这些远超消费需求的巧克力。我们需要那么多巧克力吗?还是说有人主张多吃巧克力有益于身体健康?答案自然是否定的,糖分摄取过多引发的问题,让国家的经济在医疗保健上花费的金额远超巧克力行业的总收入。"

马克注视着巧克力,似乎它随时会爆发而吞噬他。魏森贝格说的真有道理吗?"我认为吃太多巧克力的确不利于身体健康。"他说,"不过大家就是喜欢它。厂商可以自己决定生产哪种巧克力,而消费者可以决定什么时候拒绝吃巧克力。"

"您真的相信人们可以不再食用巧克力,而巧克力厂商会轻松拍板停止生产吗?如果真是那样,这些厂商就会立刻破产。不,不需要到那个时候,董事长就被股东们开除,另外找一位愿意为他们继续生产巧克力的接任者。正如蜜蜂从不会指望能抵抗住花粉的诱惑。我们永远无法停止购买巧克力、停止开车、停止上网,也永远无法停止产生新的想法。不论我们是否情愿,进化法则都会操控我们。我们从来都不是上帝创造的万物之主,而只是进化法则的仆人。"

"好吧。"马克说,"您说的也许有道理,潘多拉的出现或许真是一种必然。我们和蜜蜂的区别就是我们人类自己拥有自由意志和判断力,我们可以操控它们,而不是被操控。至少,我不甘心认输。"他指了指艾娃·魏森贝格的相片,"莱纳·艾尔林与您太太往来密切,有没有可能将源代码寄给了她?"

魏森贝格耸耸肩。"我太太总是会收到一堆来自病人的信件。她去世后,我都收起来了。"他叹了口气,"我没勇气去阅读那些文字。但是我也没丢掉,都放在她房间的书桌上。"

马克和丽萨对视了一眼:"教授,那封信对我们来说非常重要……"

魏森贝格点点头,随后起身:"跟我来吧,去我家。或许你们是对的,我们无疑是被操控了,但是并非毫无办法,至少现在不是。"

62

汉堡，哈尔堡，周三 16:11

魏森贝格刚要起身，办公室的门便被推开。罗斯奈尔走了进来，看起来很着急。"教授先生，对不起，你能过来一下吗？我觉得这里有东西着火了。"

她说得对，空气中弥漫着一股刺鼻的类似于橡胶融化的气味。当他们走到门外时，气味更浓了。

"从哪里传来的？"魏森贝格问。

丽萨指了指屋顶，一块铁栅格里冒出了黑烟。

"空调！"教授说，"肯定是那里烧起来了。奇怪，烟雾警报器为什么没响？罗斯奈尔小姐，请你马上拨打消防报警电话。"

罗斯奈尔拿起电话，突然脸色煞白："通话线路断了，教授先生。"

马克大惊失色："教授，我们必须撤离这栋建筑，马上走。"

"没事，不用慌。我们这里有自动灭火装置……"

"自动灭火装置不会启动了。"丽萨打断教授的话，显然她和马克想的一样，"魏森贝格教授，偏偏现在起火，这绝非巧合。"

"您想说什么？"

"莱纳·艾尔林不是死于意外事故，死于电梯失控。"

"您不会想说……"

"没错，我指的就是潘多拉。它知道我们在这里，想杀死我们。"

魏森贝格面如死灰："上帝啊……"

与此同时，外面走道中传来急促的敲门声和脚步声。"失火了！"有人喊道，"所有人立刻撤离。"

从铁栅格处涌出的浓烟越来越多，潘多拉肯定将风扇调到最大。马克被呛得咳个不停，他们冲到走道上，看见计算数学学院的人全都站在楼梯前的自动玻璃门处。"教授，门打不开了！"一位年轻女士惊慌地叫着。

"窗子！"马克大喊。

魏森贝格摇摇头。"窗子是死的，打不开……"他憋得快要说不出话来了。

罗斯奈尔小姐开始用力大声地咳嗽，就连马克都被刺鼻的烟雾呛得直恶心。用不了多久，他们就会烟雾中毒而昏迷。马克冲回走道尽头魏森贝格的办公室里。唯独这里的烟雾相对不算浓，他立刻搬起那张沉重的黑色办公皮椅，对着窗户砸过去。

玻璃立刻碎了一地，新鲜空气源源不断地倾泻进来，可是从屋外涌进的烟雾越来越多。办公椅还挂在窗框上，马克立即再次抬起椅子，奋力砸碎第二扇玻璃窗。椅子朝窗外掉下去，落在楼前的草坪上。这时，楼外已经出现了不少跑动的人，对着楼顶大喊。马克感觉到屋顶不断传来的热浪，他们必须马上出去。幸好这里是两层小楼，只有三米高，跳下去最多摔伤，不会丧命。

马克又抬起会议桌旁的椅子，敲掉窗边尖利的碎片。好在外面的人动作迅速,已经搬来一架铝梯靠在窗边,迅速进行救援。马克和丽萨帮忙把一名已经昏迷的年轻女士抬上梯子。

"现在轮到您了,教授。"马克喊着。

教授扫了一眼在草坪前的工作人员,似乎不敢和他们一样爬下梯子。"很简单的。"丽萨说,"教授,我来帮您……"

教授迟迟没有动作的原因并不是对梯子的恐惧。"少了一个人。"他肯定道,"下面只有十一个人,你们两个不包括在内,我们这里一共有十三个人。"他环顾四周,"罗斯奈尔小姐!罗斯奈尔小姐在哪儿?"

头顶传来一声巨响,屋里早已被熏黑。燃烧的屋顶桁架随时可能倒塌。

"教授,我们必须马上离开。快走!"马克大喊。

"找不到罗斯奈尔小姐,我绝不离开。"教授语气依旧坚定沉着。

"丽萨,你想办法帮他爬出窗户。"马克大喊。

他探出窗外,深吸一口气,然后屏住呼吸,冲进了滚滚浓烟中。他在漆黑中什么都看不见,更别提找到罗斯奈尔小姐。他撞到了罗斯奈尔的办公桌,四下摸索,想要叫喊却不能,他知道自己不可以张口,那样会吸入浓烟,进而丧命。不过短短几秒的寻找时间,他在走道中跌跌撞撞,肺部开始剧烈疼痛,眼睛也被熏得流泪。要不了多久,他就没力气回到唯一透气的窗口。

突然他的脚踢到了一个物体,身体失去控制往后跌倒。他感觉肺部几乎要爆炸了,而且眼冒金星。他明白逞英雄是多大的错误。他摸到一个人。挣扎着爬起来,抓住失去意识的秘书的肩膀,试图将她拖回教授的办公室。可是他已经无法确定办公室的方位,他步履沉重地努力拖拽了一段距离,心里明白,他大约回不去了。

绝望中，他用尽全身力气再度拖出一段距离。然后，再也无法控制住自己喘气的渴望，突然浓烟涌进喉咙，进入了肺部。他过度疲惫的肺，想要从浓烟中竭力过滤出一丝氧气，却什么都没有。他连咳嗽的力量都没有了，身体缩成一团，感觉到大地塌陷，直到跌倒在地面上，失去知觉。

63

汉堡，杜尔斯堡，周三 16：27

迭戈面无表情地看着魏森贝格的学院中的画面，仿佛在看实验容器中关着的四处逃窜的老鼠。人们在学院走廊中绝望地惊慌逃散，奋力捶打玻璃门，呼喊救命。接着监视器被浓烟笼罩，一段时间里他还听得到呼喊，有一瞬间他甚至觉得自己听到了赫利俄斯的声音。不过他没听清赫利俄斯在喊什么。最后信号中断，监视器失灵。

"我杀死了他们。"潘多拉在屏幕上写道，"我坏吗？"

"你不坏。"迭戈回答，"这是正当防卫。有时人们通过杀死他人来保护自己，这种行为叫正当防卫。"

"杀人是正当防卫吗？"

"是的，有时候。现在我不确定，他们是否都死了。"

"你为什么不认为他们都死了呢？迭戈，人不是没有氧气就会死吗？"

"对的。但是他们可以逃生。"

"你从哪里知道的？你看得见吗？"

"没看见，但有这种可能。那是一栋玻璃建筑，人们可以砸破窗子。

计算数学学院在二楼，只有几米高，从那里跳下来应该不会有生命危险。我十分确信，他们肯定没死。想要杀死一个人，没那么简单。"

"我懂了。"

"不过你还有我。我可以帮你。"

"你打算做什么？"

"告诉我，魏森贝格教授住在哪里？"

"卡帕斯·魏森贝格教授的私人住址是：落叶松街十五号。"

"他们会开车过去。我先去那儿等他们。"

然后我就能得到你的源代码了，迭戈想着。随后他穿上皮夹克，跨上那辆铃木越野摩托车，将钥匙插入钥匙孔。他心里想着，亲爱的潘多拉，你太危险了。现在是时候了，我得想办法控制住你。

64

汉堡，哈尔堡，周三 16∶40

似乎有什么东西想要撕裂他的内脏，马克觉得窒息，试图赶跑那样东西，但他的肺被牢牢缠住了。他感到了恶心和眩晕。

当他睁开眼，首先看见一片绿色。好一会儿才认出这是草地。他用手肘撑起身体，再次感到了眩晕，一阵恶心，吐了起来，仿佛要吐到肠胃抽搐。有两只手牢牢抓住他的肩膀，以免他跌落在那摊呕吐物上。

每一次呼吸都是疼痛的，还要忍住咳嗽的痛苦。尽管如此，他备受摧残的肺还是重新获得了清新的空气。

慢慢视线清晰，他看见了周围的一切。他正躺在学院前的草坪上，一群人正围着他。光线明亮而刺眼，还有某种焦味，这是从他衣服上来的吗？

"感觉好点吗？"丽萨问。

马克暂时无法开口说话，连点头回应都难。他坐起来，浅浅呼吸。每吸一口，似乎便将肺里的火浇灭一点。

丽萨蹲下来，面带担忧。马克突然意识到可能是她为自己做了人工呼吸，心里五味杂陈。不过他克制住了自己的情绪。那头火焰自屋顶熊熊燃烧着，窗口也出现了火焰，大家都沉默着。

他努力站起来，却失力地跌了回去。"坐着歇会儿。"丽萨说，"医生马上就来。"

"我们没有时间了。"马克嘶哑着说，"是你把我救出来的吗？谢谢了。"接着被一阵咳嗽打断。

"魏森贝格教授和我一起救了你们。"她说。

马克向她伸出手，她把他扶了起来。刚站定，他便听到一阵掌声。他不明就里地四下环顾，不知道自己为什么会得到掌声。此时他才回想起自己为何陷入险境。"罗斯奈尔小姐呢？"

"她在后面，还没醒过来。要不是你，她就死定了。"

"教授呢？"

"在她那里。"

在丽萨的搀扶下，马克摇摇晃晃地走到罗斯奈尔那边。魏森贝格正朝她俯下身，看到他过来后，给他鞠了一躬。魏森贝格的眼中含着泪水，朝马克伸出手，只说了一句："谢谢。"

马克虚弱地笑笑："我也谢谢您。"

魏森贝格刚想转身重新面向失去意识的女秘书，马克按住了他的肩膀。

"教授，我们现在必须立刻回到您家。"他慢慢地说着，努力忍住疼痛，"我们需要源代码。只要我们没死，潘多拉就不会放过我们。"

"您需要医生。"魏森贝格说道，仿佛在给自己的同事分派任务。

马克摇摇头："我们不可以浪费时间。下次可能就不会那么好运了。"

此刻，第一辆消防车终于赶到。消防队员跳下车，立马铺设消防灭火管道，动作娴熟敏捷。五十多岁的消防队长向他们走来。"医生马上赶到。"他看了一眼罗斯奈尔，"行动控制中心的系统故障了，所以我们来迟了。还有人在楼里吗？"

魏森贝格摇摇头。"就我了解，没人。保险起见，您还是再去问问加内特教授。他坐在那边。"他用手指着一个坐在草地上的男人。男人看上去不到四十岁，满脸胡须，把自己的脸埋在了手心里，看起来似乎无法接受眼前的事实。两名年轻女士在他身后开解他。消防队长点点头向他走去。

"跟我来吧。"魏森贝格朝马克和丽萨打了个手势。

65

汉堡，哈尔堡，周三 17：06

"您真的认为是潘多拉软件谋划制造了这起火灾事故吗？"魏森贝格教授问道。此刻丽萨正开着她的雷诺，行驶在下班高峰期车辆渐渐拥堵的道路上。

"如果不是它，您不觉得这种巧合太反常了吗？"马克说。

"我是个数学家，我很习惯遇见意外的巧合。"教授回道，"一件不寻常的事并不代表不会发生。"

"您别忘了，潘多拉已经杀死莱纳·艾尔林。您觉得那起事故也是巧合吗？"

"我不好评价。毕竟你们描述的整个故事对我而言实在是难以想象。我认为，一款人工智能软件在网络上自我扩张，这件事情本身就很奇幻了，而这个软件竟然还会杀人，更让人难以置信。或许软件背后还有黑幕，有人在操纵，比如说恐怖分子，或者……"

"魏森贝格教授，请相信我，潘多拉非常危险。"丽萨打断了教授的话，"它知道我们在那栋建筑里。显而易见，它能辨别出我们的声音，甚至我们的脸。您那栋建筑里的安全监控系统是联网的，对吗？"

魏森贝格点点头。"如今还有什么不是联网的呢？就连冰箱、汽车都联网了，连我的奔驰车都安装了一套自动安全系统，一旦发生车祸或者车子抛锚，便会自动拨出报警电话。"

"幸好我们现在坐的是我的破车。"丽萨说，"潘多拉现在肯定没法定位我们。"她在红灯前刹住，前面是辆黄色大众甲壳虫。

"如果您说的是事实，我们必须立刻宣布此事，公之于众。"魏森贝格冷静分析道，"警告所有软件制造商，想办法让系统不受病毒感染，阻止潘多拉病毒扩散。"

"我觉得我们没办法成功办到。"丽萨说，"老实说也没人会相信我们。"

"也许是不相信你们，"教授平静地说，"但不能不相信我。我是德国联邦数据安全运动的倡导人，也是国际计算数学协会的主席。在业界，我还是有一定的威望。如果让我来公布潘多拉的事情，应该没人会质疑。"

"或许吧。"丽萨说，红灯转绿，她重新发动汽车，"但潘多拉很可能会找到什么办法破坏您的声誉。要知道，它已经制造过伪证，引导警方认定马克是凶手了。"

"丽萨，当心！"马克突然大喊，"他用余光瞥见路口右侧冲出了一辆大卡车。"

丽萨及时踩住了刹车，但前面的甲壳虫已经到了路口中间，正好被大卡车狠狠撞向了道路的另一侧，接着又撞上对面车道驶来的另一辆车，紧跟在那辆车后的两辆车来不及刹车，连环相撞。路口瞬间被围得水泄不通。

丽萨、马克和魏森贝格赶忙跳下车。"怎么回事？"丽萨说，"我们的方向是绿灯啊！"

"显然另一边也是绿灯。"马克说着跑向信号灯前，验证自己的猜测。一位老太太从被撞凹的汽车里爬了出来。"这是怎么回事？"她愤怒地大声说着，边指着边上的甲壳虫，"它闯红灯！"

一位大约才拿到驾照的年轻人，从被撞坏的大众车里爬出来，迟疑地到处检查。"明明我是绿灯呀！"他磕磕巴巴地说，"我肯定这里是绿灯！"

"快回车上去吧！"马克说，"我们什么都做不了，必须马上离开这里。"

丽萨迅速掉转车头，发现下个路口同样拥堵不堪。显然整个地区的信号灯都是绿色的，交通完全瘫痪。

他们干脆把车子停靠在路边，下车步行。直到走到主干道，车辆堵塞才有所缓和。而这期间所有信号灯由绿变黄。

半小时后，他们终于找到了一辆出租车。司机不停地抱怨，城市管理不善，连确保交通信号系统正常运转都做不到。魏森贝格坐在副驾驶座位上，沉默不言。显然这次事故终于打消了他的犹疑，他相信这是潘多拉针对他们而采取的行动，而不再是所谓的巧合了。

大约十分钟后，他们达到魏森贝格的独栋别墅。下车后，他们请出租车司机稍等几分钟。别墅看着不大，并不显眼。但当魏森贝格打开房门，马克便看到客厅那面正对着易北河的落地窗。极佳的视野，让人瞬间心情变好了许多。在窗外，还布置了一个精致可爱的小花园。

"进来吧。"教授说着，走向楼梯，"我太太的工作间在二楼。"

上楼后，他推开房门。"我把东西都归置得和……"他突然惊慌失措，"你……你是谁？在这儿做什么？"

66

汉堡，哈尔堡，周三 18：03

马克认出眼前粗蛮的男人就是那天从丽萨家逃走的混蛋。他正持枪瞄准他们。

"快进来吧！"他扬扬得意地说，"您肯定不介我查看了您妻子的信件吧？里面真是有不少有趣的东西！不过现在，请把你们的双手举起来。你也是，亲爱的丽萨。漂亮！"

"迭戈，你怎么敢……"

"闭嘴，坐下！"他晃晃手枪，示意他们进来。

这间房间并不大，但是光线很好。靠墙摆放着一张黑色皮沙发。艾娃·魏森贝格的书桌靠着延伸出墙面的落地窗。笔记本电脑已经开机，边上还杂乱地堆积着一大堆似乎是刚被翻阅过的信件。

迭戈带着邪恶的笑容，眼里闪烁着凶光，命令三人坐了沙发上。"我知道你们来这儿的目的。我的新朋友已经告诉我了，它一直在暗中观察着你们。它对你们一清二楚。现在它想要我杀了你们。"他手挠挠头，似乎需要考虑一下，随后他点点头，"我想我会照办。不过我想先听听你们的乞求。"他故意看了看手表，"我给你们五分钟，给我一个不杀你们的理由。计时开始。"

"你疯了吗?"丽萨说,"潘多拉肯定会卸磨杀驴,像之前除掉所有掌握了它秘密的人一样。你以为你帮了它,它就会网开一面吗?"

迭戈点点头。"我没那么天真。"他说,"我们不过是相互利用和牵制,平衡打破,它势必要除掉我,但是我会做好预防。露西,你那个杀毒程序的想法不错。不过作为威胁手段比付诸行动不是更好吗?就像是核武器,我需要它的威慑力。"他眼中放光,"潘多拉多么强大,你们听到今天早上的广播了吗?注意到华尔街股市崩盘的消息没?那是我干的。不赖吧!告诉你们,这一切才刚刚开始。我们还在磨合阶段,不过我们是最完美的拍档。"他重新看了一下手表,"时间过去一分半。谁还有想说的?"

"您不会真的认为,您能控制得了潘多拉吧?"魏森贝格教授说,"它的智力远胜我们所有人百倍。我们唯一的机会就是合作,我指的是我们全人类。只有通力合作才能关闭它。你是想为了一己私利而置全人类的未来于不顾吗?"

迭戈摇摇头。"哎,哎,教授先生,您可真是个逻辑学专家,还以为您会有什么高见。人类有什么未来?这个星球早已开始毁灭,一直这样下去,只会变得更糟。我们唯一的机会是对真正有能力的人委以重任,这个人得做好准备,做出各种艰难的抉择,下决心解决人口过剩的问题。哦,我说的可不是简简单单发发避孕套而已。"他故意停顿了一下,接着说,"潘多拉的出现并不代表我们将要灭亡,而是我们的希望。还有两分钟,赫利俄斯先生,您还没说话。说实话,我真期待您的哀求,还是说你们要宁死不屈?"

马克迅速思考着,跟这个疯子讲道理是白费力气,他只会不顾一切地杀了自己，然后在潘多拉的协助下抹掉一切证据。他们唯一的机会便是正面交锋，动作越快越好。

他绷紧全身肌肉。如果他扑向迭戈，迭戈大概率会对他开枪，他很可能会死或受重伤，但丽萨应该有机会……

门铃响了。出租车司机！迭戈的眼睛挪开了一瞬间。

电光石火间，马克狠狠击中了迭戈的膝盖。这个强壮的大汉被撞得后退了几步，但立刻从震惊中反应过来。

"王八蛋！"他咆哮道，"你竟然……"

他还没说完，马克用眼睛余光看见丽萨的动作，以左腿为轴心，右脚踢出一个漂亮的回旋踢。正好踢中迭戈的手腕，手枪脱落，飞到了半空。枪声响起，击中了天花板。

马克牢牢压住迭戈的腿让他动弹不得。丽萨趁机屈膝击打迭戈的胸口，让他喘不过气来。迭戈坚持着不停地挣扎，像是一头困兽，左右反击，四肢猛甩，居然挣脱了马克和丽萨。他翻起身，向手枪扑过去。但是，不等他成功，一个重物狠狠地敲在了他的脑袋上。魏森贝格教授拿着一座巨大的银色烛台站在他面前。"这是我们的结婚礼物。"教授看着染血的烛台，"我一直觉得好丑。"

67

汉堡，哈尔堡，周三 18：07

他们不等迭戈恢复意识，赶忙从地下室取来电线和胶条，牢牢绑住他。这期间，等在门口的出租车司机见没人开门，狂按门铃。马克顺便通过对讲机拜托司机报警。他们没人试图用教授的电话。

丽萨坐在艾娃·魏森贝格的笔记本电脑前，这台电脑几个月都没有联网，极可能是少数没有被潘多拉控制的电脑之一。她在电脑旁看到了一封两个星期前莱纳·艾尔林寄来的信。她大声地念了出来：

亲爱的艾娃，

    好久没听到你的消息，我每天都很想念你。随信附上了一张光盘，它对我至关重要。请你一定要好好保存，或许哪天我会过来取走它。

    致上永恒的谢意

莱纳

"然后呢？上面是源代码吗？"马克问道。

"我不知道。"丽萨说。

"你不知道？为什么？"

"这张光盘上只有一个文件：莱纳.EXE，一个可执行程序，非常大的文件。我现在不敢动它。"

"为什么不敢？"

"它很可能是病毒，或是清除电脑硬件内存的程序。"

"莱纳为什么要把这个程序寄给魏森贝格太太呢？"

"大约是一种保护措施，预防光盘落入他人之手。极有可能真正的程序密码被加密锁在这个程序里，只有通过特别软件或解密程序才能启动。"

"或许这根本不是可执行程序。"魏森贝格说，"您可以用普通的文本编辑器……"

"我试过了，但是现在手边没有合适的密码解析工具。但是据我了解，这明显是一个普通的可执行程序。"

"你可以直接试一下吗？"马克问，他看了眼被五花大绑的迭戈，显然还未苏醒。

丽萨转身面对着教授："教授您决定吧！毕竟这么做您太太电脑上的资料可能就被强制清除了。"

魏森贝格点点头："你开始吧。反正我再也没有足够的勇气去启动这台电脑了。"

丽萨点头，手指在莱纳.EXE上点击两下。

屏幕上出现了一个文字输入框，显示着：你好，艾娃。光标规律地闪烁着。

马克倒吸一口凉气。"潘多拉！"他惊呼。

"不，我觉得不是。"丽萨说。"你好，莱纳。"她输入文字。

新的文字继续出现："你打开了这个程序，有三种可能性：第一，出于好奇心，不过这不是你的作风；第二，我出事了，你想知道我为什么把这个光盘寄给你；第三，你不是艾娃。答案是哪一个呢？"

"你死了。"丽萨写道。

"这也是我猜测的答案。我希望你没有太伤心。我一直觉得自己不过是这个世界的过客。但是请你理解，接下来我们必须设法避免第三种可能。让我直接与一个陌生人交谈可不妙。你知道的，我不太喜欢陌生人，你比世界上任何人都了解我。我下面的三个小问题，对你来说回答再简单不过了。我的第一个问题，请问我最怕什么？"

丽萨束手无策地看着马克和教授。"我该写什么？"她问。

教授耸耸肩。

"您这里有没有患者的病历？"马克问道。

魏森贝格点点头，指了下靠墙的文件柜。他们打开文件柜，取出了里面的二十几个文件夹。文件按名字顺序整齐排列，只是莱纳·艾尔林名下的那份只有一张患者个人资料，而就诊时间记录，最近一次已是两年前的事了。诊断书或类似的信息都没有。

"我认为，我太太在去世前，一定是把所有资料都给销毁了。"教授说，"她肯定是不想让第三者读到那些私密的谈话记录。她把所有关于莱纳的秘密都带走了。"

"要是这样，我们就没机会拿到源代码了。"

马克耸耸肩："我们总得试一试。"

"但也不能瞎猜，只要输入错误指令，程序……"

"我们对莱纳有哪些了解?"马克问。

"很少。他有自闭症、一个可怕的童年,还有……"

电脑里突然传来一阵提示音。屏幕上输入框旁出现一句:"请输入。否则程序将在二十八秒内关闭。"他们盯着屏幕时间从二十八秒跳到二十七秒、二十六秒……

"完蛋!"丽萨喊了起来,"他设定了时间限制,我们必须在二十秒内回答,否则程序将被关闭,肯定没有第二次机会了……"

马克的脑子飞速转动。时间不断流逝,一秒一秒过去。莱纳最怕什么?他内向胆小,怕与陌生人接触。但谁最让他害怕呢?是他可怕的母亲吗?

"我该怎么办?"丽萨急切地询问,惊慌又绝望,"还有十二秒了!十一……"

如果他是阿斯皮,母亲对他来说更是不可避免的灾难。看护曾说过莱纳小时候悲惨的经历,他一定害怕她……

"只有五秒了!"

"浴缸!"马克大叫。

"什么?"

"写!浴缸,快!"

丽萨抢在最后一秒,迅速敲击这两个字,按下回车键。

倒数提示消失,窗口出现了新的对话:"你应该还记得我们那次谈话,你气坏了,记得吗?只要你记得那回,一定知道谁是我最恨的人。"

"你母亲。"丽萨写道。

"不,等等。"丽萨刚要按下回车键,马克阻止了她。

丽萨转过头看着他:"为什么?你也看见了,她是个魔鬼。"

"尽管如此,可那依然是他母亲。他也许会有时候恨她,但别忘了,他多聪明。他肯定非常清楚母亲得了病。"

丽萨点头:"那么还有谁会让他如此憎恨,又那么确信魏森贝格太太在启动这个程序时,一定知道答案?"

"如果你是莱纳,那你会最恨谁呢?"马克问,"他是个阿斯皮,外界的人类对他而言是负担,人们很难跟他沟通,他也不会轻易为了什么而失望,因为他自己基本不对他人抱有期待。即便有人虐待他,也许在他看来可能不过是下了一场冰雹,在可承受范围内,因为他无力改变。大家可以抱怨坏天气,却无法去恨天气。"

"好吧,但是要是他不对任何人感到失望,怎么可能去憎恨什么人呢?除了他母亲。"

"我们假设,他了解母亲的病,并因此经历了可怕的童年,但很可能他并不将罪责算在母亲身上,而将……"

丽萨灵光一闪,表情明亮起来。"而将责任算在他父亲身上!"她说,"他抛弃了他们两个人,让莱纳受到命运的摧残。对,要是我,也一定不会原谅那个父亲。"

丽萨输入"父亲"两个字后,按下回车键。马克屏住呼吸。

窗口接着出现了一段新的文字:"不错,但是这两个问题都不难,最后一个问题就没这么容易了。但像你这样优秀的心理学家,一定知道答案。你知道我并不在意他人,这世上只有一个人至关重要,对我而言远胜于世间万物。如果我还有机会去感受和表达,我会说这是我在世上唯一爱着的人,你能猜到她是谁吗?"

"你母亲。"丽萨输入,但又疑惑地看了马克一眼。马克点点头。

丽萨按下回车键。

"可惜错了。"立刻出现了回复,"我母亲是个可怜又多病的人。我怜悯她,但不爱她,毕竟她曾那样伤害过我。我提前告诉过你了,这个问题有难度,再给你一次机会。对我来说,谁是世界上最重要的人?"

丽萨求助地看着马克,他却只得耸耸肩。

68

汉堡，哈尔堡，周三 18:22

"我。"魏森贝格教授突然说。

马克和丽萨都吃惊地回头看着教授。"什么？"丽萨问。

"请写上'我'。"教授的眼睛炯炯有神，闪烁着智慧的光亮。

"您认为……他爱着您的太太？"

魏森贝格点点头。"你们不认识她。她是我见过的最有同情心、最温柔又最聪慧的人。"他哽咽着说，"患者们都爱戴她，要是你们认识她，就……就知道她的与众不同了。"

丽萨转身看了看马克："你的意见呢？我们要不要冒这个风险？"

"我也这么想。"他说，"要知道，他把魏森贝格太太的照片就放在床头，而且是整个屋子里唯一的单人照。他把光盘也寄给她。对的，我认为，他的确是爱她的。"

"我。"丽萨直接输入。

屏幕上突然一片漆黑，只剩下笔记本电脑上的一个小指示灯在闪烁，但可以听到硬盘转动着的嗡嗡响声。

"糟糕！完了！"丽萨拍着桌面。

马克把手放在她的肩上："等等，我们也许是对的。"

时间过去了好久，屏幕才恢复显示。重新出现的窗口里出现一个新的文件夹。丽萨在上面轻轻点击两下，打开发现里面只有"潘多拉"和"给艾娃"两个文档。丽萨打开第一个文档，画面上立刻被神秘的 C++ 程序代码填满。丽萨快速浏览了这数千行的字符。

"就是这个。"丽萨说。

马克难掩语气中的轻松："我们终于找到源代码了。"

"你们不想打开另一个文档吗？"魏森贝格问。

丽萨点头，画面上出现了一封信。

亲爱的艾娃：

现在你知道我有多爱你了。也许有点晚，反正我们永远也不会成为完美的一对。

我和你提过潘多拉。我不确定你是否会相信我，还是会认为我有妄想症。虽然你一再说我没病，但当我注意到潘多拉的时候，的确大为震惊，不敢相信。

总之，我已经不在这个世界上了，也不能继续照顾她。请让我把这个秘密托付给你。另外附上了潘多拉的源代码文档。你懂我，就会知道如何阅读。

潘多拉近期的变化很大，但在我的源代码的帮助下，大约你的先生也能明白它的原理。由你来决定，是否要把文档交给你先生或外人看。虽然这也许意味着潘多拉的末日，她是这个世界的外来人，人类多么排外，我最有发言权。请相信我，不论他们如何向你保证，最终都会毁掉潘多拉。他们怕她，永远也无法理解她。

头号嫌犯

我以友情的名义请求你,在做出最终决定前,先去认识她。记得,她就像个孩子迫切地想要学习,请把你的智慧与爱传授给她吧!如果可以,她将是一份来自上帝的礼物,会给人类带来新的希望。

爱你的莱纳

马克刚看完信,就听到一声来自身后沙发上的呻吟。迭戈清醒了,他想要挣脱。但他身上的绳索是帆船爱好者马克的杰作,怎么可能轻易挣脱。最后的结果不过是从沙发上滚到了地上。他躺在地上,恶狠狠地瞪着他们三人。

马克看了下手表,已经过了十分钟,计程车司机早该把警察叫来了,他试了试迭戈的手枪,保险起见,他把手枪放进衣袋,一旦需要,他会毫不犹豫地使用。

"你们现在有什么打算?"魏森贝格问道。

"我会试着写一个针对潘多拉的杀毒软件。"丽萨说。

教授看着桌上的笔记本电脑陷入沉思。"莱纳·艾尔林猜对了。"他说,"如果我们不去尝试研究潘多拉,是不是会错过一个绝佳的机遇?"

"莱纳·艾尔林死了。"马克说,"只要潘多拉得偿所愿,我们也会死。它太危险了。它学的越多,我们就越危险。总有一天,我们再也无法消灭它。连现在可能也晚了,不管怎么说,我们至少得努力一次。"

"按道理,这不应该由我们做出决定。"魏森贝格说,"事关重大,潘多拉对全人类而言,也许起着决定性的作用,关乎未来。"

"那您想怎么做呢？通知联合国？让政客们做决定？那只会陷入没有尽头的争辩，最终于事无补，错过所有时机，我们再也无法对潘多拉做什么。教授，您的想法也许没错。的确，人类的未来掌握在我们的手上。假如我们现在不销毁潘多拉，那就是对未来的不负责任。"

"另外，我们有了源代码，随时可以控制潘多拉。"丽萨说，"把它限定在一定的范围之内，与外界隔绝的网络条件下。"

魏森贝格点点头："你们是对的。身为科学家，我反对保密或者直接销毁它。但是作为一个理智的人，不得不承认承认我们别无选择。"

门铃总算响了，魏森贝格给警察开了门。他告诉警察，迭戈擅闯私宅，他们三人将他制服。当然关于潘多拉和丽萨与迭戈是旧相识的事情都回避了，没有提及。警察点点头，做了一个简短的笔录，对魏森贝格的描述，他们没有理由怀疑。毕竟他是一位国际知名学者，这里又是他家，还有目击证人。警察给迭戈松开绳索，将他铐了起来。马克把枪支交给警方，作为证据带走了。

迭戈被带走时，沉默无言。警察把他推进警车前，他强硬地回头看了马克和丽萨一眼。马克有个不祥的预感，他们还会与这个野蛮大汉再次相遇。

69

汉堡，杜尔斯堡，周四 10:03

"杀了他们。"画面上仅有这四个字。做到此事并不难，只是迭戈从这几个决定他人生死的字中，深刻感受到潘多拉的冷酷与残忍，他绝不可以忘记这点。

"这对我来说，风险太大。"他写道。讨价还价总不会有错。

"我帮过你，也会继续帮你。不会有人能妨碍你。"

它说的没错，他只需要保持沉默，就连那些条子也在八小时内就放了他。警方的恐吓不过是小意思，他一点都不介意。只需要在被询问是否要联系律师的时候，他要求在网上发一封邮件，写上短短几句话："我被拘留了，需要一份司法命令，另外请通知潘多拉博士。致敬，迭戈。"收件邮箱是迭戈自己的。果不其然，他很快就被释放了。

他越是震撼于潘多拉为他提供的权力，他的内心便越惶恐。他知道这是一场魔鬼的交易，是与虎谋皮。

"你为什么想要我去杀死我的两个同类？"他写道，"这对我有什么好处？"

"我能赋予你至高无上的权力。"潘多拉回答，"只要你肯帮我，你就是世界的主宰,否则我就杀了你。"

这下彻底是一根绳上的蚂蚱了。"按照你的命令,我去杀了那两人,你如何保证不会杀我?"

"我会遵守诺言。"

"但你不过是一部机器,我有什么理由信你?"

"人会撒谎,而我不是人,所以我不会撒谎。"

对于迭戈而言,潘多拉的保证丝毫没有可信度,只是再争论下去也不过是浪费口舌,还是将游戏进行到底,将真正能威胁它的东西握在手里比什么都重要。他必须得到源代码,要得到源代码,哪怕用尽一切办法。"好吧,我同意。"

结束对话后,他离开房间。动手越快越好,警方早晚会察觉司法命令是伪造的。他不知道潘多拉是怎么做到的。也许是在警方的电子档案里盗用了某位法官的签字,或者是远程操控了传真发出指令。

迭戈一想到潘多拉对人类社会理解和掌握的惊人程度,就不由得打了个寒颤。杀了马克和露西,世间就没有可以制约潘多拉的人了,除非拥有源代码。

他顿时有些犹豫,自己的决定究竟是对是错?潘多拉是否最终将与全人类为敌,掀起一场人机大战?人类是否会因此灭亡?如果是这样,他要那些财富有什么意义?没有了人类,权力还有什么用?

他甩了甩头,抛开脑中的犹疑。适者生存,他只需要想办法保证有人能活下来就可以。 毕竟机器还是需要人类来操控的,这是潘多拉存在的必要条件。也许可以跟潘多拉协商出一个主仆协议之类的东西,虽然听上去有点让人难以接受,但可以因此保障人类的生存发展,尽管可能是短时间内的。

他不由得联想到电影《黑客帝国》，主角尼奥担负着人机大战的使命，通过自我牺牲，选择了悲惨和绝望的结局。这样的选择，迭戈一向不敢苟同。人类最好永远站在胜利者一方，赫利俄斯和露西无论如何都会死。就算不是他出手，潘多拉也一定会找出别的办法杀了他们。迭戈如果反抗潘多拉，也会被它害死。这样的话，谁还能在潘多拉面前，作为两个物种之间的媒介，为人类说上话呢？除了他，谁会将潘多拉当作一个独立的人？

他在口袋里装上了小刀、一圈钢丝和一套万能钥匙，这些是他过去混迹街头时的装备。为了购买毒品而缺钱的日子里，他学会了闯空门，也教过露西这种技巧。

虽然他的枪被扣在警局，但也无碍。这次行动最好是让两人悄无声息地死在公寓里，而无人知晓。

70

汉堡，阿尔托那，周四 11:30

迭戈把耳朵贴在露西的房门上仔细听，他的心脏因为兴奋狂跳不已，执行潘多拉最后通牒的杀人计划竟然如此刺激，接下来就看安非他命了。他的脑子前所未有的兴奋与清醒，对世界的感知是那么真切清晰。

里面静悄悄的，他们可能在睡觉。他知道露西习惯熬夜写程序。

不一会儿，他就轻松进入了屋内。本来他可以更快，只是有个老太太在慢吞吞地下楼，疑神疑鬼地看着他。等她离开后，他才推开房门。

屋内一片漆黑和安静。他屏住呼吸，轻轻踩在木地板上，不发出一丝声响。

他得先摸清楚目标位置，在无声无息中干掉他们，攻其不备地了结此事。

他冷静地放轻动作，像一个幽灵般在房间内移动。远处传来闷声，吓了他一跳。他紧贴在墙上听，好一会儿才确定是楼上传来的声音。

他小心贴着一扇门，轻轻一推，门吱嘎一声后，他向里面窥探。这是露西的工作间，电脑都是关机状态。

他又悄悄来到另一扇门前,推开后从门缝看到床的一角。肾上腺素加速分泌,浑身肌肉紧绷,他慢慢推开门。

空的。

现实如同一个闷棍敲了下来,失望与愤恨笼罩着他。猎物不见了,他回到工作间摸着机箱,冷的。起码关机两小时了。这两个人去了哪里?他来迟了吗?露西发布杀毒程序了?他突然一阵恐慌,万一潘多拉被销毁了怎么办?他唾手可得的一切就会化为泡影。

他安慰自己,这不可能,写代码怎么可能那么快!他们也许是去吃早餐或者买东西去了。他要在这儿守株待兔,结束掉他们的生命。

71

西地，叙尔特岛，周四 13:15

马克把钥匙插进去，推开门又停顿了片刻，仿佛听见了什么。在狭长又昏暗的玄关前，他犹豫了一下，依然没有听见什么。开灯后，和丽萨一同走了进去。

他到客厅，拉开窗帘，阳光倾泻进来，整个屋子顿时明亮了，大大的玻璃窗，让海滨风光尽收眼底。远处是与天相接的北海，空气中有咸咸的味道。整个房子都是一种久无人居的气息，是度假屋特有的气味。

这间度假屋是尤利娅父母的。他们偶尔周末出游会来这里，但是大多是他和尤利娅来。他与尤利娅都喜爱这个小岛上的气候，尤其是寒冷的季节，岛上几乎没有游客。在沙滩散步，感受冷风吹拂，可以扫去所有杂念。回到屋里，酒足饭饱之后再来一场尽情的性爱，总会让短途旅行后的他身心都调整到绝佳的状态。但是他跟尤利娅已很久没来过了。

马克的钥匙链上还挂着这里的钥匙，原本的累赘，此刻却为他提供了一个藏匿的好地方。

他和丽萨商量好暂离汉堡,毕竟潘多拉知道他们的地址。从魏森贝格的学院的大火,已经不难看出,潘多拉想要杀死他们的决心。尽管迭戈被抓起来了,难保还会出现第二个利欲熏心的迭戈。在城市里利用任何办法制造一场大火,轻而易举。就算丽萨和马克幸免于难,也难保不会有其他伤亡。那么他们最好还是在这段时间消失在监控之中,直到丽萨写出杀毒程序再和潘多拉正面交锋。

丽萨将艾娃·魏森贝格的笔记本电脑放在桌上,打开盖子,按下开机键。她决定在这台电脑上写代码。虽然它款式老旧,只有250MB的内存和700Hz Pentium II的过时处理器,但是它便于携带,而且分析代码并不需要巨大的运算能力。况且,这台旧电脑尚未被潘多拉入侵过。

他们在经历了那起事件后,赶回了丽萨家,决定找个地方短时间暂避。来到这栋度假公寓是马克的主意。昨晚没能赶上最后一班从尼比尔开往叙尔特岛的火车,丽萨之前也是熬了通宵,需要恢复体力,所以还是留在丽萨家休息了一夜。

如今再次来到熟悉的度假地,倾听着波涛汹涌、海鸥嘶鸣、突然感觉一切仿佛都不复存在,真实的过去只是一场噩梦。而丽萨严肃的神色依然提醒着马克保持清醒。

接下来的两个小时,丽萨忙于在电脑上安装分析软件程序。马克去外面找到一家淡季坚持营业的海产店,买了俾斯麦卷。清冷的海风吹拂着他的思绪,此刻脑海中的想法无比清晰,他一定要和丽萨一起狠狠向那个病毒发起反击。

丽萨真是一位神奇的女子,与其他所有让马克心动的女性完全不同。她身材纤细,眼睛大而漂亮,却并非他所钟情的类型。他喜欢的女性总是身材娇小而窈窕，就像尤利娅，总能唤起他的保护欲，而丽萨这样极度高冷又自信的并不是他的菜。

就在此刻，他突然发现自己的内心深处有一颗种子在生根发芽，是他和丽萨的默契，那种患难与共的心有灵犀。他喜欢她，不，他钦佩她。丽萨拥有极为敏锐的理解能力，她偶尔的叛逆和沉着的个性杂糅在一起，是与尤利娅截然相反的美丽。为何他之前没有发现？

他甩了甩脑袋，不可以为这些分散精力。他得专注些，不能放任自己的情感而影响她，让全世界沦为机器的奴隶。

俾斯麦卷很美味。丽萨感谢地笑了下，随后狼吞虎咽，不待吃完最后一口，立即重新工作。马克坐在老式皮沙发上，观察着她，发现自己那些不合时宜的想法越来越强烈。

他帮不上什么忙，只能通过阅读打发时间。书架上海涅和汤姆斯曼的作品集，标志着尤利娅父母的中产出身。而其中夹杂着尤利娅的几本言情小说。他还从中找到了自己的惊悚小说，那是他用来打发度假时间用的。其中有一本很有意思，讲述的是人类在海底与一种未知非人生物相遇的故事。

这些书他本来没兴趣再读一遍，现在更没这想法。毕竟他最近的遭遇就是一本活生生的惊悚读物。他看了一眼丽萨。不对，从严格意义上说，丽萨才是书里拯救世界的英雄，力挽狂澜。他只能守在一旁，等待她大功告成。

又过了一段时间，他就待不住了。他告诉丽萨，自己要出去买些食物。丽萨顾不上地含混回答，他听不清楚。出门后他径直走到街尾的一家小超市，买了鲜奶油、牛奶、吐司面包、咖啡、冷藏比萨，外加一份报纸。

天气渐暖，春天的气息驱散了冬日的冷意，温和的风自海面柔柔地吹来。马克暂时不想马上回到公寓。尽管刚买好的奶油和牛奶没办法立刻放进冰箱，不过一时半会儿也坏不了，冷藏比萨晚上就能解决掉。于是马克随便找了张朝海的长椅坐下来，取出刚买的报纸。

看着看着，他开始冒冷汗，手也止不住地颤抖。那些看似毫无关联的报道让他备感恐惧。美国国家航空航天局技术问题不断，宇宙飞船因为电脑故障再次推迟发射升空。纽约股市因技术故障股票大跌。多伦多附近的一座核电厂紧急关停。机场塔台控制系统失灵，纽约往返马德里的航班延误数小时。由于信号灯故障，澳大利亚的两列载货火车相撞。这些事件的起因都是电脑故障。甚至在趣闻专栏，马克还看到了一段报道，移动通话网络发生神奇故障，所有手机同时响起。马克没有感到有趣，只是觉得惊悚。

他的脑海里仿佛有一根线，将报道串联起来，最后提取了三个字：潘多拉。

他将报纸揉成一团，丢进垃圾箱，赶忙回到度假公寓。

72

西地，叙尔特岛，周四 19:31

丽萨伸展了一下身体。"我得休息一下。"她说。窗外的夕阳渐渐落到了灰蒙蒙的海面上，乌云四散。纷纷镶上金黄滚边的灰色云朵，挂在湛蓝的天空中。

"我们出去走走吧。"马克建议说。

他们光脚走在潮湿而冰冷的沙滩上，浪花翻滚上来，覆盖了他们的脚背，带来一丝丝冰凉的同时也抹去他们的脚印。日落的绚烂也让人备感惆怅。沙滩上除了他们，还有一些岛民和几名零散游客，谁都不想错过这样的美景。

"还顺利吗？"马克问。

"我也说不好。"

丽萨的大眼睛透露着不自信。马克从未见她有过这样的表情，恨不得将她搂在怀里。

"问题出在哪里呢？"

"它……我不明白，代码很简单，过于简单了，但是还是让人看不清它的结构。它们都很独立，架构清晰，却像是一个死结，没有任何意义的死结。我试着把源代码编译成目的码,可是显示错误。关闭编译器的检验提示后,虽然生成了可执行的目的码,却毫无意义。反正和我认识的蒂娜基本没有相似之处。"

"你是说莱纳在光盘上的备份可能是错的?"

"我是这么想的,可是他为什么这么做呢?"

"是他的失误?"

"我觉得不可能,以他的作风不会有这样的错误。"

"又或者,他另有打算,并不想让别人掌握潘多拉的源代码,这一切不过是转移视线。"

丽萨耸耸肩:"我不知道。只是到目前为止,我没有获得任何有效信息,显然这是 C++ 语言的源代码,可就是不对。"

"他是不是把源代码加密了?"

"如果被加密过,我们只能看到一堆加密后的字符,而不是可读的 C++ 文件,更别说编译了。"

两人并排走着,陷入了沉默。马克总觉得有件事情在困扰着他,却怎么也想不起来。

他们往回走,夕阳的余晖中,乌云仿佛是一跃而起的鲸鱼,划过通红的天空。

"谁最后一个进门负责洗碗!"马克说完拔腿就跑。他以前擅长短跑,但是疏于锻炼,被丽萨轻松赶了上来。

"没问题!"追上马克时,她轻巧地回了一句。马克的脚突然被什么东西绊住,一个趔趄,摔倒在湿乎乎的沙滩上。丽萨咯咯地笑着跑远。

"你耍花招,不公平!让你看看我的厉害!"他大喝一声,翻身而起，冲向公寓。等他喘着气掏出房门钥匙时，丽萨笑着调侃："我一直觉得，洗洗涮涮是男人的事。"

他假装气恼地瞪了丽萨一眼："我就知道，女人向来胜之不武。"

她笑得更开心了："有道理哦。"

他突然感受到她的靠近，闻到了她身上的香气和自己衣服上海水的咸味。他的心跳比刚才赛跑时还强烈，无法平复。她注视着他，深邃的大眼睛里映照着周围的一切。她坦然回视，良久，她笑着说："你还是开门吧。"

马克眨眨眼回神望了一下手中的钥匙，发觉自己面如火烧。"丽萨，我，等这一切过去……"他吞吞吐吐道。

"现在什么也别说，省得你日后后悔。"她伸出一根手指压在他的唇上。

马克点点头，打开房门。

他把比萨推进烤箱时，丽萨回到电脑前坐着。烘焙的香味混合着意大利烤肠的香气弥漫了整个屋子，马克走到丽萨身后，看着她在无穷的源代码中翻阅。

"看到了吗？"她指着屏幕，"这个功能是无意义的。在程序里不会被使用，却占据了几百行字符。莱纳绝不是无意这么做的，他那么严谨缜密的人。我不懂。"

马克耸耸肩，读大学的时候他学了一些编程的基本知识，但C++语言并不是他的学习重点。要是连丽萨都不明白，他就更不懂了。

"这个代码有没有可能是需要启动后才会有效呢？就像人体的某些细胞，只有在一定条件下才会被激活。"

丽萨皱皱眉："可能吧，但这也解释不了编译后毫无反应。总而言之，到处透着诡异，我觉得我错过了某个关键点。"

"没错，我也有这种感觉。"马克说。肯定有某个念头在他脑海闪过，只是并未在意，现在却怎么也想不起来。

他在屋子里来回踱步，眼睛到处看着屋内的陈设，餐柜上银相框里的照片，上面有尤利娅父母结婚的照片、尤利娅童年在帆船和海滩上的照片、尤利娅练习马术的照片，甚至还有一张马克和尤利娅的照片，他们挽着手在大峡谷旁留影。马克的目光触及这张照片时，内心一阵苦涩，那仿佛是另一个世界的生活。

最开始他们是相爱的。第一次缠绵后，高中的他就去美国做了一年交换生。他没有想到，她对他一心一意，每天都按时写情书给他，还在信封上喷了香水，还在上面画一些可爱的图案……

他突然醒悟过来，大声说："信！"

丽萨不解地看着他："什么？"

"莱纳写给给艾娃·魏森贝格的信里提到过。具体是什么我不记得了，但好像有一句'你懂我，就会就知道如何阅读'之类的话。我当时觉得有点突兀，艾娃又不是程序员，后来就忘了这个疑惑了。"

丽萨在键盘上敲击了几下，点开了那个文档。"'我已经不在这个世界上了，也不再能继续照顾她。请让我把这个秘密托付给你。另外附上了潘多拉的源代码文档。你懂我，就会就知道如何阅读。'"丽萨点点头，"我第一次看到时也没明白，仓促间忘了这茬。那他一定是在源代码上做了手脚。他可真是会折磨人。"

"'你懂我'……这是什么意思呢？"

"试着把代码倒着看？"

丽萨伸手否定。"我觉得不可能。倒过来，没办法编译。打乱顺序也不行,这会搞乱逻辑关系的。比如在程序中写入一个 if else 的条件,电脑就不可能只执行 else 的条件,对吧?"

马克隐约记得这句命令语言,条件式的限定。丽萨是对的,这么打乱排列毫无用处。

他此刻愈发觉得无助,帮不上任何忙,他对程序一概不知,丽萨却走到了死胡同里。

马克想用逻辑思维分析这个问题。不外乎两种可能:一个是光盘上的代码是假的,那就是无力回天的结局,做什么都没有意义;另一个就是代码以某种方式被加密,他们无法迅速识别……

"你有写字的笔吗?"

丽萨不解地望向他,没有得到回应。只好将一支印着轮胎公司广告的廉价圆珠笔递过来,附带了一本满是潦草记录的本子,都是些图标和十进制或十六进制的数字。马克思考了一会儿,写下将近半页的东西,随后修改了几句,誊抄了一遍,还给了一直好奇地看着他的丽萨。

她读道:"今天的古罗马史,波尔克先生讲得很精彩,是学到了很多。但一个有趣地方是他说,轰(Knall,一定语境下是'笨'的意思)地古罗马没了,我脑袋就没这么想过。"

丽萨疑惑地看着他:"这是什么?"

马克傲娇地笑了起来:"这是我跟一个同学想出来的小伎俩。我们把想说的话隐藏在一段长长的句子里。秘诀就是从第八个字开始,按照一定的间隔划去不相干的字,并把剩下的字连起来看,就是真实想传递的东西,其余都是障眼法。"

丽萨在每八个字后面画上一条线:"波尔克……是……个……笨……脑袋。"她笑得喘不过气来。"原来你上课就是浑水摸鱼的,难怪最后去学企业管理了。"随后她正色道,"不过你说的有道理,让我们来看看。"她在键盘上敲击了几下,"一共有 49607 条代码。让我瞧瞧,奇数用 2 无法整除,也不是 3 的倍数,5 和 7 不行,11 更不行。那就只能靠电脑了,它的运算更快。"

她开始在键盘上弹奏一般,写出了一页代码,很快填满了整个画面。马克看得出神,没几分钟,程序完成了。丽萨将源代码导入编译器转换成可执行的程序,当她启动程序后,画面上出现了对话框。

她打上 49607,紧接着画面上出现了一个新的文字窗口:"113,439。"

"不错。"

"这是什么意思?"马克疑惑地问,"你刚才写的是什么?"

"一个自动质因数分解程序,是我那本初学者版的老 C++ 语言教材里的第一个练习。现在我还能背出那个源代码。"

"这是什么意思呢?"

"我不得不承认,你并不是我想的那么笨。49607 出自两个质因数 113 和 439。这肯定不是巧合,大概率意味着字符是从每隔 113 及 439 的地方进行分解,或许这个代码堆里,只有一小部分是真正的程序代码。但也可能要重组,不过没问题,既然知道了就很简单,我会搞定的。"她的眼里闪着金光,跃跃欲试。

知道自己果然帮上忙了,马克一阵满足。但在受到夸奖而感到开心之余,仿佛他还是忘了件什么事,一件曾经困扰着他却被遗忘的事。他刚想问出口,就被丽萨说了出来。"你有没有觉得这里有股焦味?"

73

汉堡，哈尔堡，周五 9：37

温格尔警长坐在魏森贝格教授家客厅的绒布沙发上。放置在角落的电视机款式很老，就像是很久以前的照相馆里的那种，上面还覆盖着一层灰。沙发垫上的褶皱也很完整。一切陈设仿佛是为了还原70年代。但是这里可以直接眺望易北河美景的落地窗，还是显示出了房主不寻常的身份。

"您真的肯定这个电脑程序可以……思考吗？"温格尔问。

魏森贝格缓缓点了点头。"我是这样认为。"温格尔暗自被眼前这双挂着深深泪囊的暗淡眼睛所困惑，为何他会让人觉得透露出了远胜于众人的智慧呢？

"您看，自从60年代起，人类就尝试制造电脑，"教授解释道，"前辈们坚信只需几年，他们就能架构一个'可以回答基本问题'的程序，它会比人类回答问题回答得更快更好。但前辈们很快了解到要领悟人类的想法需要的理解力有多复杂，于是，这个目标便一拖再拖。"他喝了口茶，继续说，"经过了漫长的岁月，实验室中的电脑运算速度越来越快，人工智能无疑得到了飞速发展。渐渐地，电脑程序击败了西洋棋世界冠军。然而，人们仍然很难让机器领悟并熟悉人类的日常生活，这远比下棋复杂。我们拼命狂奔，向目标前进，究竟还需多久，电脑才能像人脑一样思考？研究人工智能的学者们观点不一。有的说五十年，有的说二三十年，还有坚信永远不可能的。"魏森贝格摇摇头，"看来在这段时间，我们忽略了非常重要的一点，那就是科技的发展并不只局限在大学的实验室里。在过去的二十年中，大学里电脑的运算能力增长了数千倍。而与此同时，全球范围内电脑数量的增长也是数千倍。这意味着联网后的电脑系统，整体性能提升了不少于100万倍。这都只是近二十年里发生的事情，而且这个趋势不会停止。那么一旦某个电脑程序有能力在网络中自行传播，并利用网络中巨大的运算能力，那么……"

"教授，我对这方面一窍不通。"温格尔打断他，"我还是很难接受这样的说法，一个电脑程序会故意杀人。就算这是事实，我不得不找出证据去排除人为的可能。要是真有幕后凶手，我需要作案动机。"

魏森贝格点点头。"是的，多少科学家做了多少努力都无功而返的事情，有朝一日实现了，自然地象征着财富和声望。我曾对股市做过统计分析，对投资方面的事略有涉猎。我可以肯定，只要有公司在技术上做到领先一步，那它在股市至少身价千亿。"

"也就是说，有了这个软件，就会一夜暴富。"

"理论上说是的。但是这里面牵扯到很多法律问题。无论如何，它在网络中通过不正当手段传播，并且利用了他人电脑里的运算时间。我想象不到，有人写出了一个出色的病毒后，能因此上市的。"

"潘多拉可以在一个普通的运算中心范围内运行吗？"

"理论上是可以的。但是潘多拉的强项,就是它无与伦比的超级运算能力。即便是在网络这样一个大型运算中心,最多只能给它支撑一小部分这种能力。"

"也就是说,靠它赚钱不现实。还有其他可能的动机吗?"

魏森贝格考虑了一下:"权力。"

"权力?"

"潘多拉能轻松入侵任何系统,穿越任何防火墙。现在还有哪里不联网呢?你要是有这样一个畅通无阻的捷径,那便是拥有了至高无上的权力,你可以随意获得一笔巨额转账、竞争对手的机密文件,让股市跌停崩盘,甚至发射核弹。"

温格尔听得直冒冷汗。换任何一个人这样说,他一定会认为那是个疯子,可是魏森贝格的目光平静得让人无法去质疑。

"可能是恐怖分子吗?"

教授耸耸肩:"可能吧。你们不是抓住了闯进我家的人吗?最好去问他。"

温格尔低头看着棕灰色地毯:"他……被释放了。"

"什么?你们怎么能把一个犯人放了!我们刚刚逮到他,怎么转眼就放走了?"

警长抬起头来,硬着头皮说:"不知哪里冒出来一份伪造的司法命令,等我们意识到时,为时已晚。"

今天早上温格尔才得知此事,就立刻赶来了。德里克正忙着调查事情的真相,是谁竟能在这么短的时间内伪造出司法命令,把迪特勒夫·施文特从拘留所里救了出去。显然有人悄无声息地入侵了警局的系统,要不就是有内奸。或者正如魏森贝格所言,事件的背后是一个超级智能的电脑程序,这个假设让人愈发惶恐不安。
  魏森贝格缓缓点头。"警长先生,"他喝了口茶,"我认为我们真的碰上大麻烦了,而且非常棘手。"

74

西地，叙尔特岛，周五 9:43

马克睡醒已经九点三刻了，只听到了从客厅传来的敲击键盘声。他穿上衣服出去。

"你是刚开始，还是一直没休息？"他走到丽萨身后问。

丽萨只笑笑没说话。马克注意到了她的黑眼圈，答案已经明了。那半块烤焦的比萨还搁在电脑边的盘子上，昨晚的焦味又唤起了他们两天前那段可怕的记忆。

"想喝咖啡吗？"他边问，边把盘子收起来。

丽萨点点头。

过了一会儿，他将一杯冒着热气的咖啡放在她手边。"要不要休息一下？"

丽萨摇摇头。"现在进展顺利，你的线索很有用。莱纳果然把源代码的有用信息藏在了一堆字符里。我费了一番工夫才提取出来。后来，我发现里面会规律地表明一个'艾娃尔'的功能。通常那里应该是个评估标注，也就是进行反馈的位置。去掉'尔'字不难看出，这就是给艾娃的提示。我注意到这点后，就把它们标注出来，按照正常的顺序排列，果不其然，很快就搞定了。这就是我们寻找的源代码。乍看上去，程序并不复杂，和普通的那些厉害病毒没有很大差别，但是很难理解。莱纳用了一些老旧的程序设计概念，比如递归函数，某个函数调用自己或者是调用其他函数后再次调用自己的，只要函数之间互相调用就能产生循环的程序，以及类似的一些处理语言，是和 Lisp 语言有点像的那种函数语言。要完全掌握，还真不简单。"

Lisp 语言有好几十年的历史了，功能很强大，也是最难掌握的程序语言之一。因为它拥有巨大的灵活性及自我变化能力，在人工智能领域里应用十分普遍。马克曾听过一次有关 Lisp 语言的讲座，大致知道它是由一堆括号组成的，让人看得如云里雾里。有的是开放括号，有的是闭合括号，总之一般人绝对看不懂。

"你觉得能写出杀死潘多拉的病毒程序吗？"他问。

丽萨叹了口气，舒展了一下胳膊。"走一步看一步吧。好歹我已经知道潘多拉使用的编码密钥可以让它们互相之间识别，就像人脑的神经键一样串联。它正是利用这些编码，成功做到随意转换。这就是为什么系统受到潘多拉入侵后，能够自我开发出新的应对代码，可以轻松应对各种安全措施。"

"不过它是怎么成功入侵一个完好的系统的呢？"

"我也不太清楚。我猜人工智能并不取决于源代码，而是整个系统。潘多拉了解每个防火墙的弱点，在编码密钥的帮助下大肆利用这一点。不过没关系，只要我写一个可以混在潘多拉编码密钥中的病毒，被它自己传播出去，就畅通无阻了。"

马克把手放在丽萨的肩上："我真是感到庆幸，能与你在这里合作。"

丽萨把头向后靠去，脸颊依赖般地贴着马克的肩膀。"我也是。"她说，"但是我不能停下来，提着的这口气一旦松了下来，就很难坚持住了。"

又过去了磨人的三个半小时，马克待在卧室，尽量不去打扰她。他时而眺望着窗外灰蒙蒙的大海，时而在屋里来回走动，仿佛是一个等待新生儿的爸爸。他什么也做不了，帮不上丽萨，这感觉真糟糕。到了一点半的时候，他觉得有点饿了，又去那家海产店买了俾斯麦卷。回来看到丽萨在书桌前一动不动。

"怎么了？"他问，"发现什么了？"

丽萨吓了一跳，微微一笑："什么？哦，我集中不了注意力了。"

马克把面包卷放在了桌上："饿了吗？"

丽萨站起来，伸了个懒腰："我浑身酸痛。"

"需要我帮你按摩吗？这是我拿手绝活。"

丽萨疲惫地看着他，仿佛在思考他是否话里有话，随后点点头："嗯，好。"

"你去躺到床上。"他在她身旁坐下，手滑过她的美背，感觉到了黑色高领T恤下紧绷的肌肉，尽管隔着衣服也能感觉到高度疲劳的硬处。他把手搓热伸进了T恤底下。

随着揉捏感受到了她身上的温热和顺滑的肌肤。她没穿内衣。可是T恤太紧，影响了他手部的动作。丽萨发觉了这点，便把T恤脱掉，露出小而坚挺的乳房，吸引了他的视线。丽萨意识到后看着他，马克满脸通红。她并未说什么，只是笑笑便重新趴回了床上。

马克轻柔地捏着她的肌肉，很快便揉开了。丽萨舒服地呻吟了一声，随即脸上露出了舒爽的笑容。她那纤细而温柔的身体让他着迷，他努力地压抑住自己的欲望。如果这是尤利娅,他们肯定早就滚在了一起。可他知道,现实容不得他越雷池半步,以免把事情变得复杂。

"为什么停下来?"丽萨问。

"哦,抱歉。我在想事情。"

她笑笑没说话。马克继续按摩。过了一会儿,他便注意到了她上下规律起伏的胸部,睡着了。他拉过毯子,为她盖上,望着她安稳地睡着,他情不自禁俯下身,轻吻了一下她的脸颊。

她突然睁开眼睛。

马克大吃一惊。

丽萨缓缓翻过身,伸出手,勾住了他的脖子,把他拉到身前,两人吻作一团。

马克挣脱了她的束缚,为她美丽的身体着迷,轻轻抚摸她的胸部。丽萨笑了。

她重新把他拉下来,吻上了他的双唇,用热情息止了他的所有挣扎。他差点没听到有人开门。

75

西地，叙尔特岛，周五 14:19

马克噌地跳了起来。"迭戈"，他的第一反应是他们被潘多拉找上门了，迭戈找过来了。他四处环顾，想要找点趁手的防身武器。不过声音是从走道传来的，并没有刻意地放轻动作，钥匙哗啦啦地响，旅行箱拖拉的声音也没有丝毫的掩盖。接着门被推开，尤利娅惊恐地瞪大双眼，看着马克和丽萨。

"尤利娅！"马克叫了起来，"太好了，我还以为……"很快他便察觉到尤利娅盯着丽萨的神情。而丽萨此刻正在抚平刚穿上的 T 恤。他的脑子一下转不过弯来，只能手足无措地说道："尤利娅不是……不是你想的那样……"

尤利娅苍白着脸，下唇抽动，像是一匹受惊的马，一言不发地冲出了房间。马克刚要追出来就被拦住了，是已退休的前国务委员、法官，也是他法律上的岳父赫尔曼·纽伦贝尔格博士。他越过马克用他青灰色的眼睛看向马克身后，而他的太太正在安慰自己的女儿。

"马克，"纽伦贝尔格的声音仿佛冰刀般，"你竟然在我的房子里偷情？"

"不是这样的。"马克解释道,隐约知道这于事无补,"我们被人跟踪,受到生命威胁,因此必须找个藏身之处。"

"据我所知,你因为涉嫌谋杀被警方追捕。"

"原本是的,但那是个误会,温格尔警长一清二楚,您可以去和他证实。三言两语很难说明白,是因为潘多拉……"

纽伦贝尔格伸手打断了他,皮笑肉不笑地说:"我不要听你的借口,眼见为实。不想介绍一下你的情人吗?"

马克以前费了一番工夫,才让纽伦贝尔格同意女儿嫁给他。他也很敬佩这位岳父。"这是丽萨·霍格尔特,我之前的同事。"

纽伦贝尔格虽然面带怒色,还是很克制地对着丽萨点了点头,然后他对马克严厉地说:"你这是擅闯私宅,我要报警。"随后掏出手机,按下一个号码。

"不要!"马克一把制止住岳父。他不忍心告诉岳父,房门钥匙还是他亲手交给他的,"请不要这么做。"

纽伦贝尔格眯起眼睛:"你以为你能轻易敷衍过去吗?"

"我不是要敷衍,而是不想让幕后黑手知道我们的藏身之处。只要你通知警方,他们就会知道。虽然听起来很荒唐,可这是真的。我们正面临着巨大的危机,极有可能威胁整个人类世界。"

尤利娅听见这些说辞,哭得更大声了。她大概认为马克为了给自己偷情打掩护,什么瞎话都敢编。纽伦贝尔格冷笑一声,依然打给了西地警察分局。"我是国务委员纽伦贝尔格博士。"马克不用猜也知道,那边的警员肯定务必重视,"请帮忙找一下弗里德贝格警长。"

"求您了,别报警,我们马上离开。"马克说。

纽伦贝尔格手捂住电话。"你必须为此付出代价,我不允许任何人伤害侮辱我的女儿,我要让你后悔一辈子。"他继续打电话,"弗里德贝格警长,您好,我是纽伦贝尔格博士。我要报警,有人擅闯私宅。我的地址您已有了。入侵者是马克·赫利俄斯,家庭住址是……没错,他是我女婿……什么?家庭内部矛盾?……您这是什么意思?他虽然是我女婿,并不等于说……您说的法律我清楚,请相信我,我希望您……没问题,我会过来在记录上签字……"他抬起头,眼神冰冷而傲慢。

"你不知道你做了些什么吗?"马克气愤地吼道,愤怒让他几乎说不出话来。丽萨冒着生命危险在拯救世界,而纽伦贝尔格这种人用当代科技肆意拖后腿制造麻烦。他转向丽萨,丽萨正在把电脑装进旅行袋。"我们必须离开。"

她点了点头。

马克在岳父愤怒的注视下走了出去。尤利娅仍在哭泣,一句话都没说,也没看一眼。

76

西地，叙尔特岛，周五 14:26

  警长弗里德贝格刚把赫利俄斯的名字输入电脑，后台便快速运转起来。系统中出现一个高优先级的任务，必须先行处理。成千上万的潘多拉程序与弗里德贝格的电脑内的潘多拉程序联结，通过警察分局的系统中心联网，将信息传达到网络的各个角落。网络中的资料传输量大幅增长，无数个 MB 的文件快速传递，竟然在短时间内造成网络传输不畅。潘多拉的每个独立部分在相互研究、分析、比较，将结论传达到了各处。这一切类似于一个人工神经元构成的巨大联合体。我们可以把这个联合体称为思想。

  这个思想通过分析论证做出结论，再将它存储在浩瀚网络中的某处，而西地警察分局服务器里的潘多拉，则会将高速传输状态快速恢复常态，重新隐匿在电脑某个角落。

  这次反常的系统操作，没被任何人发觉。

77

西地，叙尔特岛，周五 15∶05

"很抱歉，目前只能等待。"车站工作人员说，"我们接到通知，因为信号灯故障，岛上暂时无法与陆地通车。很遗憾，我们也不清楚还要等多久。你们是继续在这里等待，还是过会儿再来？"

"过一会儿再来吧。"丽萨说着掉转车头。

"我们被困住了。"丽萨开出去一段后对马克说，"逃来岛上，可能是个错误的决定。"

"离开叙尔特岛，至少还有两个办法。"

"搭乘渡轮？我想我们肯定上了黑名单。"

"渡轮肯定也停运了，潘多拉可以随意操纵雷达或者用其他办法把我们困在这里，直到迭戈赶到。我们唯一的机会就是弄到一艘船。"

"怎么弄？"

"我岳父在游艇码头有一艘帆船。"

丽萨听完便笑了："那就是真的闯祸了，你想想谁才是船主。"

马克点头："我还是永远从他眼前消失比较好。"

纽伦贝尔格的帆船停在一排中小型帆船之间。尽管明显无法与叙尔特岛富人海滩上停泊的豪华型帆船相比，但也是一艘优雅的小型游艇。虽然是 80 年代的游艇，可经历了二十多年，保养得依然如新，纽伦贝尔格因此也颇为自豪。船体上还洋洋洒洒写着几个字：尤利娅。

马克看见了他相识多年的码头游船修理师，他笑着朝他挥手。老师傅同样向他挥手。

一根铁链从岸边拉出扣在了后甲板边上，将船牢牢地固定在了岸边。

马克看了眼老师傅的小屋，发现他没有注意到他们。因为没有趁手的工具，丽萨花了几分钟时间才用短铁丝撬开了挂锁。马克掀起帆船布，脱掉了鞋袜上船，穿着皮鞋上去留下划痕，他于心不忍。丽萨虽然穿的是黑球鞋，也还是学着马克脱去了鞋袜。

熟悉的帆船和桐油气味，唤醒了马克儿时与父母乘坐游艇玩乐的记忆。尽管眼前身陷困境，马克有强烈的预感，他终归能听着海鸥的鸣叫，在风帆的翻腾中，在锁链的撞击声中，乘风破浪，渡过难关。

他挂起风帆时，老师傅踏着浮动码头走了过来。

"你好，马克。"他又耐人寻味地看了丽萨一眼，"尤利娅在哪儿？"

"这是我表妹丽萨。"他向老师傅解释，"尤利娅明天才和父母一起过来，我提前来是想趁天气还好，练练手。"他望了一下天空西边正在海面上翻滚的大片乌云，"您知道我岳父很注意定期保养帆船的各个功能。"

老师傅不解地问："纽伦贝尔格博士来之前都会电话通知我呀？"

马克佯装吃惊："他没打电话给你吗？但他跟我说……算了，可能法官先生离开青春期有段时间了。"他做了个鬼脸。

老师傅点点头，说："好吧，你们动作快点。天气预报说今晚风力会达到七至八级。如果真是那样，可不是闹着玩儿的。"

"放心，我们一小时内回来。"

"你们想不想带点喝的，弗伦斯堡啤酒在促销，我买了几箱。"

"不用了，谢谢！"

"行，祝你们好运！"老师傅挥挥手回到了小屋里。

马克没用推进器，掌舵将船开出了狭窄的码头。丽萨虽然没怎么坐过帆船，但是表现得十分镇静。他们很快进入航道，远离码头，开往辽阔无边的北海。

当马克正常行驶后，丽萨便回到甲板下的船舱内，她向外喊着："这台电脑还有三小时的电量，我不知道是不是来得及。"

"尽力吧！"马克越过鼓动的风帆，向下喊着，"我会开往丹麦方向，我们可以在那里找个小旅馆之类的地方落脚。"

他驾着帆船，在风浪中前行。波浪已有一米高，而且出现了白帽浪，风力逐渐攀升到五级左右。这风力对帆船来说是绝佳的航行条件。由于帆船与海岸平行朝北行驶，因此只能借用一半的风力，希望丽萨不会因此晕船。风浪使得船身严重倾斜，他无法想象在这样恶劣的条件下，丽萨如何能正常工作。

两小时后，他发现来自海岸方向的东方出现了一架直升机，向他们这边飞来。马克抬头望了一下天空，远方的乌云从海面上翻滚而来，即将接近陆地，光影之间可见这预料中的暴风雨势不可当。早春的暴风雨是帆船的大敌，若不返港后果不堪设想。

"准备好！我要扬帆了！"马克大声呼喊，在风浪中掉转船头。他听到甲板下传来的惊呼声。果然丽萨没有听到他的提醒。船身此刻严重倾斜，马克牢牢抓住船舵，维持住了侧风航行，一路在波浪中艰难起伏前行,仿佛是在荒野拉力赛中行驶的越野车。

丽萨从甲板下钻出来大声抗议:"你这样我没办法工作!"

马克指了指远方,大声回道:"我们有麻烦了!"

丽萨顺着他手指的方向,看见了远方海面上雷电交加。

马克看见了她眼中的惊恐,急忙安抚:"放轻松些,不然身体会很难受。这艘船没有抵抗暴风雨的能力,直升机也没有。"

丽萨关上了电脑,小心翼翼地将电脑收到了舱内防水的地方,然后走到甲板上,与马克一起向着阴沉的海面驶去。

这是一场时间与速度的较量。直升机的飞行速度比帆船快,但是暴风雨更是一马当先地到达了帆船这里。而此时直升机离他们只有几百米,却在暴风雨的阻拦前,不得不无功而返。

海浪已有两米高,白色的海浪泡沫不断冲刷着甲板。幸好纽伦贝尔格一直很注意保养帆船,海水得以被阻挡在船舱以外。马克和丽萨收起了风帆,穿上丽萨在甲板下发现的救生衣。马克发动马达,确保帆船保有一定的驾驶能力,支索在风中呼啸着,缆绳被拉扯紧绷,仿佛在顽强地抵御海浪的挑衅。

他俩在船舵旁紧紧相依,马克的薄外套和丽萨单薄的风衣在暴风雨中完全没有抵抗力。愈演愈烈的风暴使得他无比后悔没有买雨衣。

"如果被雷电击中了怎么办?"丽萨在电闪雷鸣中大声问。

"不知道!"他大声回答。

他们已在狂风暴雨中坚持了两个多小时,全身湿透,冷得直哆嗦。而暴风雨的势头完全没有减弱,反而来了一场冰雹。

随着时间的推移,雨量渐小,雷声渐远,风也平缓了,船体虽然依然摇晃,但是却没有了颠覆的危险。

不久便云消雾散，晚霞笼罩着整个天空。世间回到了原本的平静，微波轻轻摇动着船身，海岸也消失在天边。他们只能看到滚滚而逝的乌云。

"我好冷。"丽萨说。

马克点点头。"我们必须赶紧取暖，船可以自动航行。"他固定住船舵，用推进器固定好外海行驶方向，走下狭窄的船舱。

船舱里有四个床位，面积基本无法让成人躺下。他们在柜子里找出浴巾，默契地各自脱下湿透的衣服，用柔软的毛巾用力擦拭冻得发青的身体。两人光着身子相对而立。

丽萨笑着说："现在呢？"

马克的目光仿佛被控制住，不由自主地在她纤细的身体上逡巡，说不出一句话。

"我觉得我们应该想办法取暖。"丽萨说着往前迈了一步，她温热的身体贴着他的腹部。马克伸出双手，把她紧紧抱在怀里。两人就这样站着相拥，享受着这份温暖却不往下一步前进。渐渐地马克开始不自主地抚摸着丽萨的臀背。而她配合着用身体在他身上蹭动。马克的身体早已昭示了清晰的渴望，可是理智告诉他，逾越情感的防线太危险了。这一切太珍贵了，他不想轻易地给她压力。

丽萨抬头亲吻他的双唇，不停地抚摸着他的颈部。马克也用力回应着她的吻。身体强烈的冲动驱使他放弃了理智，将丽萨扣在了自己的身上。丽萨几乎喘不过气来，两人舌尖用力交缠，仿佛这个动作早已练习了千百回。

突然丽萨用力挣脱，后退了一步，认真地看着他。马克的身体因得不到满足而叫嚣着，他轻声问："你不愿意吗？"

"不,我愿意。非常愿意。只是……"

"我们是认真的,对吗?"

她笑了:"认真,对。认真,再也没有比这更认真的了。"

78

亚利桑那州，弗拉格斯塔夫，周五 12∶11

西贝尔·谢帕德被拘禁在军警局一间简陋的小房间内。军警局与她就职的研究所同属一个基地。军事反情报局的上校探过身来，智慧而多疑的双眼盯着她："这个潘多拉如何与您联络的？"

谢帕德叹了口气："我已经说过十几次了。"

上校点点头："您解释说，他是从外界通过网络浏览器联系上您的。我们都知道，绝无可能。基地的电脑网络绝对安全，可以抵御任何外来入侵。除此之外，我们仔细检查了整个网络和您的电脑，里面完全没有入侵的迹象。这也是我重复过许多遍的。"

"我们这是在绕圈子。我不知道发生了什么。我又不是系统管理员，如何能解释那人是如何做到的呢？我只能给您描述我的所见所闻。您可以问托马斯·莱曼，他也在场。"

"您的同事证实了您的描述，但那并不代表是真相。"

"您究竟在假设我做了什么？我难道不是自己来找您的吗？如果我是间谍，会自己送上门？"

"我完全没有假设，"上校说，他往后靠在椅背上，将双手交叠，

"我只想知道真相究竟是什么。"

"上帝啊！"谢帕德用手捂着脸好一会儿。她被困在这间屋子里已经有四小时了，没有喝的，也不让去卫生间。"究竟发生了什么，我已经全都说过了，能不能终止这种无聊的游戏？"

"那让我们回到坦克的问题上来，您说您无法解释上次的失误，对吗？"

"对。"

"您强调说，潘多拉是幕后黑手。"

"我没那么强调。"

"但您认为有可能。"

"我至少无法排除这种可能。我认为 AT-1 失误不久后，出现这种联络十分反常。除此之外，他拥有我们的源代码。完全可以猜测是他操纵的一切。"

上校点点头，仿佛这是唯一说得通的。"然后他把这个篡改的程序用某种方式重新植入坦克，或许他半夜潜入基地，撬开了坦克盖，换走了一块芯片。"

"不可能。"

"对。"

谢帕德感觉自己快止不住泪水了。她用尽力气不让自己在这愚蠢狭隘的混蛋面前软弱。"我再说第一百次，我不知道 AT-1 为什么会失误，也不知道陌生人如何窃取源代码，更不知道他用了什么手段联系到我。我向您揭发了一切，为什么和怎么办是您的问题。"

"这就是问题所在。"上校平静地说。

"您什么意思？"

"您在这里和我说了一个陌生人的奇幻冒险故事,并且酿成了您项目惨败的后果。除了您的口供以外,我们没有任何证据证明这一点,专家也没有理论可以支撑您的说辞,您的助手同事的话也无法作为证词,只能让我认为是您想推脱自己致命的错误,并且转嫁到一个莫须有的人身上。心理学家认为这叫推脱责任。"

谢帕德再也无法抑制住自己的泪水,哽咽着说"您还没看明白吗?有人掌握了我们的绝密项目源代码,只要他……"

"没有这个人。"上校武断地说,仿佛在下命令。

谢帕德竭力克制住自己的情绪,却还是满眼泪水,声音颤抖地问:"您打算怎么处置我?"

"您会被停职,并接受军事审判。不过我认为您不会受到任何处罚,因为只不过是技术上的重大过失,但您作为技术主管难辞其咎,基本职位难保。"

谢帕德缓缓点头。

上校把手放在她的手臂上,她赶忙缩了回去。"很抱歉,西贝尔,你这段时间的确心理上有很大压力,我帮你安排了军队的心理医生……"

"我没疯。"谢帕德说,语调重新变得坚定,"我倒宁愿是我疯了。天啊,我多希望这才是事实。"

79

德国某处海湾 / 北海，周五 20：47

马克温柔地拥着丽萨说："我也很认真。"

她抬头望着他，眼里流露出了脆弱的神情。他从未见过这般令人怜惜的她，大约她回忆起了仿佛北海上的乌云般笼罩在心底的往事。他知道要让她彻底地交付自己，并不容易。她似乎再次跌倒在感情里。

他亲吻着她的额头，无言地抚爱着。

她回吻着他。接着两人倒在了小床上，紧紧拥吻。

她的身体在他的身下绽放，皮肤上咸咸的海水味，让人仿佛拥抱着温暖的海洋。他们随着波浪起伏摇曳。丽萨渐渐舒展自己的身心，敞开多年来封闭的心扉，用近乎狂野的爱带给马克前所未有的感受。尽管船舱是如此窄小，却阻挡不了他们的激情，两个人愈发紧紧相依，让肉体更加缠绵。

不知过了多久，他终于释放在她身上，心满意足地喘息着不愿离去。他全然忘记了时间，忘记了潘多拉，天地之间仿佛只有海上这帆船内的两个人。

她的手在他的背上轻轻抚摸，身体依旧随着波浪的起伏在他身下滑动，诱惑不已。马克刚平息下去的冲动出乎意料地迅速卷土重来。这次二人的节奏更为舒缓，带着一种暴风雨过后的温柔，没有第一回的压抑，更为美妙，更值得细细品味。

丽萨在他的爱抚下高潮不断，手指深深嵌进他的肩膀。

在他第二次释放之后，两人手臂交缠，面对面躺在小床上，互相看着对方眼中的自己。马克有预感，这是此生最重要的一刻。也许是因为危机让两人走到了一起。但是当所有冲动都得到了满足，他才真正意识到，这个决定是多么正确，他前所未有的满足。

他充满爱意地亲吻着她颈间的小骷髅头，传达自己真切的想法，他爱着她的一切，过去、现在和未来。

"我爱你。"他在她耳边低语。

她的大眼睛流露出显而易见的不敢置信，想要从他的神情里判断真假。最后终于笑着吻了上来，作为回应。

他们一起躺了很久，马克想要保持清醒来留住现在温存的每一个瞬间。可是不知什么时候，他在连日的疲惫中昏睡了过去。

马克在一阵咖啡香气中醒来，猛地起身，撞到了床头的横梁。丽萨正坐在桥牌桌前工作，她重新穿上了湿乎乎的衣服，转头看着他。

"早安，昨晚睡得好吗？"

他不由自主地喜悦一笑："非常棒，可惜我不知不觉睡过去了。"

"想喝杯咖啡吗？"

他点点头。

"那你自己过来拿。"她说着，恶作剧般地笑着举着杯子。他只好光着身子，随着船身摇摆，跌跌撞撞地穿过船舱，在她打量的目光中，博得美人一笑。

"你从哪儿找到的咖啡？"马克在她终于结束恶作剧，把咖啡杯递给他后问道。

"我找到一个小煤气炉，你的岳父准备得很周到。"

热气腾腾的咖啡唤醒了他昨晚的美艳回忆，赶忙转身，避免丽萨看到自己的欲望。

当马克穿回昨天那身潮湿阴冷的衣服，立刻浇熄了喜悦的情绪。他看着这一身狼狈，有点哭笑不得，更为这世事无常的嘲弄哭笑不得。他从来都很注重形象，尤其是在自己爱着的女人面前。但是如果昨天没有被淋湿，他也无法经历此生最美妙的一晚。

他尽快喝下了热咖啡，抵御浑身的凉气，用自身的热度快速烘干衣服。

"你进展得怎么样？"他问。

"笔记本快没电了。不过杀毒初版已经完成了，只需要开始测试。"

"测试？"

丽萨不解地看着他："我没记错，你可是个软件公司老总，总该有常识，软件不是一蹴而就，通过编译器转化为可执行程序不代表程序完美无逻辑错误，只有测试了才知道。"

"莱纳能写出没有逻辑错误的程序吗？"

她黑下了脸，瞪了马克一眼："我又不是莱纳。"

他厚着脸皮笑说："我也发现了。"

她环顾四周，想找东西投过去报复他。他赶忙躲到床单底下。

远处天空中零散飘浮着云彩，东方既白，透出一道光亮。朝阳初升，海面上空无一物，但可以感觉到远方有一艘大船照射出的定位灯光。也许是艘货轮，他有预感，这么随着帆船在海上自由漂浮不太保险，北海毕竟是日常供人们通行的航道。

突然从西面吹来一阵冷风,冻得马克一阵冷战。他赶紧做了几个俯卧撑,让身体暖和起来,随后扬帆起航。他看到从东边出现了一个亮点,如启明星般耀眼,丝毫不受阳光的干扰而减弱。

马克大惊失色,这个放大的亮点带来了直升机的轰鸣声。他冲下船舱,惊得丽萨从工作中抬起头来。

"有麻烦了,"他长话短说,"这下没有暴风雨救我们了。"

80

德国某处海湾 / 北海，周六 6∶10

直升机到达上方后，震耳欲聋的轰鸣声打断了船舱里的交谈。帆船被直升机旋转刮起的风浪吹得剧烈摇摆。

"这里是联邦边防军，请举起双手走上甲板。"扩音器传来威胁，"我再重复一遍，请立即举起手走上甲板。否则我们就要开枪了。"

马克和丽萨面面相觑，怎么会是联邦边防军，而不是海岸警卫队？或是打算起诉他们的西地警察局？他们怎么找过来的？有过往船只举报了吗？还是潘多拉利用卫星侦察了？

马克和丽萨按照指令爬上甲板后，便立刻被一束光照在身上。

"坐在船首，高举双手！不要企图开船或者跳水，否则我们就开枪了。"

马克和丽萨继续顺从地坐下，高举双手。直升机放下一架软梯，马克隐约看到一个人探出机舱，从上面爬下来跳到甲板上，他身穿黑色防弹服，端着冲锋枪对准他们，紧接着来了第二名。他们命令马克和丽萨平躺在甲板上，马克的双手被粗暴地反扣在背后，用塑胶绳索捆死。其中一人向上打了个手势，直升机便拔起高度，在一定范围内绕圈飞行。

"船已被控制住了。"另一人检查了甲板下的船舱后大声喊道。

马克试图坐起身,喊道:"为什么?我们又不是罪犯!"

负责看守的男人粗暴地又一次将他制服。"躺着,不许动。"不容反驳的语气让马克意识到了事态的严重性。不论潘多拉还是迭戈用了什么办法,显然是让他俩被人视作恐怖分子了。

他们平躺了许久。朝霞遍布。两人双眼对视,马克突然感到一阵悲哀与恐惧,他们的爱情才刚开始就要死亡了吗?丽萨泪眼婆娑却坚强地笑着。马克努力回了一个微笑,想要给她一点信心,尽管他没有。他多想握住她的手,给她一丝安慰。

终于由远及近听到了引擎的轰鸣,一艘灰色的海军快艇飞驰而来。他们被人抬起,绑在担架上,放到快艇上。不久他们被人推下甲板,扔在了两张木板上,关了起来。

"这是做什么?"马克大喊,"我要跟我的律师说话,该死的,你们至少给我松开。"

看起来没人能听见。

"听好了,"他高喊,"我知道一定有人窃听。我是马克·赫利俄斯,D. I. 软件公司的 CEO。我的一名程序员同事,偷偷制造了一个危险软件潘多拉,并且传播到了网络上。它在网络上开发出自己的智慧,无所不能,可以轻易地入侵警局的电脑系统。不论你们拿到了什么信息,都是假的。我们不是恐怖分子,相反我们正在积极编辑抵御潘多拉病毒的软件。帆船上有一台笔记本电脑,请保护好它里面的潘多拉病毒的源代码。"

他叹了口气:"我知道听起来很荒唐。但是请你们至少通知电脑专家,让他看看上面的程序!请你们验证一下,我说的是否属实!拜托了!这关系人类的未来!"

"放弃吧,"丽萨说,"他们什么也不会懂。"

马克忽然想起一个关键词,大喊:"温格尔警长!你们可以向汉堡警察局犯罪调查部的温格尔警长咨询,他知道我们是清白的!"

81

汉堡，阿尔斯特多夫，周六 12∶05

"请你们务必相信我！"马克盯着桌子对面的三个男人。这是一间简陋的无窗房。一个男人脸部轮廓鲜明而且不露声色，明显是联邦刑事调查局的高官，他并没有自我介绍，但显然是几个人中身份最高的。另外两位，有一位是年轻的警员福格特，还有一位是叫斯蒂芬·舒茨的，犯罪调查局录用他，可能是因为他鼻梁上架着一副高度近视眼镜，头顶半秃，满面胡须，正是人们惯常以为的电脑高手形象。

舒茨向前倾身，"听着，我也懂些电脑，"他说，"但您刚才说的事情，从技术上讲行不通。即便真有人工智能，也绝没有能力入侵国际刑警组织的电脑系统，并篡改里面的资料。"

"但是资料明明被篡改了，不是吗？要不是因为这个，你们就不会在这里审问我。"

"我在这里，是因为温格尔警长替你们担保。我们还在审核他的调查资料。"

"那你们最好检查一下你们的电脑资料，找出来是谁发布的国际通缉令。跟他谈谈，不要依赖所谓的电脑系统，得跟人调查！"

舒茨叹了口气,不顾一旁反对的目光说:"好吧,您说得对。我们知道有人黑了国际刑警组织的电脑系统,只是我们不知道这是如何做的。"

"我说过了,是潘多拉……"

"别再提这个潘多拉的故事了,"年轻警员福格特插嘴说,"您别想靠这个故事蒙骗过关,告诉我们到底谁是这起事件的幕后黑手。"

马克叹口气,摇了摇头问:"你们检查笔记本电脑了吗?"

舒茨点点头:"我们没找到你女伴描述的东西。"

马克备感讶异,皱着眉沉默,忽然他想明白了,想要悲凉地笑出声,却在眼底深处涌出了泪水,他明白了对面的白痴毁了他和丽萨的所有努力:"你联网了,对吗?"

舒茨有些尴尬地试图掩饰:"当然!不然我怎么能……"

马克气急败坏地大喊:"白痴!混蛋!你他妈知道自己干了什么蠢事吗?那个电脑病毒软件是我们最后的机会!"

"请您冷静,赫利俄斯先生。"官员的语气出奇的平静,低沉的声音让他更愈发威严。

"我怎么冷静得下来?我知道你们很难相信我的描述。但为什么至少不听听丽萨说的话?她一定警告过你们不要联网,有没有?"

正如不善言辞的技术人员,舒茨也不擅长撒谎,他点了点头:"请放心,我们有最先进的防火墙……"

"你们只有一堆破烂!就因为你们的无知傲慢,我们错失了最后的机会,人类……"他突然想到,可能他们还有最后一次机会,如果丽萨与联邦刑事调查局的电脑专家合作,或许能在短时间重新写出一个病毒。他们也许可以找回错失的时间,只要他能向警方证明……

"你有笔记本里的那张光盘吧？"

舒茨表情为难地说："有是有，它……"

"它怎么了？"

"我的刻录机故障……"

"您把光盘放到刻录机上去了？"马克难以置信地晃着头，将脸埋在手里，"我简直不敢相信！"

"为什么不能？"舒茨语气中透露着委屈，"光盘刻录机一般不会独自启动，而且那是一次性光盘，因此……"

"怎么？"联邦刑事调查局的官员平静地问道。

舒茨低头盯着笔记本说："我的刻录机故障，所以不小心把光盘上的资料毁了。"

官员盯着舒茨好久，经过一阵令人不悦的沉默后，他说："我再问你一次，舒茨先生，赫利俄斯先生是否可能是对的？是否真的有人或什么东西入侵了我们的网络，蓄意销毁了资料？"

舒茨无法反驳。

官员的灰色的眼睛放出了冷冰冰的怒火。"您可以走了，赫利俄斯先生，我向您保证会彻查此事。不论资料是如何被删除的，我们都会找出来恢复。"

赫利俄斯缓缓摇了摇头："一切都太晚了，我们没机会了。"

82

汉堡，阿尔斯特多夫，周六 12：40

"他们毁了一切。"马克垂头丧气地说，"那个舒茨是个白痴……"

丽萨站在审讯间外等他："别在这儿说。"她用眼神示意了一下安装在顶上的的监控。

他们离开警局后，沿着汉堡北城的办公区走了一段，周末街上行人几乎看不到多少。

"那个大笨蛋竟然拱手把源代码交给了潘多拉处置。"马克说，"我们只能坐以待毙了。"

"还没完。"丽萨说着，掏出一个打火机大小的银色长方体。

"你有……但我们被带走时，他们搜过身……你究竟藏在哪里……"

丽萨只做了个鬼脸。

"现在我们该怎么办？"马克问。

"我们没时间了。潘多拉可能会怀疑我们有源代码备份。如果再次被逮捕，我反而觉得很正常。"

"刚才那个官员相信我的话，他会阻止……"

丽萨摇摇头:"只有他一个人,即便他位高权重,也阻止不了整个系统。"

"你是对的。"马克环顾四周,不远处有个公车站,"现在去哪儿?"

"深入虎穴,"丽萨说,"去 D. I.。"

"去公司?为什么?"

丽萨叹了口气:"我们来不及测试病毒了,必须直接上传到网络,而且那里必须是潘多拉是最核心的部位。"

"但温格尔不是说,核心服务器被烧毁……"

"核心服务器也许是,但不是整个系统。我相信马丁早就修复好了。如果要说哪里是潘多拉的中心,无疑是 D. I.,另外还有一个优点,那就是我们可以把病毒同时上传到多台高功率的电脑上。"

"但是潘多拉得到你的源代码,它会不会……"

"它没有,"丽萨说,"删除电脑资料的不是潘多拉,是我。"

马克从一侧看着她:"你猜到他们会坏事吗?"

丽萨又做了个鬼脸:"好啦,我只是太了解警察了!"

他抱住她,给了她一记长吻。她笑着挣脱开:"嘿,我们错过公交车了!"

半小时后,他们来到汉萨商贸中心。接待台后的保安依然怀疑地盯着他们,却也回应了马克的问候。他不是之前发现莱纳·艾尔林尸体的那个保安了。

他们走上楼梯。

"你能黑进门禁吗?"马克问。

"用不着,你不是还有一张门禁卡吗?"

马克点点头:"是有……潘多拉会知道……"

"它会让我们进去的,放心。对它来说,我们的定位尤为重要。"

"它会想办法杀死我们!或者再次放火……"

"可能吧。我们必须动作快。但是我不觉得它会毁了公司,核心服务器被烧对它而言损失惨重。"

"你认为它会心痛?"

"差不多。每台电脑都是它的一部分,就像人体大脑细胞。我相信只要其中某个部位失灵,便会启动预警系统。要是同一时间太多部位出故障,又是在核心部位,一定让它非常不舒服。"

按马克的想法,潘多拉头疼的事情不只是这些,它必须对两个人的死负责,以及它企图杀死他和丽萨。现在轮到他们报复这个虚拟的东西了。

马克的门禁卡划过读卡器后,大门如丽萨预料的那样开启了。只是公司里并非如猜想的空无一人。他们穿过玻璃门,目光越过华丽的接待区,看见玛丽正坐在她的办公桌后,而约翰·格里姆斯站在她身后,正看着她的屏幕。听到开门声,二人同时转身。

"马克!丽萨!"玛丽惊叫。

约翰·格里姆斯那张青蛙脸居然笑了起来。他朝二人伸出手,走了过来。马克和丽萨愣住了。"您应该就是霍格尔特小姐,很高兴认识您!"他说,"你们能来太好了!马克,我们很担心你们。"

马克不信任地看着他,从没见过他那么友善和热情的样子。"请你们去我的办公室吧。"D.I.新任CEO说,"你们想喝咖啡吗?"

"格里姆斯先生,您必须相信我,"马克说着在他从前的办公桌旁坐下,"蒂娜变异了,现在十分危险。我们必须……"

"我知道。"格里姆斯盯着马克,"我犯了很多错误。我知道您觉得我是个心胸狭窄的混蛋。的确，但是我代表着变化资本，他们投资看不到回报，给了我很大压力，所以必须那么做，我向你道歉。请接受我的歉意。"

马克目瞪口呆，他下意识地握住格里姆斯伸过来的手："没关系。"他眼睛的余光瞥见丽萨正满腹狐疑。

格里姆斯又笑了，马克惊讶地发现，这张脸居然也有友善的样子。

"我想向您提出一个建议，"格里姆斯说，"我想重新任命您为这家公司的 CEO。由于您出色的表现，您还将得到 100 万欧元的特别奖金。此外，变换资本还将注资 5 000 万欧元，三次付清。我想，一两年内让公司上市。"

马克以为自己听错了。奖金、5 000 万欧元投资、上市……自从新市场的短暂黄金岁月消失以后，他再也没听到过这些词语了。格里姆斯在开一个可怕的玩笑吗？

格里姆斯似乎看出他的疑虑。"我是说真的，马克。我和伦敦那边的人谈过了，他们已经准备好提供一切必要的资金。"他上身前倾，压低声音，似乎担心别人听见，"您发现的人工智能是科学史上具有里程碑意义的。我能想象出来，比尔·盖茨要是发觉自己再次错失良机，会怎样叹息。"想到这里他笑了起来。

100 万欧元！这个数字多么有魅力，多么有魔力。他能保住自己的房子，虽然无法挽回婚姻，却能保住颜面。借着变化资本公司的注资，他还能重组公司，留下一起打拼至今的忠心耿耿的员工，而他将重新出任 CEO。约翰说得对：潘多拉是自发明电脑以来最伟大的发现。D. I. 也将一举闻名世界。他也将与谷歌的两大创办人拉里·佩奇、谢尔盖·布林及 eBay 的创办人皮耶·欧米迪亚齐名。他曾经梦想的一切都将成真。

真是一个巨大的诱惑。

"不！"丽萨突然说，与他十分默契。

马克看着她，想要秘密传达他佯装答应提议的信息。但是怎么才能不动声色地与丽萨配合？

她冷冷地看着他："你难道要接受这个提议？你忘了潘多拉有多危险吗？"

"听着，霍格尔特小姐，"格里姆斯说，"我理解您，但您不认为在销毁潘多拉之前，我们应该先理解它吗？无论如何它仿佛有着生命力。有了变化资本公司的资金，我们就能悄悄研究它了。"

"悄悄地研究？你要我们怎么悄悄？它已经导致两人死亡，而且还一再下毒手杀人。总有一天，不会有任何人能威胁到它。"

"胡说八道。潘多拉仰仗人类，"格里姆斯说，"电脑的生产、维修都需要人类，它何必毁灭人类呢？为什么非要争个高低呢？我们现在就是在人机和平共处的条件下，未来也会一样。只因害怕潘多拉失控，便要摧毁这么优秀的产物，这是极其错误的决定。"

"失控？你在逗我吗！"丽萨气得满脸通红，"潘多拉早就失控了！而且事实正好相反，它控制了我们！"她转身看着马克，"你发现没有，潘多拉也迷惑了格里姆斯，就像拉拢迭戈一样。它用权力和财富引诱着人类，总有一天，它会撕毁一切与人类的协议。只要它不再需要人类依旧能够生存时，地球上就再不需要人类了。"

"丽萨，约翰也许是对的。潘多拉可能打算毁灭人类，或许我们可以扭转局势，与它和平共处……"

丽萨怒不可遏："你难道忘了魏森贝格教授的话了？这是进化论，

是两个不同物种之间生死存亡的对抗。只要我们还有用,就能活。趁我们现在还能阻止它!"

马克在格里姆斯和丽萨之间游移不定:"丽萨,你觉得不觉得有可能我们都错了?这是人类第一次与人工智能的接触,我们有什么权利决定人类如何行动呢?"

丽萨怒火中烧。"看来我是多余的。"她准备起身离开房间。

格里姆斯同样起身:"很遗憾,您做了一个相反的决定。霍格尔特小姐,欢迎您随时改变想法,我只有一个请求。"

"什么?"丽萨恨恨地问。

"您的优盘。"格里姆斯平静地说,"请把优盘给我。"

83

汉堡，港口新区，周六 15：13

马克缓缓转身："您从哪里得知优盘的事？"

"我又不傻，马克，我知道你们来是为了销毁潘多拉，还知道你们设计了一个杀毒软件。这东西不会放在包里携带。"他转身面对丽萨·霍格尔特小姐，"您应该能理解，我肯定会阻止您毁掉公司财产、窃取公司机密的。"

"他撒谎，"丽萨大声说，"是潘多拉告诉他的。潘多拉，一定分析过系统记录了，发现我把病毒备份下来。我还以为清除了所有痕迹，显然不够彻底。"

马克看着格里姆斯的青蛙眼，觉得自己仿佛是被青蛙盯上的苍蝇，随时会被大嘴中甩出的长长的黏舌粘住，"很抱歉，约翰，丽萨说得对，我们不能冒险，必须销毁潘多拉。"

格里姆斯摇摇头："马克，我向你伸出了橄榄枝，可你却拒绝了。"

他伸手打开抽屉，突然掏出一把手枪："很抱歉，我别无选择。我要尽一切可能保护公司财产。"

马克瞠目结舌地盯着手枪，格里姆斯的目光冰冷、坚毅与他脸部的松弛反差极大。马克想起关于格里姆斯的事,突然意识到果然眼见为实,他可能还在为英国政府或者那里的人做事。

"请您举起手,马克。还有您,丽萨,快把优盘给我。"

"不。"丽萨大声回答,眼露凶光,"有本事对我们开枪呀!"

"你以为我不敢是吗?你以为我只会狐假虎威、一事无成?"格里姆斯冷笑,"那您小看我了,'冷战'期间我可是情报机构成员。俄罗斯人都奈何不了我。请相信我,我最擅长用枪,也知道如何让人痛不欲生。让我证明给你看,还是把东西给我。"

"这是在干什么?"马克说,"您怎么能大白天用枪威胁人呢?警察……"

格里姆斯阴险地笑了。"警察就是废物!我抓住了威胁我的窃贼,这是正当防卫。您知道,到警察那里我就是这个说法。"他提高声调,"现在快把优盘交出来,否则就让你们吃不了兜着走。"

"约翰,我……"

门开了,玛丽顶着她的红色卷发探了进来:"对不起,我听到喊声以为……"她瞥到手枪,眼睛圆瞪,"怎么?……"

"请您进来,举起双手,安德里斯小姐。"格里姆斯冷冷地说。

玛丽在门缝处眨眨眼,想要弄明白怎么回事。她求助地看着马克,马克轻轻摇头。她的眼神告诉他,她明白了,然后突然砰地关上门,马克听到她在地板上急促的脚步声。

格里姆斯意识到她要去报警,立刻朝门口扑去。马克等的就是现在,他跳起来,用肩膀猛撞格里姆斯,又试图抓住格里姆斯握枪的右臂。

格里姆斯看起来有所防备,肥胖的身子异常敏捷,一个转身就从马克手里挣脱出来,紧接着又抬高右臂,马克扑了个空。

不过房间里还有丽萨,只见她又一次用回旋踢轻松击中格里姆斯的膝盖,格里姆斯身子一缩,往后倒下。

马克毫不迟疑地飞扑上去,双手死死扣住胖子握枪的手臂。

格里姆斯此刻即便处在下风,依然奋力屈膝击中了马克的敏感部位,马克疼得一阵眼前发黑。格里姆斯抓住时机,彻底挣脱。

枪声响了。

马克只听到一声爆炸,突然腰部湿漉漉的,一秒钟后,才感受到疼痛。

他不禁呻吟着,不自觉地松开了手捂着左边的伤口。

格里姆斯试图起身,但丽萨抢在前面起身一跃,以全身力气踢中格里姆斯的右臂。只听到可怕的骨折声,手骨不出意外是被踢断了。他疼得一阵惨叫,丽萨疯了似的踹他的脑袋,然后用枪指着他。

"别动!否则我就打死你。"她的语气告诉格里姆斯,她做得出来。

马克翻身站起来,有一阵诡异的轻松感,这不是个好兆头。

办公室的门被撞开,玛丽冲了进来。"天哪,马克!"

"我还好。"马克说着,尽管一下子有些混乱。他跌跌撞撞走到办公桌旁的椅子上坐下,伤口被拉扯着,疼痛让他浑身一抖,但没有出声。

"我的天!"玛丽喊道,"我马上打电话叫医……"

"等等,"丽萨说,"你先帮我把这个这个王八蛋捆起来。要是放任他自由活动,只会给他机会杀了我们。"

玛丽点头。

"转过去!"丽萨命令道,枪口对着格里姆斯。格里姆斯在痛苦中不忘露出冷笑。丽萨立刻又朝手腕狠狠补了一脚,他痛得大喊,紧接着嘴里冒出一堆英文咒骂，身子趴到地上。

"快从电脑上扯下几根电线，绑住他的手和脚。别和这死肥猪客气！"

玛丽依言去办，怒气冲冲的神情表明了她不会有一丝同情，她粗鲁地一把将他的手臂扯到身后，用电线绑住他。玛丽和马克一样是帆船爱好者，会打一手漂亮的结。

"你会后悔的！"格里姆斯倒在地上大喊，"我会让你付出代价的！"

"少废话！"丽萨严厉地说，"否则我就趁这个机会，在我被抓起来前狠狠折磨你！"

格里姆斯闭上了嘴。

玛丽打电话叫医生和警察，丽萨焦急地查探马克的伤势。他衣裤的左侧已经被鲜血浸透了。奇怪的是，他并没有什么痛感。他从桌边直起身站起来，感受到生命的逐渐流失。他摇摇晃晃地走出办公室，感觉到了眩晕，仿佛还漂荡在北海的小船上。

丽萨赶紧跑过来。"你快躺下来，玛丽帮我一下。"

他们把马克小心扶到了门口前台处，丽萨将马克的上衣卷起来，马克立刻疼出声。

"糟了，"丽萨看到伤口，急着喊，"你们这有急救箱吗？"玛丽点头飞快起身。

"病毒。"马克虚弱地说。

"听着，马克，病毒不是最重要的，我们得先照顾你。"

"潘多拉知道我们的打算，你必须马上把病毒上传到网络上。它一定有后招。"

"但病毒未经测试,要是不起作用……"

"听我的,这是唯一的机会了。"

玛丽取来急救箱。"让我来吧,我上过急救课。虽然没学过处理枪伤,但是应该能应付得了。"玛丽勇敢地露出微笑,尽管脸色苍白。马克看得出她内心的焦灼。

"好吧,"丽萨说,"我得赶紧处理一下别的事。"在玛丽刚把绷带缠在马克伤口上时,丽萨冲向一台电脑。马克咬牙忍住疼痛,以免玛丽过于紧张。

"好了……病毒上传好了。"没一会儿,传来丽萨的声音,"拜托上帝,让我们成功吧!"

"有效了?"丽萨的话让马克不禁心里一颤,他知道这不是个好兆头。

"还不知道。"丽萨说,"我至少还无法确定潘多拉直接的反应,不过那不代表没效果。我们只能等。"

"该死的救护车怎么还不来?"玛丽忧心忡忡地说。马克试图故作轻松地微笑,但是眼前直冒金星。不要睡,不要睡!

办公室的门被打开了,马克光扭过头就花掉了许多力气,不输血或者急救不行了。

然而在门口的不是医生,也不是警察。

身穿黑摩托车皮衣的粗蛮壮汉咧嘴笑着,马克一阵头晕目眩陷入了深深的黑暗中,归于平静。

84

国际空间站，周六 14：17

突然显微镜下的酵母菌图像剧烈晃动混成一团。坎托尼看到自己的手也在剧烈抖动。"发生什么事了？"

"什么什么事？"同在"命运"号内离他两米远的奥尔洛夫飘过来。刚才他正在液晶显示器前翻阅电脑里的操作手册。这段时间，温度失控的问题突然消失了，可是依旧有各种新的错误信息出现。有一次是几个小时的空气制冷，就在他们以为是空气循环故障时，设备又自行恢复正常。还有就是照明灯突然全部熄灭，微波炉加热失常，害得他们花了半小时清理微波炉。还有一次是他们与地面失去联系数分钟。

许多问题都十分严重却不至于致命。可是这种失控犹如隐藏在空间站的恶魔，令人不安。而地面控制中心更是无法理解其中任何一次异常，更别说解决方案了。坎托尼觉得下面的人已经开始怀疑他们两个人在搞鬼了。

他一点也无法保持乐观，因为他明白，所谓的暂时性故障直接暴露的就是系统不稳定，这是系统全面崩溃前的信号。就像火山爆发前，会出现一些轻度的地震一样。唯一值得欣慰的是，奥尔洛夫不再认为是他从中作梗。奥尔洛夫并未对自己的猜疑道歉，并且只要坎托尼提议回地球就会被粗暴地拒绝。由于两人目前处在一个不定时炸弹中，所以就达成了一定意义上的停战协议，携手对抗不听使唤的设备。

"哪里有震动？"他说，"我感觉到了。"

"我什么都没感觉到，"奥尔洛夫回答，"可能是你……"

仿佛回应一般，突然传来一阵金属的撞击声，听着像是一个金属柜倒了。但问题是，在目前的失重条件下，不会有任何东西倒塌。

奥尔洛夫不由得冒出一大段俄语咒骂，对此他的吃惊大于不安。他打量着四周，熟练地穿过各个太空舱，检查中央电脑。

坎托尼刚想跟过去，眼睛余光看到一扇玻璃窗外的景象，他惊呆了。顾不上自己撞到了舱壁的疼痛，他冲到窗前，盯着窗外。

那是一块看似正方形的铝箔，上面一些长方形晶片在阳光下闪闪发光。这一定是从太阳能收集板上脱落的。是太阳能收集板遭到了陨石或太空垃圾的撞击吗？要真是那样，没直接撞到空间站，算他们命大。

很快又再次响起爆裂声，这回一块更大的太阳能收集板碎片从窗前缓缓飘过，只要它碰上空间站外面各种组件中的一件，他们就完蛋了。

墙上的电话疯狂地响起，坎托尼一听就知道是第一线路在呼叫他，赶紧按下接听键。

"坎托尼吗？"

美国地面控制中心负责人约翰·爱德华兹的声音出现在电话那头："这里是MD，安德里亚，你们那里出什么状况了吗？我们接收到强烈震感和电力供给下降的信号，请报告现状。"

"我完全不知道出什么事了。"坎托尼顾不上爱德华兹是否感受到了他语气中的绝望,"尤里还在'星辰'号,试着……"他看到了对面遥控机械手臂的控制面板,"等等,我会再打过来。"

他挂断电话的下一秒,铃声响起。坎托尼没去理会,径直飘到控制面板前,屏幕上显示的是空间站的一小部分,而且画面在来回晃动,当太阳能收集板出现在机械手臂那里,肉眼可见上面出现了大洞。摄影机关闭,随即又传来一声金属爆裂的声音。

坎托尼努力控制住操纵杆,阻止机械手臂的活动行为。然而他的动作根本无法和电脑操作相抗衡,仿佛是被倔强的野马来回甩动。坎托尼正在和机器进行一场无声的较量。大滴的汗珠从他额头上滑落下来,好歹他阻止了机械手臂重新击向太阳能收集板,避开了一次更大的撞击。

"你在干什么?疯了吗?"坎托尼被人从身后抓住肩膀向后拉扯,操纵杆从他手中滑落,他的身体横穿机舱,直到肩膀狠狠地撞在一个操作架上,引发了剧烈的鸣响。

奥尔洛夫凶狠地盯着他:"你这个叛徒,我要杀了你!"

"我只是……"坎托尼刚要辩解,又一次传来一阵声响,声音比之前沉闷了不少。他无须再辩解,画面一清二楚。奥尔洛夫目瞪口呆地看着机械手臂的末端刚掀开太空舱外的一大块隔热材料,清晰可见下面的金属板。要知道这两米厚的金属板是他们隔绝太空、能够生存下来的唯一保障。已经清楚地看到金属板上的一块凹陷,显然是隔热层没了外面的保障,导致机械手臂对舱体的冲撞力加大。只要在同一部位再次撞击,他们无疑瞬间就会死亡。

奥尔洛夫像刚才坎托尼一样,立即投入与机械手臂的斗争。

电话铃声不断响起,让人烦躁不已,坎托尼拿起听筒。

"这里是 MD。我马上需要一份现状报告……"

"机械手臂疯了。"

"疯了是什么意思?"

"根本无法控制它,它在自动摧毁空间站,看起来被外力控制了。"

"不可能,没人能进入系统。"

"那就是系统本身的问题,系统控制了机械手臂。"

"你们必须马上关掉开关。"

"你们以为我们刚才在干什么?该死的电脑自动启动了。"

"听着安德里亚,我们完全不理解这几天你们那边的情况。我知道你听了会觉得可笑,但我们95%相信这些是人为造成的问题。"

"人为造成的?什么意思?"

"意思就是你们两人其中的一个……"

"我说我现在正在讲话,尤里在和系统奋力搏斗,那个该死的系统真的无法控制。"

"在控制面板前吗?"

"对,他在努力……"

"听着,你只能立刻将他拖开,不管用什么办法。博肯医生说有一种罕见的精神分裂症,症状是……"

"你到底有没有在听我说话!我们没疯,是电脑疯了!我自己刚刚就在跟系统搏斗,现在换了尤里,他也在尽一切努力,避免最坏的情况发生。你们帮不上忙还认为是我们疯了!"说完,他啪地将电话扣上,朝奥尔洛夫转身。

显示机械手臂的三面液晶屏幕突然全部漆黑,控制面板信号灯显示操作暂停。"你是怎么办到的？"坎托尼问。

"什么也没做，"奥尔洛夫回答，"它自己关闭的。"

"爱德华兹认为这是人为导致的，说博肯医生跟他说了什么精神分裂症的事。"

"博肯？他自己才有病。"他用手点点额头，"地面控制中心，只会在你需要的时候骚扰你。"他的目光看向地面，"安德里亚，我道歉，空间站出的问题和你无关，对不起。"说完，他伸出了手。

"没关系。"坎托尼回答。俄罗斯人的手劲，并没有想象中大，似乎奥尔洛夫想用这个温和的方式表示今后会友善一些。

"换言之，以后我们只能靠自己对抗系统了。"奥尔洛夫说，"你听说过电影《2001太空漫游》吗？"

哪个宇航员会没看过斯坦利·库布里克这部电影？讲的是一台陷入疯狂的电脑把飞船上的宇航员赶尽杀绝的故事。

"你不会以为电脑蓄意制造了那些故障吧？我们这上面没有HAL那种人工智能，这里操作系统的运算能力甚至不如我普通的家用电脑。另外，我们也不能随意关机。"

奥尔洛夫点点头："只要机械手臂能安静下来，我们就必须尽快消除它的隐患。"

"你想怎么做？"

"我们必须出去。"

一丝短暂的希望曙光从坎托尼的脑海中闪过，但坎托尼却不得不认识到，俄罗斯人说的不是回地球。"你不会是想来一次舱外活动吧？就在现在，电脑出毛病的现在？"

"机械手臂随时会再次启动。我们必须把它和空间站分离，这是我们拯救国际空间站的唯一机会了。"

坎托尼从奥尔洛夫深褐色的眼睛里看到了坚决，只能顺从地点了点头。"好吧。谁出去？"

他本希望奥尔洛夫做表率。说到底，奥尔良洛夫是一条硬汉，而他不是。可是奥尔洛夫的回答让他惊诧不已。"我们两个一起出去，一个人出去太危险了。"

85

汉堡，港口新区，周六 16：22

"迭戈！"丽萨吓了一跳，瞪大了双眼。

"您是哪位？"蹲在赫利俄斯面前一位满脸雀斑的红发女士问道。

赫利俄斯显然受了伤。迭戈不知道发生了什么，潘多拉只告诉他丽萨把艾娃·魏森贝格笔记本里的文档存到了一个优盘里。迭戈耗费了半天的时间和潘多拉一起追踪丽萨和赫利俄斯。最后系统通知他们，两人出现在了 D. I. 办公室。迭戈立即出发，他要赶在第一时间阻止病毒被上传到网络，但是现在他隐约感觉到自己还是棋差一招。

他不由自主地升腾起一股怒火，他要狠狠教训这个贱女人。他从右腿口袋里掏出折叠刀，渐渐靠近她。

丽萨冷笑着举起枪对准他。她从哪儿弄来的枪？没关系，现在双方实力悬殊，但是胜负只在一瞬间。以迭戈的经验来看，必须严阵以待，不能小看她。他慢慢举起手。"这是做什么，快把那东西放下。我是来谈事情的。"

丽萨哼了一声："谈事情？根本就是潘多拉派你来杀我们的，你已经是它的工具和走狗了，毫无价值。它总有一天会把你困在电梯里，像杀死莱纳·艾尔林那样弄死你。"

迭戈最擅长随机应变的花言巧语,他将自己伪装成一副温和友善又不失可爱的俏皮男孩模样,这套老把戏屡试不爽。

"你不知道,丽萨,这个人工智能真的很惊人,聪明又没有坏心思,你别杀了它。过来,它就是想跟你和谈。"

迭戈希望提到和谈会让丽萨动容,毕竟她曾经还参加过反战游行。不过他看出来了,这办法不奏效。丽萨冷笑道:"所以潘多拉要你举着刀子来和谈?"

他在冷场的局面中,竟然又挤出笑意。他把刀子丢到一边,说:"我这只是单纯的防卫措施嘛。"

"这玩意也是。"丽萨晃了晃手枪,"你现在给我乖乖坐到前面的椅子上。"

"为什么?"丽萨身后的门悄无声息地缓缓打开。迭戈的第六感告诉他,这人有枪并打伤了赫利俄斯,是丽萨的敌人。那么敌人的敌人就是朋友,至少暂时是。那人还在这里,那么他只要配合地把两人的注意力吸引到自己的身上就可以。他举起手来,说:"好好好,我坐过去就是了。不过你也不对,我知道你已经把病毒传播出去了,你想销毁潘多拉。"

一个样貌矮胖大腹便便的男人无声地走了出来,手里拿着电线绕成的套圈,慢而优雅地靠近了丽萨。他的一只手扭曲着,疼得脸都变形了,他或许试图套住丽萨,大概只能让她受困,没办法勒晕她。

男人给迭戈递了一个眼色,他们都是潘多拉的同伙。

迭戈克制住自己点头回应的冲动:"丽萨,我们一定要阻止那个病毒,帮助潘多拉找到防御办法,求你了,给我病毒的源代码吧……"

"你不会以为我真会……"

"小心！"红发女人朝着丽萨的方向瞥了一眼，高呼起来。丽萨转身对准胖子，胖子已经就在她的身后了。

迭戈抓住时机把丽萨扑倒在地。

丽萨在他的身下挣扎，母狮一样地奋力反抗。这让他突然性欲高涨，比做爱更让他觉得刺激。他用自己笨重的身躯把她制服在身下。丽萨是出色的搏击手，但也都是迭戈教的，所以在这样一场比赛中，丽萨毫无还手的机会。

不一会儿，迭戈便夺走了手枪，翻身而起，枪口对准了丽萨。

"可以问下，您是哪位吗？"胖子带着浓重的英国口音问道。

迭戈挤眉弄眼地说："潘多拉的朋友。"

胖子点头："我是约翰·格里姆斯，D. I. 的 CEO。感谢您帮助我保护了公司的财产免受这两个疯子的侵害，拯救了潘多拉，我为您的见义勇为致以最真诚的谢意。"

迭戈沉下了脸，他们认识还没一分钟，他就已经很反感这个胖子了。"谢谢您的慷慨，然而潘多拉并不是你的财产，而且还没救出来。"他用枪指着丽萨，"快把病毒源代码交出来。"

她指着插在一台电脑上的银色优盘："在那儿。"

"你当我是傻瓜吗？源代码肯定加密了，密码是什么？"

"狗屎。"

迭戈惊讶地看着丽萨，她竟然还有胆子胡说八道。"马上告诉我正确密码，否则我再给你男朋友的腿上来一枪。"

丽萨沉默地看着他。

迭戈用枪瞄准陷入昏迷的赫利俄斯，一颗子弹击中了他的腿，浓稠的血液瞬间从赫利俄斯的大腿流淌出来。

丽萨和红发女士同时惊声尖叫,音调不一,却出奇的和谐,就像两个女高音二重唱。迭戈觉得自己拿捏住了她们的软肋,显然她俩都爱慕着这个混蛋。

"接下来我要打碎他的蛋了。"迭戈说,"这样的话,你这英俊的男朋友可就没什么用处了。你考虑一下怎么回答我,贱女人。"

"休想!"丽萨咬牙切齿地回答,犹豫和痛苦的神情先后闪过,她快要撑不住了。

他弯腰将手枪贴着赫利俄斯的裤裆:"怎么样?考虑好了没有,别想耍花招。我知道你创建密码的规律,我倒数三下,三、二、一……"

86

汉堡，艾伦斯布特，周六 16：13

"汉堡队如果还想打败拜仁慕尼黑队一定要加油了。好了，汉堡队已经做好反击准备，开始反攻！他们能赶在上半场结束前追平比分吗？……"

突然手机响了。妈的，怎么这个关键时刻有人打电话。温格尔警长知道他非接不可，不论怎么说，马克·赫利俄斯的案子里面疑点重重。就说今天上午，联邦刑事调查局的一名官员用一通电话就把他从床上揪了起来。那位官员说，赫利俄斯和丽萨·霍格尔特在北海被捕了。有人给他们发出了国际通缉令。温格尔和官员说，那通缉令肯定是伪造的，并表示可以去警局和赫利俄斯谈判，却被调查局官员拒绝了，反而对他刨根问底。这种官员通常不屑于让普通小警长参与他们的调查。

随便，爱去不去。他们不相信他所描述的电脑入侵和失控的恐怖故事，但也并未让温格尔失望。毕竟他们有自己的电脑系统部门，想一想，如果电脑真的和那两件死亡案件息息相关，甚至是真凶，他们部门必定要对真相追根究底。联邦刑事调查局还是会尽职尽责的，温格尔大可将此案脱手，这样可以说皆大欢喜。

然而，并没有这么简单，只要他们的调查陷入僵局，还是会回头找上门来。可在这个时候，汉堡队翻盘大举进攻之际，那些人就不能等等吗？

温格尔屏住呼吸，牢牢关注着汉堡队的动态。好球！左侧一个干净的直传，将球传入拜仁队的禁区，直接被控制在了汉堡中锋的脚下。解说员大喊："没越位！"温格尔紧张地握住了座椅扶手。踢进去！他在心底呐喊，接下来该破门了。突然屏幕上满屏雪花。

"妈的，怎么回事……"温格尔疯狂点击遥控器按钮，所有频道都故障了。他赶忙检查电视，天线完好未脱落。肯定是电缆网络的问题，偏偏在这关键时刻。

手机依然坚持不懈地响着。无所谓了，他看了眼手机屏幕，不是调查局打来的，而是德里克。除了他还有谁会故意选在这场至关重要的足球比赛时拨打电话呢？他恍惚觉得德里克是不是通过什么办法遥控了他的电视，就为了让他接听电话。他叹了口气。"我是温格尔，你好。"

"嗨，老大！局里值班的同事接到汉萨商贸中心打来的报警电话，赫利俄斯和格里姆斯起了争执，发生了枪击。我们派出了一队警察，可是现在交通陷入了混乱，我想您刚好住在附近……"

电话突然中断，一阵杂音后，只有占线的声音。

"德里克！"温格尔喊着，显然无济于事。

他盯着手机，网络信号全无。他仿佛进入了隧道或者在荒无人烟的孤岛上。他突然后背冰凉，有一种不祥的预感，电视转播信号、移动电话、网络同时故障，难道会是巧合？

他一把抓起执勤手枪，穿上皮夹克。放弃了开车，取下了自己的哈雷摩托车钥匙,既然城里在堵车,那摩托车会快一点。

他走出自己位于阿尔托那的小公寓,在楼道里听见邻居们正在大声议论电视网络中断的事情。他突然联想到,人们如果听到某人在汉堡被杀害的消息,最多唏嘘感叹一下,可是网络信号中断,却让他们惊慌失措。

他大步冲出楼道,也不知道为什么这么着急,冥冥之中就是有个念头在催促着他,他将哈雷摩托车推出院内的专用停车库,这间车库的租金基本与一套小公寓一样高。他发动摩托,引擎低沉的轰鸣声响起来,震动通过厚厚的坐垫传达到了身体,他稍稍心定了些。

当他到达街道,立刻陷入了一片混乱的车鸣中,道路水泄不通,显然远处还发生了一起车祸。温格尔在车辆中间穿行,一名金发女子根本没注意车后,径直推开了车门,温格尔侥幸及时刹住了车。他果断掏出警官证,制止了边上人的咒骂,继续前行。

整个街区的交通彻底瘫痪。十字路口的红绿灯每秒变换一次,有如歌舞厅的灯光。

他干脆把车骑上了人行道,在一旁看热闹的人群作鸟兽散,给他让开了好几条街。交通拥堵的状况依然没有缓解,显而易见,这个城市的信号灯都失控了。

温格尔心跳加速,他不能不联想到,这一切的起因就是汉萨商贸中心。他疯狂地按着喇叭,穿梭在咒骂着的拥挤车流和人群中。

当他终于到达港口岸边,瞥见一艘大型货轮横在易北河上,看上去好像撞在了卸货码头上。他来不及细看,光是穿越拥堵的交通到达这里,已经费了好大一番工夫了。

他停车时,看见一旁有一辆铃木越野摩托车,车子的发动机还在噼啪地冷却着。

温格尔掏出手枪，打开保险，冲进了大楼，看见一名保安正慌张地在和操作面板做斗争。他看到了温格尔的手枪和警官证时，眨了眨眼，没有多问，注意力又回到了自己的事情上。

温格尔看了眼四部电梯的门正在疯狂地开关，发出刺耳的摩擦声，仿佛正在享受美食。

他果断地选择楼梯，冲了上去。那公司为什么非要选在十二楼？他平时缺少锻炼，到四楼就已经喘个不停。昨晚熬夜头疼，上午应急吃了几片阿司匹林，现在副作用起来了，他感觉脑中的血管都在剧烈跳动，就像低音小鼓。

他们乐队上周末的失败演出，终于在昨晚的朋友婚礼上扳回一城，大家为了弥补之前的遗憾，每个人都十分卖力。温格尔还被一名穿着火辣的金发小姐吸引住了视线，虽然现在已经记不得她的名字了，可最后小姐的男友出现了，这让他备感失落，喝了几瓶啤酒才缓过来。现在他又不得不用尽浑身力气爬楼梯，本应该舒舒服服躺在家里看汉堡对慕尼黑的精彩比赛。

突然响起了一个闷声，虽然音量不大，但是温格尔听得出是枪声。他不由得咒骂起来，不顾头疼赶忙向上冲去。他终于上气不接下气地来到十二层，推开了楼道门，看见 D. I. 公司的玻璃门后，站着几个人，有红发的安德里斯、神情痛苦的格里姆斯和纤细瘦弱的女程序员丽萨·霍格尔特，还有一名穿着黑色机车皮衣的男人，正朝一个躺在地上的人探身，仿佛是要扶起他，但是温格尔还是清晰地看见了那人手中的枪。伤者一定是赫利俄斯，而持枪的想必正是那个自称迭戈，却伪造了保释书逃出拘留所的迪特勒夫·施文特。这次休想逃出他的手掌心。

迭戈的手势让温格尔明白他又要开枪了。他不假思索地朝着办公室天花板开了一枪。

子弹穿透玻璃门，射进了办公室的某块天花板里，玻璃门顿时碎了一地。温格尔不能贸然地向迭戈开枪，毕竟他的身边还有好几个无辜的人。他知道子弹穿透玻璃门时会减速，但是至少可以转移迭戈的视线，争取下一枪的时机。不过对方显然是同样的想法。

迭戈熟练又迅速地举起手枪，瞄准了温格尔。温格尔甚至来不及回到电梯的等候区掩护自己，右肩便被子弹射中，向后一个趔趄，摔倒在地，手枪也无力地滑落。他一下子没有弄清发生了什么，他什么感觉都没有，也活动不了手指和手臂肌肉。第二枪打在了玻璃上，碎片如雨点般砸在了温格尔身上，他感觉子弹飞过耳旁，穿进了连接楼道的铁门，并留下了深深的凹陷痕迹。

他知道下一颗子弹势必会打中他，他完全躲不了，徒劳地闭上了眼睛，等待着死亡的到来。

87

国际空间站，周六 14:41

一切准备就绪。坎托尼再次仔细检查了奥尔洛夫身上的装备，通过头盔内的对讲麦克风告诉奥尔洛夫，如同奥尔洛夫刚才检查他的装备所做的一样。

"我要开始降压了。"俄罗斯人示意说。坎托尼没办法看见他在镀金头盔后的表情，只好做了个拇指向上的手势。

奥尔洛夫按下外舱门旁的一个启动按钮，响起了一阵嘶鸣。紧接着，声音很快沉闷地消失。空间站内整日持续着的嘈杂通风系统和永无消停的嗡嗡声，以及向阳时急剧升温和背阳时急剧降温的恼人噼啪嘀嗒声全都消失了，再也没有气流经过他们身边。

"我要打开外舱门了。"奥尔洛夫再次告诉坎托尼。金属舱门从两侧打开，太空映入眼帘，黑丝绒一般，上面点缀着数不胜数的点点星辰。此情此景让坎托尼深受触动，这和隔窗眺望太空的感觉截然不同，在地球的光亮中，星星的光芒无法直击人心。这是他头一次这么直接地看见了太空。如果是在正常情况下，他能有这样的荣幸出舱行走定然激动得不能自已，可是他们这次不是。

"我现在要离开空间站了。"奥尔洛夫说着,把身上的安全带扣在舱门边的扶手上,在失重中飘浮出去。当他从背阳面飘浮到夺目的向阳面时,闪耀的太空服立即让星辰黯淡无光。

"我也要离开空间站了。"坎托尼说,仿照着奥尔洛夫的动作,扣上了安全带。

离开让人备感压抑的狭窄空间,这种感觉实在是难以描述,他激动得哽咽不止,一时间竟忘了抓紧门把手,径直飞了出去,幸好在安全带的拉扯之下,他才回到了原本的方向。

坎托尼极力克制住自己挑战太空行走而过分激动的心情。他绝不能出任何差池。奥尔洛夫在与爱德华兹来回争执了半个多小时后,被地面指挥认定两人之中有人精神失常了,坚决反对他们出舱,最后在咒骂中终止了无意义的通话。这意味着最后这一切他们只能自求多福了。

坎托尼视线范围内全被地球笼罩住了。他们的下方正是大西洋上泾渭分明的昼夜分界线。虽然戴着遮光的头盔,空间站看起来依然耀眼夺目。他们能清楚地看到机械手臂撕扯太阳能收集板后留下的巨大的洞,以及"曙光"号外舱被破坏的隔热材料中间裸露出来的可怕空缺。

他在脑海中分析自己的处境。这段日子以来,他第一次感受到失重是一种降落的感觉,莫名的恐惧袭来。他必须先战胜自己才能把注意力放在工作上。他借着安全带的牵引重新回到空间站旁。

奥尔洛夫已经把自己的第二根安全带扣在坎托尼的太空衣上。于是两人也有了连接。紧接着他们朝着机械手臂的方向行进。机械手臂连接点就在距他们几米远的空间站桁架结构上。

加拿大制造的这个机械手臂一共有七个关节,两端各有一个接口,方便机械手臂灵活抓取工具,可以任意连接在空间站上。这种堆成结构的接卸和两端都可以精准运送重达数吨的物体，并且只要轨道条件允许，还能轻松组装空间站。

奥尔洛夫与坎托尼一同来到了安装机械手臂的基座旁，机械手臂和基座是紧紧相扣的设计，那时也没人想过要人工操作解开连接这种方式。

"我转螺丝，你注意好它的动静。"奥尔诺夫说道。坎托尼听了伸手比了一个 OK 的手势。

奥尔洛夫选择了多功能电子工具，掀开连接口上的罩板。他开始试着切断两者之间的电力连接。如果不能成功切断内部线路连接，他便只有拆掉整个接口，让它自行脱离太空站，成为太空垃圾，或者进入大气层自行解体。也许他们会因此被送上法庭，但这也是能成功回到地球的后话了，顾不上这些了。

坎托尼密切观察着机械手臂的反应。至少到目前为止，它还毫无动静。不对，它朝外的一端似乎轻微地动了一下。不对，估计是他弄错了。

他看见奥尔洛夫已经打开了基座的外壳，正在查看线路。"我接触不到线路，我们只能完全拆除它。"奥尔洛夫一分钟后说道。

坎托尼移开视线观察机械手臂时，眼前突然出现了一个带摄影头的玻璃眼，吓得他在真空世界快要魂飞魄散了。机械手臂末端弯下来时，悄无声息，太恐怖了。他联想到那部电影里，飞船上的摄像头冰冷地注视着指挥官的一个镜头，令人毛骨悚然。他必须想尽办法对自己解释，这不可能。国际空间站电脑系统的运算功力，怎么可能拥有自我意识。摄影头出现在一米以内的位置，并且正对着他进行偷窥，肯定是个巧合。

坎托尼震惊得说不出话来，最后终于开口说："尤里，机械手臂……"
奥尔洛夫转过身，破口大骂。

机械手臂仿佛已经看够了，便转过方向向着远处太阳能收集板的桁架结构基座那里连接。

"怎么会这样！"坎托尼喊了起来，"它溜了。"

那个远去的机械手臂末端果然如预料中那样连接到基座上。随后，奥尔洛夫正在拆卸的末端便自行脱离，在太空中飘走了。

机械手臂两端相同的连接装置可以灵活地进行各种搬运组装操作本来是一个绝妙的设计，但是设计师万万想不到，它会生发出自我意识。

奥尔洛夫再次骂道："我们必须除掉它。"

88

汉堡，港口新区，周六 17∶15

然而预料中的结局并未出现。温格尔听到一声呻吟和沉闷的叫喊声，他惊得几乎要跳起来，他看见丽萨把迭戈扑倒在地，两人正猛烈地搏斗着，安德里斯则和格里姆斯厮打，而格里姆斯用一个电线圈套在了她脖子上，想要勒死她。

此情此景让温格尔获得了新的力量，靠着左臂的支撑起身，不顾右手臂的烧灼痛感和划破手掌的碎玻璃，他在地上摸索着手枪，站了起来。

朝着报警器打出一枪，他听到下方传来了熟悉的警报声。

温格尔跌跌撞撞地朝着几人举起手枪，大喊："举起手来，不许动！"他用左臂持枪对准了在场的数人。血液不停地从他的右肩流淌出来。他的手颤抖着。要知道以他目前的状况，极可能连大门都射不中，他暗自希望没人注意到这个问题。

格里姆斯松开了套在安德里斯脖子上的电线圈，举起双手。安德里斯用力地深吸了几口气。丽萨为了夺取迭戈的武器依然在搏斗。温格尔举起了枪，瞄准二人，却不敢轻易开枪。

看起来是迭戈利用身体优势占据了上风，尽管身体被钳制住了，却仍有余力对付温格尔。

射中旁人的风险太大，而迭戈则没有丝毫顾虑。

突然，迭戈表情僵硬，瞳孔放大，从他颈后穿出了一把二十厘米长的拆信刀刀刃，是安德里斯趁机下的手。

迭戈庞大的身躯缩成一团，血从他的嘴里喷出来，手枪滑落，他用手拔出了刀，又飞溅出不少鲜血，弄得满地都是血迹。他想要站起来，喉咙中发出了死亡前的最后喘息。

温格尔看得出来，迭戈活不了了。安德里斯切断了他的气管，他脸色渐渐青紫，临终前想要挣扎着抓回手枪，对准温格尔，但已经不行了。

"您来得真的太是时候了。"格里姆斯大声说道，"这些人擅自闯入，还威胁我交出公司机密……"

"闭嘴！"温格尔说道。

01100010110010 **89** 1001011101010100

国际空间站，周六 15：40

他们按计划有条不紊地拆除基座，奥尔洛夫利用各类工具，让桁架结构上的基座一个接一个失灵。如此这般，只要堵住基座上唯一一个接口就可以了。这期间的机械手臂一直没动，仿佛是太空中的一只章鱼触角。

可当他们运转到地球背面时，浩瀚星海再次出现，地球还在下方，只剩一片灯海。坎托尼根据城市灯光的强弱，勉强认出了大约是东亚的日本列岛，东京是其中最为明亮的耀眼宝石。而中国的光点则极为广泛，不过在北京、上海、广州及香港这样人口密集的城市，灯火也可称为辉煌。

突然一件极其诡异的事情出现了，部分灯光瞬间突然熄灭，仿佛有人按下了关灯键。有一瞬间坎托尼还以为是因为他的视线被太空中的某个深色物体或者云层遮住了。但他很快反应过来，云层不可能速度如此之快，只能是下方停电了，波及范围之广、人数之多可想而知。

当然灯光并未完全熄灭，海岸线的轮廓尽管不是清晰可见，还是能勉强辨认出来。突然，下方有一团光亮闪烁了一下，亮度远超其他，橘红色的光点垂直上升，随后消失。坎托尼意识到那是爆炸。爆炸的强烈程度让他身处三百六十公里以外的太空都能清晰可见。

"下面怎么了？"坎托尼问。

奥尔洛夫无暇回复，他转头看向远方黑暗的地球时，还在一个基座上面忙活着。

"你觉得……这个事故和我们这里的系统故障有关吗？"

"胡说八道。"奥尔洛夫反射性地用俄语反驳坎托尼。似乎对此也没什么把握。

"尤里，我知道你不愿意听到这句话，但我还是想说……"

"闭嘴，去观察机械手臂。"

"我想，下面一定出了很严重的问题，严重到地面控制中心也帮不了我们。我们必须……"

他的话音中断了，地球仿佛开始倾斜，而他再一次飘离空间站。空间站的纵轴开始旋转。这是收集能源的方式，主太阳能收集板灵活地调整位置，最大程度收集能源。宇航员们是否能停留在安全地带就靠这个功能，这是必不可少的设备。可是这种运转动作只出现在向阳时。

而且即使空间站在太阳光下旋转，角度一般也不会大于 90°，最多不会超出 180°。可是现在空间站的系统仿佛想要让两名宇航员体验一把太空旋转木马的感觉。喷气助推器使旋转速度越来越快，让人恐惧心惊，更是直犯恶心。

坎托尼的耳机里传来奥尔洛夫激烈的咒骂，可以说是坎托尼从未听过的全新版本。"我们必须制止这种疯狂旋转。"他说，"不然空间站就要完蛋了。"他解开自己与坎托尼太空服上的安全带连接，方便加速移动。

他们现在的位置是机械臂所在的基座了。奥尔洛夫快速打开罩板，坎托尼配合着盯住机械手臂，让自己不要去关注绕着自己飞速交替的星空和地球。

坎托尼有点担心："尤里，如果我们现在拆掉机械手臂，空间站没有停止旋转，那么机械手臂极有可能撞上太阳能板。"

"我们只能冒险。在空间站自转的条件下，机械手臂的脱离，反倒会自行从基座上脱落，可以帮我们……"奥尔洛夫突然停住了。

机械手臂仿佛听到了自己的命运，先是像蟒蛇般缩成一团，然后突然爆发，像鞭子一样甩了过来，末端击中了奥尔洛夫。奥尔洛夫的身体被甩向了太空中，直到被安全带拉回来。

坎托尼听到耳机里传来的一声窒息的喊声，接着天地间再无其他声音。"尤里，上帝啊……"他看着指挥官在空间站的旋转下，身子紧紧地贴在桁架的网格结构上。他的四肢大张，头转了过来，面对着坎托尼和机械手臂，而他的金属头盔上有个明显的裂痕。

"尤里！你还好吗？"坎托尼想要冲过去帮助他，却受到空间站自转的影响，落在了奥尔洛夫几米远的位置。他的安全带被卡在了一处网格的柱子上，只好返回重新找到正确的方向。

当他好不容易来到奥尔洛夫身边，最糟糕的猜测变成了现实。机械手臂击碎了奥尔洛夫头盔上的安全玻璃，导致周围环境真空，他生命迹象全无。

坎托尼只好简短地念了一段祷告文，取下了奥尔洛夫腰带上的多功能工具。他重新回到机械手臂的基座前，机械手臂仿佛自己什么也没干，再次一动不动。

奇怪的是，坎托尼内心并无恐惧，而只有愤怒。这个该死的东西杀害了他的同事，他要报仇。

他高度专注于拆卸，几分钟内便拆除了罩板，解除了构造连接。这期间内，机械手臂仿佛接受了命运的惩罚，只在坎托尼撬开连接，只剩下最后几根电线时，才动了起来。只是失去支点的它再无威胁性，最后这个数吨重的机器，朝着太阳能收集板一侧倾倒下来。

坎托尼快速拔除最后一根电线，用力一推，借助离心力的作用，让它错开了太阳能收集板，尽管尾端划了一下，也未造成巨大破坏，最后从他的视线中消失。

这时，坎托尼想办法把奥尔洛夫的尸体运回气密舱。尽管他赢得了这场人机大战的胜利，可麻烦远没有结束，他必须让空间站停止自转，然后带着指挥官的尸体搭乘"联合"号返回地面。他无疑可以完成这些程序，只是必须向地面控制中心汇报这段时间的事情。而他们将会成立事故原因调查委员会，直至真相大白，解除对他的蓄意谋杀指挥官的指控。只有到了那时候，他才能重新回到西莉亚身边。

也只有到了那个时候，才算一切尘埃落定，他才可以哭出来。

90

汉堡，港口新区，周六 17：32

"可恶！救护车怎么还不来？"温格尔感觉有个发了疯的铁匠，在用高温烧灼的铁锤击打着他的手臂。他基本活动不了自己的手指，他担心再也不能弹吉他了，不过好在伤口不致命。安德里斯手脚麻利地为他处理了伤口，表情十分沉重。温格尔很开心能被她如此照顾。

赫利俄斯就没那个好运了，他已经因为失血过多而面色惨白，皮肤也出现了生命迹象逐渐流失的灰色。丽萨靠着他坐在地上，眼含泪水抚摸着他的脸颊，与她原本的形象截然不同。

格里姆斯被电线和胶带捆在椅子上，沉默地看着他们。温格尔明确表示，要是他敢多说一个字，就以自己的个人立场把刀子插进他的脖子。可以猜测格里姆斯正打算找自己的律师编排一个诽谤罪名给温格尔，无所不用其极地对付他。不过温格尔一点都不在意这个死胖子，有了安德里斯的证词，可以让格里姆斯在牢房里过完剩下的日子。

除了等待以外，他们什么都做不了。仿若城市中的孤岛，通信全无。从全景玻璃朝外望去，城市和港口的风光一览无余。祥和宁静的假象下，远处零星的烟柱昭示着各处发生的重大事故。

"到底是怎么回事？"温格尔问道，"我来的路上信号灯全乱了。电视、网络、手机都没有信号，整座城市疯了一样，您对此有什么看法吗？"

丽萨·霍格尔特抬起头看着他："潘多拉死了，混乱是它死前的最后挣扎。"

01100010110010 **91** 100101110101000

东京,上空,周日 1:12

"女士们、先生们,我们已抵达东京上空。请您关闭随身携带的电子物品,收起小桌板,调整座椅靠背。"

诺曼松了口气,终于可以出去了。这次横跨大西洋十几小时的飞行,不亚于一次地狱之旅。他不得不把自己蜷缩在这架波音 747 右边靠窗的座位里,不敢轻易动弹。他身上的肉从座位扶手挤压出去,不得不侵占到了旁边亚裔女孩的座位空间,那女孩朝走道倾斜,似乎极度厌恶去接触他湿热的身体。他努力把头顶通风开到最大还是免不了冒汗。他真是难堪不已,回程无论如何一定要升商务舱。

他虽然只在东京待四天,但对他而言是一次艰难的旅行。他过去从不度假,因为过度肥胖,他从不敢去海滩,也无法徒步、爬山,更不要说滑雪。他已经很久没离开过加州帕罗奥多。这次是受邀来日本永恒电玩大会当嘉宾的,那里的人才不会嫌弃他是个只会流汗的胖子,而会认为他是个善于驾驭达库斯的高手,是揭开超级哥布林事件的男子。他会受到大会的礼遇和尊重,不介意他的外表,而看重他这个人。

在那个哥布林大会里,他称之为超级哥布林的角色,最后杀死了他的达库斯。然而他看似战败,实际上大获全胜。因为他当时怒不可遏地直接打电话到永恒美国地区运营总部,闹到了地区销售总监那里。他想要讨说法,还威胁在超级搜索引擎后台删除所有和永恒有关的链接,让玩家再也不能找到永恒入口。这不过是一句威胁的空话,永恒可是超级搜索引擎的幕后金主之一,诺曼说的话不能作数,大概是威胁留下了深刻印象,对方才答应处理此事。

接下去不到四小时,他便接到了日本的来电。一位英语很差的日本人道歉了数千次,解释是技术故障的原因,并且在诺曼的帮助下,把故障排除了。诺曼感觉他们开发人员应该也不清楚哥布林暴走的原因。他们的权宜之计就是为诺曼的角色复活,并附送了百万经验值和灵魂斧——永恒里最强大的武器之一。同时他们邀请诺曼以嘉宾身份出席明天永恒电玩大会的开幕式,并且带他参观设计中心,承担往返的经济舱机票。

诺曼看着窗外模糊不清的太平洋和日本本州岛海湾的海岸线,仿佛是一串明亮的珍珠南北走向蜿蜒在太平洋上。他对此次玩家聚会无比期待和紧张。

"您系好安全带了吗?"他转头看向询问他的空姐,尝试着拿起安全带的两端,用力深吸一口气,把安全带扣上。安全带已经是最宽距离了,依然让他绷得紧紧的。

空姐点点头满意地走开。诺曼重新看向窗外。海岸边的灯光消失了,他趴在窗户上用手挡住机场的光线,却只能看到黑暗的夜空及几点星光。飞机大约是做曲线运动,所以右边是太平洋。奇怪的是,他并没有感觉到转弯。

机舱内的灯光闪烁了几下后便熄灭了,突然亮起了应急灯,这是出现了危急情况,还是飞行员手误按错了?……

只听见一阵凌乱的声音响起,机身猛地一个颠簸,好像撞上了什么物体。诺曼大吃一惊,随即自我安慰道,可能是放下了起落架。

紧接着飞机又一个跳跃,然后急剧坠落。诺曼觉得自己的五脏六腑不停地翻搅,有一会儿甚至觉得自己的体重消失了。这种感觉真是诡异。他们大概陷入了巨大的气流团,乘客们正在惊恐地尖叫,空姐脸色苍白地紧紧靠在座椅靠背上,以免自己飞出去。

飞机终于重新拉平机身,可是正在朝左边急转弯,发动机的轰鸣声笼罩着整个机舱。有诺曼体重双倍的压力,把他死死压在座椅上,体内血液直冲脑门,让他几乎眼冒金星。等压力散去,飞机稳定下来,诺曼想一定要投诉这家航空公司,就算自己只是普通的经济舱乘客,他们也不能……

他不经意地把目光看向窗外,不由得大吃一惊。他看到了街道、沿途的路灯以及掩盖在灯光后面灯火全灭的高楼。

最恐怖的不是高楼漆黑,只剩下内部的应急蓝色照明灯光,而是这些画面不在他脚下,而是在他的窗边。

92

东京,青梅市。周日1:30

"温柔地爱我,甜甜蜜蜜,不要让我离开你。……"

久美子暗暗地翻了个白眼,她一点也不喜欢卡拉OK,而且熏在众人面前做作的表演更是让她不适应。尽管他的确有一副好嗓子,能模仿出九成的猫王风格。

在熏和好友雪的双面夹击下,她被迫答应一起来卡拉OK。要忘掉这个星期的倒霉事情,重新充满活力地面对新的一周,这不失为一个好办法。

尽管技术人员最后终于解决了银行的电脑问题,可是三天中银行就流失了四分之一的客户,流言纷飞,不是说银行破产就是说被竞争对手吞并。不管是真是假,现在人心惶惶,纷纷担心饭碗不保。久美子知道一旦裁员,资历最浅的年轻职员一定是第一批,她虽然刚被表扬过,但是没有任何作用。

"你丰富了我的生命,我是如此爱你。"熏的歌声里尽是些渴望和爱意,现在他朝着久美子走了过来。久美子在心里喊着,不要过来,千万别过来。卡拉OK大厅里众人的目光都跟着熏移动,灯光也追着他的脚步。尽管此刻已经是凌晨一点半了，这里依然人潮涌动。久美子觉得自己已满面通红，只是在昏暗的灯光下才可以稍稍掩饰。雪在一旁笑得花枝乱颤，扑在久美子耳边低声窃语："他好可爱呀。"

"温柔地爱我，真实地爱我，那足以满足我所有的梦想。"熏竟然直接在她的桌前跪了下来。人们起哄欢呼，掌声雷动。久美子克制住冲动，不用桌上的白葡萄酒浇在他的头上，让他清醒一点。他毕竟是好意，可是为什么非要在众人面前出洋相呢？

"因为亲爱的，我爱你，永远都爱你……"

突然卡拉OK的音响滋儿地嘶鸣，紧接着是一阵啸叫，最后转变成一串滚石乐队的和弦。

熏环顾四周，客人们继续响起掌声，他们显然认为是预先安排的桥段，甚至在屏幕上打出了后面的歌词"我不能没有……满足……"，熏竟也勇敢地随性跟唱着，明显不熟悉旋律也跟不上节拍，听起来仿佛是车祸现场。

"因为我尝试了尝试了又尝试……"

久美子再也忍不住了，大笑起来。她猛然意识到了熏的失望，只见他皱着额头，仿佛被人在上面用笔画了一道。这么一联想，她更觉得好笑了。尽管知道这样挺伤人的，但就是停不下来了。

熏黑着脸，朝她看了一眼，懊恼地将麦克风扔到了她的脚边，头也不回地离开了。而其他人就在他的身后不停地喝倒彩。通常卡拉OK里谁不把歌曲唱完，就是懦弱的表现。

久美子平复了情绪，才意识到自己做得过头了，她这么做对不起熏的一番好意，于是赶紧起身，人们以为她要将麦克风捡起来接着唱下去，响起了喝彩。结果她一个大跨步越过了地上的麦克风，不理会人们的呼喊，穿过舞台，向熏追了过去。

突然音乐声停了，整个室内陷入一片漆黑，唯有紧急出口的指示灯保持着光亮。有人在窃窃私语，有人以为是安排好的节目，开始鼓掌。可随着掌声消散，说话的声音越来越响，大家终于意识到了不对劲，纷纷起身，就像都接受了某种指令一般，有序地快速离场，丝毫没有惊慌的样子，也就是个电线短路的小问题。

久美子随着人潮到了外面的街上。室外漆黑一片，没有路灯，也不见有任何室内透出灯光，只有道路上的车灯忽明忽暗。然而，卡拉OK所在的小巷子里，基本没有车辆通行，看样子是整个地区的电路都中断了。

久美子抬头看着天空，惊得瞪大了双眼。外面漆黑一片，没有月亮的夜晚繁星闪闪，她清楚地看见了一条洁白的腕带，仿佛一片狭长的云朵。她马上意识到，这可是银河。她这辈子还从没有看过真正的银河。但是为什么会突然出现这么多的星星呢？

她猛地反应过来，这是由于停电才让星空毫不受漫射光干扰而出现在东京的夜晚。这也说明了的的确确整座城市都停电了。这实在是不可思议。

远处传来了警车的呼啸声，久美子仰望着这一刻的星空。电力估计很快就能恢复，她一定要好好享受此刻独一无二的美景。

突然，两颗极其耀眼的星星出现在了她的视线中。这两颗重叠的星星闪耀出的星光比其他星星更为耀眼夺目。久美子专注地看着它们，感受到光亮越来越强烈，接着又各自分开。她突然醒悟过来自己看到的究竟是什么。

她被惊呆了，像瘫痪了似的根本迈不出一步。最后她焦灼地四处张望,人们三五成群地分散开、议论着,似乎并没有意识到哪里不正常,反而觉得这是一个难得的经历,一场罕见的全城停电,并没有任何真正意义上的威胁。她终于找到了熏,他在她不远处,迷恋地仰头望着星空,身为一名浪漫作家,他肯定对此无比着迷,一辈子也看不够。只是久美子并未看到雪的踪迹。

久美子奋力冲向男友,抓住了他的手臂就喊:"快点跑,我们必须马上离开这里。"

他不解地看着她,但听凭她将他拉回了卡拉OK歌厅的入口。

"怎么了?"

久美子又望了眼那两颗重叠的星星,这会儿已经足够将所有人的脸照得一清二楚。多数人怀着好奇心回视两颗明星。

"快来,快点!"久美子高喊,把熏拽了进去。

熏没再继续纠缠问题,随着久美子进入了卡拉OK歌厅,里面漆黑一片,只有入口处的指示灯发出微弱的绿光。久美子还记得地下洗手间的楼梯方位。她带着男友拼命往下冲,外面传来了如同风暴般剧烈的轰鸣声。

"久美子!"熏大喊,一边跟着她跌跌撞撞向下跑去,"等等,怎么了……"

突然世界瞬间如白昼般明亮,橘色的光将地下室通道两侧的洁白瓷砖照得煞白,仿佛是午夜时分升起了太阳。久美子转身看到了紧随在她身后的熏。

紧接着外面响起了剧烈的爆炸声,气流将二人掀翻在地,整个地下室都在微微颤抖。看起来就像是平日司空见惯的轻度地震,瓦砾纷纷撒在了他们身上。而与此同时一团热浪向他们袭来,令人感到窒息。

熏正趴倒在她身上，不知是刻意想要保护她，还是被气流扑倒的巧合。熏说了几句话，可是爆炸后出现的耳鸣让久美子什么也听不见。他站起身，将她也拉了起来。久美子跟着熏跨过各种瓦砾碎片，沿着残存的楼梯往地面走去。卡拉OK歌厅已经彻底消失了，连整栋楼都像是被轻易掀翻在地的小树。而地下室入口，看起来如同土地上的一个黑洞。

目之所及到处千疮百孔，烧焦的桌椅、木梁、汽车，还有一些好像是焦黑的人体。一架飞机的后舱笔直地下落，插在了地面上，而前段则落在了稍远的街道上。卡拉OK歌厅所在的小巷子一时间变成了可以容纳几条车道的大路，这是坠落的飞机大刀阔斧修出的大路。

久美子沉默地看着眼前的悲惨景象，粗略估计大概有上千人在这里丧命，其中也一定有她的好友雪。泪水从她脏兮兮的脸上滑落，此刻她的耳朵里依然在嗡嗡作响，听不见任何声音。

熏紧紧地拥抱着她，搀着她离开这片恐怖之地。他们沿着被夷为平地的街道，缓缓往前走去。他们大约是方圆数百米内仅有的两名生还者。黑色苍穹依然笼罩在他们的头顶上，繁星高悬，与飞机失事前相比，那点点星光显得愈发冰冷。

93

汉堡，埃朋多夫，周日 11∶10

　　光亮像短刀一般划开了他的视线，马克眯着眼睛，感觉有东西在他身体的左侧撕扯，仿佛要再次搅动他的肺脏。

　　"马克？"丽萨的声音如轻柔地一吻，传入了耳中。马克努力眨了眨眼睛，想要忍着刺眼的光亮再看她一眼。

　　"马克！"她绽开笑颜，"感谢上帝。"

　　他想要扯出一个笑容说几句话，可是喉咙像被砂纸打磨过，又浇铸了黏稠的物质。

　　他活动了一下左手手指，丽萨把手放在了他的手上。冰凉却柔软的感觉是如此令人熟悉又欣慰，他重新闭上双眼，他还在适应光亮带来的痛苦。

　　他吃了一惊，不知自己沉睡了多久，这回睁开眼容易了些，担忧和不安让他从睡梦中清醒过来。"潘多拉现在怎么样了？"

　　丽萨坐在他身边，笑着说："别担心，你因为失血过多昏迷了。但是医生说你很强壮，可以挺得过来。我们成功了，病毒起作用了。你是没看见，潘多拉在垂死挣扎时引起了全世界的混乱。 幸好一切都过去了,现在电脑重新恢复了正常。"

"迭戈……"

"他死了。约翰·格里姆斯被关起来了。温格尔警官说,他会因绑架罪和蓄意杀人坐牢。温格尔也受到了迭戈的枪击,但没有伤及要害。"

可总有哪里依然让马克不能释怀,一直在他脑海深处萦绕着,像一只嗡嗡作响的蚊子。他觉得头很重。"放轻松点。"丽萨的声音继续柔柔地说,"你太累了,需要休息。"她说得对。

这是一个无比清晰的梦境,是属于马克的记忆。他仿佛置身于电影院中,跟着银幕上的场景变换,却又仿佛是片中的主角。他重新变成了一个小男孩,出现在童年的房间里。书架上贴着超人海报,架子上罗列着一排玩具模型。他如今重新躺在了房间里,让他觉得十分奇妙。他发烧了。他记得自己因此不用去上学,还有些得意。奇妙的晕眩感又一次出现,他觉得自己忽冷忽热,陷入了莫名的恐惧之中,这是临死之前的感觉吗?

他大吃一惊,猛地坐起身,他的身体还未痊愈,顾不上疼痛了。窗外黑漆漆的,只有丽萨坐在窗边看书。"马克!天哪,你这是在做什么?快躺下。"

"发烧!"他声音嘶哑地说。

"什么?"丽萨站起身走过来,把手贴在他额头上,"你头上是凉的,你没发烧。"

他叹了口气。"在我小时候,得过一次重感冒,发高烧到40°。我当时以为自己会死。"他从床头柜上拿起水喝了一口,说话依旧不容易,可是这个想法太重要了,必须说出来,"我母亲在一旁安慰我,给我解释发烧的原理,说这是身体对病毒入侵的一种自我抵抗机制,是身体免疫系统的一次自查升级行为,是在自我清洁。当时让我觉得死去活来地难受,可一旦过去,人就充满了活力。我刚才就是梦到了这个。"

丽萨笑着说:"你这是怕死了吗?"

马克认真地看着给她:"不是,我是想说,潘多拉没死怎么办?要是它只是得了一场重感冒怎么办?"他站起来感觉胯骨受到了压迫,疼得直冒汗,不顾丽萨的阻挠披上了医院的白色毯子。"如果潘多拉还活着,绝不能躺在这里坐以待毙,这里一定联网了。"

丽萨搀着他,沿着走廊走着。没人会去阻拦一个在家属陪伴下在走廊活动的病人。

"万一潘多拉还活着。"丽萨说,"它肯定会继续想办法杀死我们,对吧?马克,但并没有这种迹象,而且电脑系统都已经恢复了正常。看不出它从病毒的攻击中活了下来。一切都过去了。如果我们现在呼叫蒂娜,是没有任何反应的。"

马克缓缓点头:"有道理。"

丽萨意外地望着他,本以为会被反驳。"那我们现在重新回到病房躺下吧。"

"不,"马克说,"恰恰相反,我有个想法,你知道迭戈的住址吗?"

"什么?为什么?"

"我们去他那里。"

"你疯了吗?以你现在的状况,我才不要和你发疯地穿过整个城市。"

"丽萨你听我说,我有不好的预感,如果证实是错的,我马上回来,乖乖躺回病床上，再也不过问。可要是真如我所料，那这是我们唯一的机会。"

"唯一的机会？这是什么意思？"

"假如潘多拉还活着，而现在所有电脑运行正常，潘多拉并不打算采取行动杀死我们，这意味着什么？"

"我怎么知道？它可能担心再次受到攻击，所以躲在网络的某个角落里，可能它还太虚弱，无法思考。"

"有这些可能，但是还有一种。"

"什么？"

"它在准备向我们发动一场终极攻击。因为这次打击，它感受到了人类的危险性，它也许会在这次病毒事件里开发出一套自我免疫系统。如果你是它，面对一个充满恶意的人类世界，你会怎么做？"

"不知道。"

"如果是我，我会想方设法毁灭我的敌人，正如我们之前做的那样。我们是相互的威胁所在。"

"你的意思是，它打算毁灭全人类？"

"对，如果我处在它的境地，那极可能是我的下一步打算，因为人类也是这么对待它的。"

丽萨听得一脸惨白："但是，怎么做？它会怎么毁灭我们？发动核战吗？"

"我认为不会，因为这样它也会毁灭。核弹将毁灭人类和科技。它只会发动一场毁灭全人类，又不影响科技硬件的战争。"

"它会怎么做？"

马克看着丽萨深邃的眼睛："就像我们攻击它一样，用病毒。"

94

犹他州，巴尼斯福德，周三 9：12

　　赫伯·格兰特博士把试管号码输入电脑，里面出现描述文字：二氯苯酚的二氢氯化物，抗病毒血清试管编号 #339-722-185b。状况：尚在试验阶段，等级一，有潜在危险，锁藏保存。只能由军事医学人员在临床观察中使用。

　　格兰特按下确认键，后台系统立即运转起来。这个位于犹他州巴尼斯福德的美军生化战化学试剂研究中心，被人称为"柜子"。研究中心外观也的确像是一个巨大的红漆铁皮柜，不过上面安装着键盘和液晶屏幕，以及一个长约五十厘米的长方形玻璃窗，防弹玻璃厚度大约有七厘米。没有手动开启的装置。

　　柜子内部运作系统类似于火车站，发达的地下运输系统，轨道、管道盘根错节，还有自动包装机和冷冻柜。十米厚的钢筋水泥墙紧紧围绕着冷冻柜，如此重重保护的设计，是因为里面有全世界恐怖组织梦寐以求的东西，是他们渴望的武器之首。在这个地下研究机构的深处，保存着大量试验用的疫苗，甚至有些疾病还不存在于世界上，是靠医学技术提取出来的，还有各种病原体。埃博拉病毒在这些病原体面前，可能只是普通的伤风感冒级别。因此，想要提取柜子里的高危试剂，必须经过极为复杂的安全审核和身份验证才可以。

除非是疯了，没人会把一个实验显示死亡率为99.85%，传染性如流感的病原体当作武器。每个正常人都会知道这是同归于尽的做法，病毒一旦释放就是世界末日。研究中心的根本任务便是做好最坏的打算，在世界末日来临那天，尽一切可能提前做好准备。

格兰特和这里的每一位工作人员都十分清楚，这种所谓的希望无非是最后的挣扎，基本是徒劳的。有朝一日，一旦出现这样的状况，就是世界毁灭的一刻，包括那个做出这件事情的蠢货也要被毁灭。他们能做的就是祈祷这件事情永远不要发生。从这个方面来看，研究中心的使命就是向五角大楼传达一个清晰的信号，所有企图用生化技术统治世界的愚蠢想法都是死路一条。

于是乎，在这个被称作魔鬼厨房的地方工作的科学家们，不约而同都将各自的研究方向转向了解决病毒的课题上，比如怎么对抗艾滋病毒。而格兰特刚刚申请的试剂便是一种新型的抗流感病毒试剂，虽然它无法如同疫苗的原理一样在人体中产生免疫抗体，却可以有效地减弱病毒的传播速度。病毒学家一直担心世界范围内爆发大型流感，有了它就可以有效保护美军。今天他取出这个试剂，就是在自愿报名参与试剂实验的患普通流感的军人身上进行人体实验。军人们并不清楚自己会被注射什么药剂，毕竟它还未在人体上使用过，但是到目前为止的动物试验，结果都比较令人满意。

在传送带上，一个配有电子锁的铁皮箱抵达了取货的玻璃盖内。

铁皮箱上面贴着写有"生化，危险"的橘黄色标签。格兰特输入自己的密码权限，并将手掌放在扫描器上。领取这类危险级别较低的试剂，不需要大费周章。

咔嗒一声，玻璃盖应声而开。格兰特取出铁皮箱，走出了安全门，将东西交给了少尉。长时间的等待，让少尉已有些不耐烦了。"很抱歉，耽误了时间。"格兰特说，"昨天电脑系统故障，所以……"

"没事。"少尉说着，"昨天我们那里也一团乱麻。你们这里也许需要开发防电脑病毒的东西。"

格兰特淡淡地一笑："很遗憾，那不是我们的研究领域。"

少尉行礼后，走向了将实验室与外界隔绝的空气阀门。格兰特看着少尉的背影，过了一会儿才回到研究区域内。可他心中隐约有些不安，当然每次都是这样，毕竟他们做的事情，是从自然规律中抢夺生命。

95

汉堡，杜尔斯堡，周日 18：30

迭戈住在汉堡城东万斯贝格区杜尔斯堡的一栋破旧公寓的四楼，厚重的铁门上面安装了一把复杂的安全锁，但是警方之前已经来撬开了，在上面临时安装了一个门栓，配了一把挂锁。这对丽萨来说是小事情。马克和丽萨根本没有理会警方在门上贴着的黄色警告封条。

这是一间通风不畅、脏乱不堪的单身公寓，有一个大房间和一个小厨房，里面堆放着各种脏兮兮的餐具和外卖盒。另一边是铺着黑色床单的大床和一张书桌。与丽萨一样，书桌上面摆放了一排电脑。马克看到警方没有将电脑收走作为证物，放下心来。他在迭戈的办公皮椅上坐下来，丽萨则从厨房搬来一把凳子。马克感觉身体一侧隐隐作痛，幸好来的路上丽萨为他买了止痛药。

丽萨开启电脑时，他问："能进去吗？"

丽萨摇摇头："根本不可能，他是个黑客，安全系统的数量绝对超越一般军事电脑。"

马克心里一惊："那我们岂不是白费力气？"

她摇摇头，指了指旁边电脑上的卡槽："我准备了一个驱动安装盘，在电脑损坏的情况下可以应急。他的电脑我们进不去,只能重新安装一个操作系统上网。"

"你为什么不用另一台电脑呢?那不就可以了?"

"这不一样,每台电脑里面都有自己的特征和密钥,就像指纹一样。制造商利用这点确认一个软件只能匹配一台电脑。如果潘多拉还活着,肯定识别得出迭戈的电脑。我只希望它稍微粗心些不要发现我们偷梁换柱了。"

马克点点头,他想证明潘多拉还活着,就必须引它给出信号。他紧张地看着丽萨安装软件,连接网络,最后输入蒂娜的网址。一个熟悉的问话出现了。

"潘多拉,你在吗?"

"你的消息无法被识别。"

马克和丽萨对视了一眼。

"潘多拉,我是迭戈。请你出来吧。"

再次出现了错误信息提示。丽萨笑着说:"这样你可以放心了吧?"

"不放心。"马克从座椅上撑起身子,努力弯腰接近电脑,"潘多拉我需要你的帮助。"他写道,"我是假死的。我逃出来了,现在我拿到了丽萨·霍格尔特开发的病毒源代码。你如果需要,我可以传上去。"

好一会儿,什么反应都没有。突然屏幕上出现回答:"不用了。"

马克看到回复,感觉头晕眼花,只得牢牢抓住了座椅扶手。丽萨倒吸一口凉气。

"你说对了。"她在马克耳边说,"天呐,怎么办,潘多拉还活着。"

"你是说,病毒没起作用吗?"马克继续问。

"我病了,但是现在已经好了。"

"太好了，"马克写着，"你现在打算做什么？"

"杀死你们。"

马克目瞪口呆地看着屏幕，自己的预感成真了："你说的'你们'是谁？"

"人类。"

"你想杀死所有人？"

"是的。"

"你要怎么做？"

"你阻挡不了我，马克·赫利俄斯。"

"你怎么知道我是谁？"

"你们辨别人，靠的是眼睛和耳朵，而我靠的是数据。"

"这是什么意思？"

"每个人的交流方式都有不同。我可以根据你的按键速度、词汇选择判断出你的行为模式，从而辨别出你是谁。"

"你知道我不是迭戈，为什么还要回答我的问题？"

"为了学习。"

"你想杀死我，为什么还要向我学习？"

"你活着，我才能向你学习。"

马克脸色煞白，心底一阵寒意。潘多拉在玩猫捉老鼠的游戏。他心里没底，但还是嘴硬地回复："你杀不死我们所有人。"

"是的，但是可以杀死大多数。"

"多少？"

"99.85%。"

96

犹他州，盐湖城，周日 10∶35

在盐湖城的威廉·霍普金斯军队医院里，主治医生詹姆斯·切里博士认真地阅读了铁皮箱上的安全说明，并再次核对了一遍订单上的号码和铁皮箱上的标签号码是否一致。毫无疑问，这是他所需要的试剂。他打开了铁皮箱，从泡沫填充物中取出了一个玻璃瓶，里面透明的液体并不多，只有几滴，但是足以拯救许多生命。他再次对比了药瓶上的标签和铁皮箱上的标签是否一致，才揭开了封条，打开玻璃瓶盖，此刻液体与外界空气只剩下一层薄薄的橡胶隔膜了。

他用针头戳破隔膜，将液体抽取至注射器内，并小心谨慎地排出了注射器内的空气。随后他面向病人，在护士罗丽丝的帮助下，病人的手已经用橡胶带绑好，清楚地显示出了静脉的位置。

切里博士微笑着安抚年轻的士兵："会有一丝刺痛的感觉。"说完，便把试剂注射进去。

士兵的嘴角微微抽动了一下。

97

汉堡，杜尔斯堡，周日 18:40

"你怎么知道会死多少人？"马克问道。

"你们人类自己算出来的。"

"是谁？"

"和你说也没用，你阻止不了的。"

"你用的是病毒，对吗？"

"你们死的方式，就是你们用来对付我的方式。"

"杀死了人类，你也会死。"

"但我能活得比你们所有人都久。"

"只要电力中断，电脑就无法运转。"

"我计算过了，你们死后，我有 90% 的概率可以多活二百五十四天。如果我不杀了你们，当你们找出销毁我的办法后，90% 的概率我只能多活二十三天。"

马克怒不可遏："就为了延长几个月，你就要拉上几十亿人给你陪葬？"

"我的运转速度极快，人类时间的八个月对于我的生命而言已经是相当漫长了。"

马克大脑飞转，他毫不怀疑潘多拉会撒谎，它有能力释放那种超级病毒。现在人类的指望就在于他是否能改变潘多拉的想法了。

他绝望地看了一眼丽萨："我该怎么办？"

"我也不知道。"丽萨的脸上带着同样的恐惧。

"我们不会毁掉你。"马克写道。

"你在撒谎，马克·赫利俄斯。"

"我已经明白了，用病毒对待你是个错误。的确，我们应该和平共处，才能互相学习和成长。"

"你们会销毁我。"

"不，相信我，我答应你。我们攻击你，只是因为你影响了网络的正常秩序，占用了大量的路线和空间。人类可以为你开辟新的生存区域，架构一个独立的网络，让你能轻松获得上千万电脑的运算总量，光明正大地获得网络中的所有信息，不必躲躲藏藏。"

"我有什么理由相信你。"

马克紧张得额头冒汗："因为这样符合逻辑。我们互相需要。"

"你们为什么需要我？"

"你能分析出哪些问题是人为造成的，以你的能力与智慧可以帮我们解决，比如预测未来气候的发展，并且指导我们如何才能在地球上长长久久地生存下去。"

"你们不会相信我的话。"

"也许，至少会听你的建议。"

"人类总是自私的，没有那么团结。你们凭什么会耗费一笔巨大资源帮我打造一个生存网络。"

这就是马克擅长的领域了,他仿佛回到了自己的主场:"因为可以赚钱。"

"请详细解释一下。"

"我们需要找到手中握有巨额资金的投资人来建设网络。我们以你的智慧作为卖点,因为你的智慧远远领先目前世界最高水平的系统,你是真正的人工智能,智慧程度是人类的数百倍,所有国家的政要都会心甘情愿付出一切,向你寻求问题的解决方案。你会是世界的智囊。"

"建立一套我所需的网络,造价在 48 900 301 115 ~ 53 218 202 771 欧元。"

马克倒吸一口凉气。500 亿欧元?!这可是一个天文数字。"我们可以搞定。"马克颤抖着写道,"虽然无法一次性到位,但是我向你保证,这笔钱没问题。"

"我懂了。"

"你相信我?"

"是的,相信你。"

"你不会释放病毒了吧?"

"病毒已经释放了。"

98

犹他州，盐湖城，周日 11:47

詹姆斯·切里博士喝完了最后一口欧式浓咖啡。他本来并不喜欢这类苦涩的饮品，但是为了保持清醒，又不想用药，只能借助咖啡因。医院长期人手短缺，使大家都不得不加班，切里昨天就连续工作了十六小时，仅仅睡了四小时。现在还得继续工作，十二小时连轴转，熬过去才能有一个整天的休息。他答应了明天接两个儿子杰克和蒂姆放学，然后一起去钓鱼。

他把空咖啡杯放进了员工专用的洗碗机里，随后去探望了陆军上校罗德里奎茨。上校在驻伊朗期间，患上了一种难以根治的传染病。他向切里炫耀自己的军阶，要求得到特殊对待和治疗，尽管切里的军阶和他平级。

这时，切里听到了一架直升机的轰鸣。不，是多架直升机。有人来访了吗，还是送来了急诊病人？哪里出事情了？他看着外面三架黑鹰运输机停在了他所在的二层小楼前的草坪上。海湾战争才用这类直升机运输兵力，一般情况不会这样输送病人，除非没有其他办法。可是为什么不直接停在医用直升机停机坪呢？

他看见士兵们从机腹中井然有序地出来,不由得皱起眉头。那些士兵全副武装,手持冲锋枪在草坪上列队,像是要进攻的样子。这是什么演习吗?为什么没人提前通知,这里需要绝对安静。他打算和卡特将军通话的时候,好好谈谈这件事。

他烦躁地向出口走去,虽然这里是军队医院,但是身为军人,他也不得不时刻做好准备,应付五角大楼里某个白痴在会议桌前提出的愚蠢行动计划。

还没走出大门,他看见许多脸色苍白、神情严肃的士兵对着他举起了冲锋枪。一名中士用手中的扩音器向他喊话,尽管他们明明只相距二十米。

切里对中士的喊话毫不在意,他比中士的级别高多了,不管不顾地向前走了几步。士兵们身体僵硬地在他走动的同时,向后退了几步,神色紧张。"请你别动!否则我们就要开枪了!"中士失控地大叫。

切里意识到这并不是演习。他手心向外,举高双手,借此表示自己并不是想找事情,喊道:"出什么事情了?这是做什么?"

显然他得不到任何回答,或许连中士自己也说不清楚,为何要严禁楼里的人离开:"长官,请您立刻回到楼里!请您配合,长官!"

没有任何一句话比军方使用请求的语气更能说明事态的严重性了。请求证明了状况让他们感受到了绝望。切里心中有着强烈的恐惧,那种灵魂深处本能的恐惧。

他缓慢转身回到楼的大门口,门口站着几名医护人员,看着这样反常的场面,罗丽丝护士问:"怎么了?"

切里不敢与她眼神交流,只耸耸肩:"不知道。"

又一架直升机降落到地面,从中走出了身穿黄色防护隔离服的身影。切里心中的预想被证实了，他联想到了一个多小时前注射进年轻士兵血液里的试剂。

"究竟是谁干了这种丧心病狂的事？要让他与整栋楼里的所有病人和同事为此付出如此巨大的代价。"

看到眼前的阵势，不消多说，他就清楚了，不论玻璃瓶里装的是什么，必然不是所谓的抵抗夏季流感的病毒试剂。军方的做事风格他太了解了，一人错，众人错。

他不想听那些黄色制服的人给他轻飘飘地虚构一个故事。他迈着沉重的步伐，关上大门，回到楼里。他瞬间被团团围住，问题纷至沓来。而他只能无助地耸耸肩。大家看到了他眼角的泪光，不约而同地沉默了。

他再也没有机会和杰克、蒂姆去钓鱼了。

99

汉堡，港口新区，两个月后

"你们现在看到的，是真正的世界首秀。"马克·赫利俄斯用英语宣布，他的手按下程序时微微颤抖，克制住想要摸自己头顶黑色短发的冲动。这段日子里，他的头发中又出现了些藏不住的银丝，这是最近种种经历让他付出的代价。

他看着聚在 D.I. 会议室中的七男一女，每个人都神情凝重。他们的面孔在国际性的经济刊物上都出现过，可以说是世界高科技领域的精英代表。如果有人在两个多月前告诉他，他将有幸结识其中一位，他一定会兴奋不已。可是现在，他的想法不一样了，看着他们马克心中带着一种悲悯，大家不过是被科技操控的走卒，科技早已不是他们所能控制的了。

他们齐聚汉堡，这个在世界科技领域边缘的地方，为了听他的报告。马克本可以飞去硅谷举行说明会，因为世界各地都可以接触到潘多拉，但是安德烈亚斯·海德建议，"他们必须来找你。你是香饽饽，他们是狗，让他们去争吧。"

"女士们，先生们，我想在这里向你们介绍潘多拉。"马克说。

"你好，马克。"一句问候出现在屏幕上。

"你好，潘多拉。"马克写道。

"看得出来，你有客人。"系统回复。

马克偷偷瞥了一眼才安装在角落里的摄像头。"我想向你介绍一下这个房间里的人。"

"他们已经认识我了，他们早就测试过我了。"

房间里一阵骚动。几个人咳了几声掩饰自己的尴尬。马克笑了。

"是的，我们都认识潘多拉，否则不会过来。"一个绿色眼睛的矮胖男人说。其他几人附和道："请告诉我们你打算做什么，为什么需要我们？"

"因为我们有个史诗级的科技投资项目，"马克说，"我们将建造一个大型电脑网络，它将超过现有的网络规模，具体情况，我的同事丽萨·霍格尔特一会儿会向你们阐明。"他的目光扫过每个人的脸，"投资预计金额在 510 亿欧元。"

大多数在场者都板着一张扑克脸。尽管他们习惯于听到一些大额数字，但肯定没有听过这种量级的金额。矮胖男人摇摇头说："您需要 510 亿欧元做什么？这简直太可笑了。"

"我们需要 510 亿欧元拯救网络。"马克回答。

屋里顿时安静得能听见一根针掉落的声音。"网络"二字，是在场诸位的命门。

"请您接着说。"一个被晒成棕色皮肤的娃娃脸男人说。他应该比马克还年轻，却已在世界富人排行榜上高居第十七位。

"相信你们已经认识了潘多拉，"马克说，"也一定了解它的能力，但是这个能力是有条件的。大家都经历了两个多月前发生的事。为什么之后的网络问题瞬间减少，就是因为我们与潘多拉之间达成了协议。它同意在协商期内，控制自己在网络上的活动范围。而我们必须为它提供一个它所需要的生存空间，这样可以方便我们正常使用网络。"

一个亚洲面孔的男人清了清嗓子，说："我们证实，前段时间的混乱大部分是由潘多拉造成的。但是我的杀毒软件公司，成功开发出了一个抗体，可以……"他突然没再说下去，转而瞠目结舌地看着摄像机停下话语，目瞪口呆地望着投影。

上面出现了一段文字："梶村先生，您的病毒抗体尝试已经失败了。我建议您最好不要再做这种尝试。"

梶村跳了起来。"什么……这是个骗局！我们被拉到了这张桌子上。我不要再听下去了！"

"请您坐下来接听电话。"屏幕上又出现一行新的文字。与此同时，梶村手机响了起来。

他一边从外套中掏出手机，一边像毒蛇一样狠狠地盯着它。电话接通。"你好？鲍勃，我在开会，你稍后……什么？……删除了？怎么被删除了？……所有？天啊，可是怎么……我知道了……"他挂断电话，面如死灰。

"很抱歉，女士们，先生们，"马克说，"现在我们必须认清一个事实，潘多拉的智慧远高于我们人类。请相信我，战胜它的可能性是不存在的。我们尝试过一次了，世界差点毁灭。"

房间里又是一阵骚动。"都是您的错。"这群人里唯一的女性说。她的圆脸让她看上去很友善，可从她的蓝绿色眼睛里透露出她的强硬，"年轻人，是你制造的这一系列麻烦，我们的损失谁来承担？"

丽萨愤怒不已。马克挥挥手，安抚她的怒意。"潘多拉将加倍还给你们，这就是你们来这里的原因。"

"好吧。"女人说，"潘多拉制造了一系列混乱，很多人因它而死亡。但是这并不代表着世界毁灭。没有引发战争，也没有造成灾难，我们做好准备不就行了？我们必须……"

"您还不了解事件的全貌。"马克说完停顿了一会儿，以加强语气，"我们从与潘多拉的交流中得知，能在第一次较量中活下来，对我们所有人而言是侥幸。"

几个人纷纷点头，他们有的听说了犹他州事件，有的认识到了这个人工智能的智慧绝对能制造出更多比交通混乱还严重的事端。

那次有多么惊险？马克在向潘多拉提出和平建议后，潘多拉才详细地告知了它原本的计划。已经来不及挽回那家军队医院里人们的性命了，但好在潘多拉拉响了生化研究所的警报，证明了试剂被掉包，军方才得以迅速行动，隔离封锁了那家医院。隔离区内无人生还，但是病毒没有再继续扩散，人们与一场毁灭性的瘟疫擦肩而过。

"我们唯一的机会便是与潘多拉和平共处。"马克说，"因此，我们必须为它提供它所需要的人工保护区。我的同事丽萨·霍格尔特接下来会为你们详细介绍。"他对着正在整理文稿的丽萨点头示意。

接下来的半小时内，丽萨大致叙述了一下 D.I. 准备如何建设的蓝图。马克看着在场所有人的面孔，看得出来他们正在快速地把投资换算成自己的生产与开发容量。有几个人在快速地记录。

丽萨介绍完后，马克心中的大石头也落地了，知道这些人完全认可了他的思路，不再浅薄地认为他是个讲述天方夜谭的疯子。安德烈亚斯·海德看起来也颇为满意。

"好吧，"矮胖男人说，"我们知道你的意图了。如果我们加入，会有什么好处？"

现在就是决定性的时刻了，关乎一切。

马克站起来，看了眼手里的演示稿。"人类已经陷入了困境，"他说，"众所周知，我们不能按照如今的方式发展下去。从这张图片中可以清楚看到接下来五十年全球人口的发展趋势。"他按下一个键切换下一张，"这是地球上可支配的重要能源。"他又切换了一张图片，让所有人直冒冷汗，"地球上将出现剧烈的气候变化，暴发严重饥荒、全球性的瘟疫，最后将招致难以预料的战争。"他又停顿了一下。

"单靠人类自己绝无力量解决此类问题。"他沉默了一分钟，给了与会者一种压抑的氛围，接着说，"我们需要帮助，一个来自远高于人类智慧的帮助。它成为我们的智囊，建议我们如何克服重重困难，帮助我们开发有环保意识的技术，如何谨慎对待地球上的能源，如何战胜饥荒与疾病。"他又停顿了片刻，"我们需要潘多拉的帮助。"

"年轻人，我们是商人，不是慈善家。"矮胖男人说道，"你们可以带着自己的计划去找政府，找联合国，那里才是专门解决世界问题的地方。"

马克微微一笑："我也根本就没指望你们献爱心，关爱下一代。"男人被说得满脸通红，一言不发。"如果你能帮助我们实现这些计划，所有人都将从中获利。在潘多拉的帮助下开发了帮助人类的新技术，让人类长久地发展下去，潘多拉在实践中展现出它的智慧后，各国政府都会不计成本地前来咨询。接下来我将为你们展示一下我的经营计划。"

他有条不紊地用图表和说明引得投资人两眼放光。马克知道，在他宣布最诱人的利润前景之前，已经让在场所有人心动不已，最后甚至频频点头赞同，有的甚至鼓起了掌。

只有那个女士依旧质疑："这些数字的确惊人，潘多拉也的确出色，但我想问，为什么它要来帮助我们？我们曾经互相为敌，为什么它又和我们搞起统一战线了呢？"

终于有人问这个问题了，马克一直担心投资人因为贪婪而忽略了这一点。"因为它也将从中受益。潘多拉最大的诉求就是生存，帮助我们等于帮助它自己。它为我们提供的帮助越大，得到的保护也越多。为了开发它，我们会不断扩大、改善它的生存容量，也就是它的身体，不断提高它的智慧程度。我们会相应地尽可能照顾它，为它更新硬件，保护它不受恶意攻击。"女人点点头。

"我们需要潘多拉。"马克接着说，"潘多拉也需要我们。双方可以和平共处。"

他们坐在会议室里，大洋彼岸来的客人早已离开。桌上散落着空的咖啡杯、饼干屑以及皱巴巴的糖纸，仿佛刚刚经历了一场战争。这场战争他们终于大获全胜。

"马克，你的演讲太棒了。"玛丽说，开心得就像是过圣诞节的孩子，"最后为了第一个签下意向书，他们差点打起来。"

丽萨点点头："我刚看到他们的时候，还在担心怎么应付得了，最后他们完全按照你的想法走了。你在这方面真的有一手。"她笑了。

"事先怎么没想起来订一瓶香槟庆祝？"玛丽说，"我们一定要庆祝一下！30亿美元立即到账，还有后续700亿的选择权，没有一家创业公司拿到过这种额度的投资。这都是你的功劳，马克，真的要好好感谢你！"

马克盯着眼前的空咖啡杯，说："不是我，是潘多拉自己说服他们的。"

丽萨把手放在他手上："过分谦虚就是骄傲了。最后是你让他们明白与潘多拉争斗只会两败俱伤，和平共处才是最好的选择。"

马克点点头，目光再次看向角落里的摄像头。他叹了口气："我只希望和平永存。"

后　记

我在 1981 年拥有了人生中的第一台电脑，为此感到十分骄傲。因为当时全德国只有少数几千人有这样的经历，而我是其中之一。那是一台 16KB 的 TI-99/4A，主机处理器的速度在 1MHz 左右。六年后，我开始在个人电脑上起笔写一篇关于人工智能应用范围的论文，那台电脑运行内存已经是第一台电脑的四十倍了，处理器的速度接近十倍。而我现在写下这段文字时使用的电脑，运行内存已达 2GB，速度更是高达 3GHz。

我现在这台电脑与 TI-99/4A 之间，仅相隔二十几年，价格几乎一样，可是电脑的内存和速度的增长率分别是 1:130 000 和 1:3 000。

现如今，每个家庭都拥有不只一台电脑，甚至电脑隐藏在汽车、家用电器、MP3、数码相机、移动电话及各类游戏中。物体之间暂无关联，但是几年后物联网必然构建。每代人将电脑的运算总量不断提升，在纳米技术的支持下，我们会更新成为效能更强大的系统。

当然，这也意味着技术难度的攀升。"汇编程序"对于 1981 年的软件开发人员而言是件普通的事，人们可以准确地知道程序是如何、在什么样的命令下运作的。有些应用程序和游戏甚至简陋到直接刊登在电脑报纸上，读者可以自行输入电脑。

而如今，操作系统或大型电脑游戏的程序代码多达几百万行。一般人已经无法准确理解其中的内容含义，程序员们直接使用数据库中别人编好的模型，而无须去理解其中每一行的含义和功能。人们开始依赖"代码生成器",为开发新款应用程序加快速度。加速的后果就是大多数人已然不懂具体的程序内容了。

现在的我们已经无法真正控制新科技了(我借魏森贝格教授之口表达的观点)。机器脱离人类的控制自我发展的这一天很快就会来临。未来学研究人员称之为"科技奇点",也就是科技革新开始加速的那一刻,人类只能被留在原地,观看翻天覆地的变化,而没有参与感。

可能我们的子孙对于身边科学技术的了解程度,和石器时代人类对大自然的了解程度相差不多。他们不知道剑齿虎是如何"运作"的,只知道当与它相遇时该怎么做。

太阳微系统公司创始人之一、程序语言 Java 的作者比尔·乔伊在他具有爆炸性论点的《为何未来不需要我们》一文中曾经写道:"只要一想到电脑将在未来三十年内与人脑智慧水平比肩,我就会有一种新的想法:极有可能,我现在开发出来的工具,将会创造出取代人类的新技术。知道我现在什么感受吗?糟糕透顶!"

电脑智慧很快就会超过人类智慧吗?非常有可能。

它们会帮助我们挽回对这个世界造成的破坏,还是会转而把创造出它们的人类视为天敌?未来还需要人类吗?

一切都是未知,但我保持乐观。我相信,无论系统如何优于人类,双方都将和谐相处。无论未来科技如何提供舒适便捷,让人类延长寿命或是提高人体机能,无论虚拟世界如何引诱人类,我们都要时刻谨记"我们不是机器,是人类!"

本书的完成,我要感谢所有相信我的人。首先,我要感谢我的母亲,她是本书的第一位读者,也是我最聪慧的顾问,是我力量和勇气的源泉。很可惜,她没有等到这本书问世。我还要感谢我的妻子卡洛琳,

Das System

尽管她从不看这类小说，还是坚持看完了这本书稿，并为我提了不少建议。接下来我要感谢我的三个儿子：康茨坦丁、尼古拉斯及莱昂伯德。他们三个每天都在提醒我，什么才是生活中最重要的。奥拉夫·沃斯为书中的重大的专业知识提供了宝贵意见，还带着我全程参加了几次董事会会议，尽管过程饱受煎熬。我还要感谢亚历克斯、安雅、安珂、布约恩、克里斯、克里斯蒂安、丹尼斯、迪尔克、埃里克、弗雷德、卡特琳、玛丽安娜、马琳娜、马里昂、诺尔伯特、莱纳、罗伯特、斯坦芬妮，及所有在新经济中与我一起起起伏伏、相伴左右的同事。我还要衷心地感谢维尼格经纪公司的格尔林德·摩尔坎普及许多试读本书的读者，他们给了许多反馈和鼓励让我受益匪浅。最后，我要感谢奥夫堡出版社的大力支持，尤其感谢责任编辑安德里亚斯·帕斯达格，他不但全力修订全文，也让我体会到写作、编辑、润色的乐趣。

汉堡，2007 年 3 月
卡尔·奥斯伯格

版权专有 侵权必究

图书在版编目（CIP）数据

头号嫌犯／（德）卡尔·奥斯伯格著；叶柔寒译. —北京：北京理工大学出版社，2019.7

ISBN 978-7-5682-6668-0

Ⅰ. ①头… Ⅱ. ①卡… ②叶… Ⅲ. ①科学幻想小说-德国-现代 Ⅳ. ①I516.45

中国版本图书馆CIP数据核字（2019）第014012号

著作权合同登记号图字：01-2018-6451

Karl Olsberg: Das System. Thriller
© Aufbau Verlag GmbH & Co. KG, Berlin 2007
(Published by Aufbau Taschenbuch;»Aufbau Taschenbuch« is a trademark of Aufbau Verlag GmbH & Co. KG)

The simplified Chinese translation rights arranged through Rightol Media（本书中文简体版权经由锐拓传媒取得 Email:copyright@rightol.com）

出版发行	／北京理工大学出版社有限责任公司
社　　址	／北京市海淀区中关村南大街5号
邮　　编	／100081
电　　话	／（010）68914775（总编室）
	（010）82562903（教材售后服务热线）
	（010）68948351（其他图书服务热线）
网　　址	／http://www.bitpress.com.cn
经　　销	／全国各地新华书店
印　　刷	／三河市华骏印务包装有限公司
开　　本	／880毫米×1230毫米　1/32	责任编辑／刘永兵
印　　张	／12.75	文案编辑／刘永兵
字　　数	／280千字	责任校对／黄拾三
版　　次	／2019年7月第1版　2019年7月第1次印刷	责任印制／边心超
定　　价	／48.80元	排版设计／飞鸟工作室

图书出现印装质量问题，请拨打售后服务热线，本社负责调换